Luc Winger

Mord ohne Motiv

IN BESTER GESELLSCHAFT

Ein Saint-Tropez Krimi 22

FSC
www.fsc.org
MIX
Papier aus verantwortungsvollen Quellen
Paper from responsible sources
FSC® C105338

Impressum

Bibliografische Informationen der Deutschen Nationalbibliothek: Die Deutsche Nationalbibliothek verzeichnet diese Publikation in der Deutschen Nationalbibliografie; detaillierte bibliografische Daten sind im Internet über http://www.dnb.de abrufbar.

wingerluc@gmail.com

ISBN: 978-3-7693-2310-8

Verlag: BoD · Books on Demand GmbH, In de Tarpen 42,
22848 Norderstedt, bod@bod.de
Druck: Libri Plureos GmbH, Friedensallee 273, 22763 Hamburg

Covergestaltung: Lemonisland
Foto: privat

Über das Buch

Warum wurde Isabel Marin erschlagen? Gerade von ihrer USA Tour nach Saint-Tropez zurück beschäftigt *Commissaire* Lucie Girard der brutale Mord an der Society-Lady. Sind es ihre Männergeschichten, die ihr zum Verhängnis wurden? Oder ihr Engagement für den Immobilienmakler Pierre Emery, der mit einer Luxus-Golfanlage zu scheitern droht? Der zweiundzwanzigste Fall von Lucie Girard setzt die Reihe der Saint-Tropez Krimis fort.

LUC WINGER

LUC WINGER SCHREIBT: KINO ZUM LESEN.

Luc Winger lebt mit seiner Familie in einem kleinen hessischen Dorf. Mehrmals im Jahr verbringt er inspirierende Tage in der Provence. Seine Bücher schreibt er gern im Sommer in freier Natur oder im Winter in einer gemütlichen Hütte. Dazwischen geht er mit seinen zwei Hunden spazieren oder genießt die Zeit im Garten. Der Bezug zu aktuellen oder historischen Themen und Ereignissen sorgt in seinen Büchern für den brisanten Inhalt und den gesellschaftlichen Kontext.

Die Eifersucht ist eine Leidenschaft, die mit Eifer sucht, was Leiden schafft.

Grillparzer, F., Gedichte. Epigramme, 1830

Prologue

Golfplatz, Saint-Tropez

Die Sonne war vor wenigen Minuten aufgegangen. Die Fairways schimmerten feucht. Fabrice May war der erste Spieler am frühen Sonntagmorgen. Die tiefblaue Bucht von *Saint-Tropez* lag unter ihm. Er genoss die Einsamkeit auf dem Platz. Golf pur. Keine Mitspieler, die sich wichtig machten. Ohne große Kraftanstrengung schlug er mit einem Fünfer-Eisen ab. Er war ein begnadeter Spieler. Ein Naturtalent. Die Bewegungen waren flüssig. Seine Körperbeherrschung sorgte für perfekt kontrollierte Schläge. Viele beneideten ihn dafür. Nie hatte er Trainerstunden nehmen müssen. Das, was er konnte, hatte er sich beim täglichen Spiel selbst beigebracht. Schon vor vielen Jahren. Als er sich gewappnet fühlte, forderte er die besten Golfer des Clubs heraus. Ließ sie alt aussehen. Schnell wurde er als der junge Mann mit dem puristischen Schlägerset bekannt. Eisen, sonst nichts. Deshalb nannten sie ihn *Ironman.* Die anfänglichen Lästereien verstummten, nachdem er innerhalb eines Jahres die führende Elite des Golfclubs von *Saint-Tropez* deklassiert hatte.

Wenn Gäste, die ihn nicht kannten, in den Club kamen und ihn am ersten Abschlag beobachteten, hörte man sie sagen:

»Seht nur den Typen! Wer hat denn den auf den Platz gelassen? Unmöglich, wie er angezogen ist! Abgeschnittene Jeans und ein T-Shirt? *Tout simplement impossible!*«

Doch sie staunten nicht schlecht, nachdem sie ihn hatten abschlagen sehen. Er benutzte keinen Driver. Schlug satt mit einem normalen Eisen. In einer kontrollierten Flugbahn.

Extrem weit. Bis kurz vor das Grün. Mal eben zweihundert Meter. Ohne auf die staunenden Zuschauer zu achten, steckte er das Eisen zurück in seine Tasche. Schulterte sie und marschierte los.

Seitdem waren Jahre vergangen. Das Naturtalent von damals hatte sich international durchgesetzt. Spielte oben in der Weltrangliste mit. Wurde ausgezeichnet und verehrt. Der junge Wilde war mittlerweile gezähmt und gab sein Wissen an Nachwuchstalente weiter. Er kehrte zurück an den Ort, an dem seine Karriere begann - nach *Saint-Tropez.* Hier agierte er als sportlicher Leiter und Trainer des Clubs. Golfspielen blieb seine Leidenschaft. Nur messen wollte er sich nicht mehr. Lieber spielte er, wie an diesem Morgen, für sich allein. Dabei genoss er jeden Schlag, dazwischen den Blick auf das Meer gerichtet.

Heute gelang ihm wenig. Sein Körper schmerzte. Jede Bewegung war eine Qual. Fabrice wusste, warum. Er hatte es sich selbst zuzuschreiben. Schwer atmend und ungewöhnlich stark schwitzend quälte er sich von Abschlag zu Abschlag. An Loch 9 kollabierte er. Er sackte zusammen. Das Gesicht auf dem Gras liegend, spuckte er Blut. Röchelnd und mit Armen und Beinen zuckend verlor er das Bewusstsein. Das Letzte was er sah, war das Blau des Meeres in der Ferne. Fabrice May spürte, dass es mit ihm zu Ende ging. Sein letzter Gedanke, der ihm durch den Kopf ging, war: Du hast es nicht anders verdient.

Chapitre un

Einen Tag zuvor. Im Hafenbecken von Saint-Tropez

Es war kurz nach sieben, als der erste Gast am Hafen von *Saint-Tropez* im Café *du Port* Platz nahm. Er bestellte einen *Café Allongé* und ein *Croissant* mit Erdbeermarmelade. Sein Blick schweifte über die Boote, die vor Anker lagen. Während er in das *Croissant* biss, beobachtete er eine Luxusjacht, die in gemächlichem Tempo in Richtung Hafenausfahrt fuhr. Eine plötzliche Detonation ließ die wenigen Passanten sich verängstigt wegducken. Der Mann hingegen zeigte keine Regung. Er nippte an seinem *Café*. Ein zufriedenes Lächeln, das niemand bemerkte, huschte über sein Gesicht. In aller Seelenruhe bestrich er das *Croissant* mit Erdbeermarmelade und biss ein zweites Mal hinein. Genüsslich kauend beobachtete er die brennende Jacht, wie sie im Hafenbecken trieb. Es war ein Sonntagmorgen nach seinem Geschmack.

»Wie habe ich diese Aussicht vermisst!«

Patric stand mit ausgebreiteten Armen auf der Dachterrasse ihres Stadthauses und bewunderte den Blick auf das Meer vor *Fréjus/Saint-Raphaël* und das dahinter liegende rötlich leuchtende *Esterel*-Gebirge.

Die *Rocky Mountains* waren gigantisch, doch das hier war seine Heimat, die er liebte. Er tat so, als ob er die Landschaft umarmte, dabei drehte er sich im Kreis.

Seine Frau, *Commissaire* Lucie Girard, betrat die Terrasse mit einem Tablett in Händen.

»*Attention!* Ich bin hinter dir. Du willst doch frühstücken? Dann lass mich den Tisch decken.«

Patric schwelgte:

»Auf Reisen zu gehen ist anregend. Nachhause zu kommen ist erfüllend. Ein unbeschreibliches Gefühl. All das hier habe ich die letzten Jahre nicht mehr wahrgenommen. Die Natur, das Meer, unsere schöne Stadt, unser Haus, den Blick von der Terrasse. Ich sehe die Dinge mit anderen Augen.«

»Warte mal, bis du in dein so lange vermisstes *Croissant* beißt und einen echten französischen *Café au Lait* trinkst.«

Patric half Lucie beim Tisch decken.

»Erinnere mich nicht an die abgestandene Brühe, die wir in den *USA* zu uns nehmen mussten. Die haben keine Ahnung vom Kaffeekochen. Nur Steaks grillen, das können sie. Ansonsten ...«

Lucie knuffte ihren Mann in die Seite.

»Lästere nicht. Es gab einige schöne Momente. Ich erinnere mich zum Beispiel an den Abend am *Lake Michigan* oder den Morgen auf dem *Empire State Building*.«

Patric knurrte:

»Schon. *LA* war auch *impressionnant*. Nur ... unser Frankreich ... die *Côte d'Azur!* Da kommt nichts ran.«

»... sagt der, der unbedingt die Welt entdecken wollte. Frei sein. Schon komisch. Vielleicht lag es an der Enge des Motorhomes, dass wir uns nie so wirklich befreit gefühlt haben.«

Patric ließ sich auf den Stuhl fallen und rieb sich freudig die Hände.

»Dann wollen wir mal.«

Er schenkte sich *Café* in die bereits mit Milch gefüllte überdimensional große Tasse ein.

»Es war nicht mein Land. Was nicht nur am Essen lag. Mir

fehlte die Kultur. Überleg mal, was wir hier jeden Tag unternehmen können. Einen Ausflug nach *Cannes* mit Bummeln und Einkaufen verbringen. Mal eben ins Meer springen. Nach *Saint-Tropez* übersetzen und Promis beobachten.«

»Pah! Wann warst du das letzte Mal in *Saint-Tropez?* Es muss über fünf Jahre her sein.«

Mit vollem Mund antwortete er:

»Das ist nun mal so. Wo du lebst, unternimmst du wenig. Weil du denkst, du kennst alles. Weit gefehlt. Ich habe mir vorgenommen, das zu ändern. Ab sofort schauen wir uns unsere Heimat an. Hier gibt unendlich viel zu entdecken. Wir waren noch nie im *Esterel*-Gebirge wandern. *Incroyable!* Da gucken wir jeden Tag drauf, aber einen Fuß auf einen der wunderschönen Wanderwege haben wir nicht gesetzt.«

Lucie hatte mittlerweile auch zu frühstücken begonnen. Sie tauchte ihr *Croissant* in den Milchkaffee ein.

»Wo sind die Mädchen? Schlafen sie noch?«, wollte Patric unvermittelt wissen.

»Der Jetlag. Ich habe sie nicht wachbekommen.«

»Besser so, lass sie sich ausruhen. Ab morgen müssen sie wieder in die Schule. Und ich ... ich sollte nach dem Frühstück in der *Auberge* vorbeischauen.«

»Muss das sein? Wir haben noch nicht ausgepackt. Jede Menge Dreckwäsche wartet auf mich. Und das ohne Haushaltshilfe und Kindermädchen. Vergiss das nicht.«

»Stimmt. Imani! Wir sollten sie in ihrer Schneiderei besuchen. Bin neugierig, ob sie ihren Laden hat etablieren können. Afrikanische Mode ... ist nicht jedermanns Sache.«

Lucie sah Patric hinter ihrer Tasse mit großen Augen an.

»Ich bin mir sicher, dass sie Kundinnen hat gewinnen können. Ihre Schnitte sind modern. Dazu verwendet sie ausschließlich afrikanische Stoffe. Ich werde mir eine Bluse von ihr nähen lassen. Du könntest eine legere Leinenhose gebrauchen. Du hast wieder zugelegt.«

Patric streckte sein Bäuchlein raus. Vor Ihrer Tour durch die *USA* war er durchtrainiert und schlank gewesen. Das hatte sich während der letzten drei Monate unübersehbar geändert.

»Daran ist dieses Fastfood schuld. Und das stundenlange Sitzen im Motorhome. Warte ab, bald habe ich die Pfunde wieder runter.« Er schlug sich auf den Bauch und grinste breit. »Mein Beruf hält mich auf Trab.«

Lucie fragte:

»Wie wäre es? Du fährst mit dem Fahrrad in die *Auberge,* siehst nach dem Rechten. Ich besuche mit den Mädchen Imani und komme zu einem späten Mittagessen vorbei. Auf Kochen habe ich keine Lust. Die Wäsche langt mir für heute.«

»Gute Idee. Dort treffen wir Constance. Hoffentlich hat sie als meine Vertretung die Zeit gut überstanden. Immerhin wird sie bald siebzig.«

Für Lucie war die rüstige Frau, die ihr ganzes Berufsleben hinter dem Ausschank und in der Küche ihres Restaurants verbracht hatte, ein Vorbild an Fleiß und Courage. Sie hatte sich all die Jahre gegen die männliche Konkurrenz behauptet. Die *Auberge* gehörte heute zu den etablierten Gaststätten in *Fréjus/Saint-Raphaël.* Mit Patric hatte sie einen würdigen Nachfolger gefunden, der gerne ab und zu ihre Erfahrung und Unterstützung nutzte, obwohl sie schon vor Jahren den Tresen mit einer kleinen Wohnung mit Meerblick an der Strandpromenade getauscht hatte.

»Constance bringt so schnell nichts aus der Ruhe. Mit Routine und Autorität kaschiert sie ihre körperlichen Defizite«, betätigte Lucie.

»Kommst du so um eins vorbei? Ich reserviere unseren angestammten Tisch.«

»Gern. So machen wir es. Willst du nicht wissen, wann es bei mir wieder losgeht?«

Während Patric das Frühstücksgeschirr abspülte, schielte er zu ihr rüber.

»Du wirst es mir schon verraten. Vermutlich spätestens beim nächsten Mord.«

»Nicht doch! Gleich morgen früh rufe ich Sebastian an. So war es ausgemacht. Als mein Chef hat er sicher neue Instruktionen für mich. Bin mal gespannt, was sich während unserer Abwesenheit getan hat.«

Lucie schnappte sich das Geschirrhandtuch. Er wollte von ihr wissen:

»In Sachen Verbrechen oder was die Polizeitruppe betrifft?«

»Beides. Es ist immer was los.«

»*Capitaine* Purenne und *Gendarm* Hugo werden bestimmt an Ort und Stelle sein. Sie gehören zu *Saint-Tropez* wie die *Tarte Tropézienne*.«

Patric wurde von Lucies breitem Grinsen angesteckt.

»Die *Tarte* ist süßer. Aber du hast recht, die zwei sind Unikate so wie die beliebte Spezialität.«

»Apropos süß ...« Er umarmte sie von hinten und ließ seine Hände über ihr Brüste wandern. Lucie packte seine Handgelenke und zog ihn noch fester an sich.

»Der Camper war für unser Sexleben ...«, begann sie versonnen. Er ergänzte:

»... wenig förderlich. Deshalb freue ich mich auf heute Abend. Bevor du mit deinen Gedanken wieder bei einem Kriminalfall bist.«

»Besorg uns einen *Rosé Sainte-Roseline!* Den habe ich vermisst.«

»Pas de problème, Chérie. In der Auberge haben wir einen Vorrat davon.«

»Dann mal los! Nimmst du das Rad? Ich bringe Loulou im Auto mit. Falls Imani unseren Hund wieder abgibt. Wahrscheinlich hat er sich an das neue Leben in ihrem Laden gewöhnt.«

»Mein kleiner Loulou! Er hat mir gefehlt!«, beklagte sich Patric in gespielt übertriebenem Ton.

»Pah! Du warst froh, dass du ihn mal nicht ausführen musstest.«

»Ich? Du verwechselst mich mit Aude und Sophie. Die sind faul.«

»Das haben sie von ihrem Vater. Auf jeden Fall Aude.«

Patric drückte seiner Lucie einen dicken Schmatzer auf die Wange.

»Weck die Mädchen sanft. Die Reise war anstrengend.«

»Sie haben ’ne Menge erlebt. Hoffentlich denken sie nicht, dass es so weitergeht.«

»Alltag, Schule, Hausaufgaben und mehr Selbstständigkeit warten auf sie«, stellte Patric fest.

»Wenn wir beide arbeiten gehen, müssen sie alleine zurechtkommen«, konstatierte Lucie.

»Wir werden sehen, ob es funktioniert. Zur Not ...«

»... fragen wir Imani«, ergänzte Lucie.

»Ganz deiner Meinung. Jetzt aber! Wir sehen uns in der *Auberge.«*

»Um eins.«

Chapitre deux

Autoroute von Monaco über Nice nach Cannes

Eigentlich hatte Pierre vorgehabt, noch zwei Tage in *Monte-Carlo* zu verbringen, um sich sündhaft teure Appartements in einem neu gebauten Wohnkomplex anzusehen. Doch der Anruf von Isabel hatte den Immobilienmakler dazu bewogen, vorzeitig nach *Saint-Tropez* zurückzukehren, um die bezaubernde Frau, die wie eine Tochter für ihn war, zu besänftigen.

Seine Isabel! Ein wahres Multitalent. Als Golfspielerin forderte sie die besten Männer im Club heraus. In ihrem attraktiven Nebenjob posierte sie vor den Objektiven anerkannter Modefotografen. Überdies schrieb sie Gastbeiträge für die *Vogue,* die *Marie Claire* und moderierte Modetipps in *France 2*. Sie wurde vom Erfolg verwöhnt. Man begehrte und umschwärmte sie. Ihre Wochenenden wurden von Society-Reportern diverser Illustrierten und Zeitungen verfolgt und als High Society News in ganz Frankreich verbreitet. Gerne umgab sie sich mit Stars, Schauspielern, Musikern und Künstlern. Selbst Politiker ließen sich mit ihr ablichten. Skandale? Dazu agierte sie zu geschickt. Zog sich früh genug aus der Affäre. Prominente gingen in ihrer Villa auf der Halbinsel ein und aus. An Wochenenden organisierte Isabel regelmäßig wilde Parties, die bis zum nächsten Morgen gingen. Dabei verwöhnte sie die Feiernden mit Champagner, Austern, exotischen Speisen und Drinks. Man munkelte, Pierre Emery, ihr Vaterersatz, hätte ihr die Villa geschenkt und als Gegenleistung stünde ihm Isabel zur freien Verfügung.

Oberflächlich betrachtet passte bei ihr alles. Seit ihre

Eltern bei einem Autounfall ums Leben gekommen waren, verfolgte sie das Glück. Pierre war ihr Glücksbringer, denn er hatte sie in sein Herz und seinen Besitz aufgenommen. Durch und mit ihm repräsentierte sie den glamourösen Lebensstil von *Saint-Tropez* wie kaum eine zweite.

Nur die Liebe. Mit der wollte es jahrelang nicht klappen. Endlich hatte sie sich vor wenigen Wochen verlobt. Franc Leroux war der Grund, warum Pierre auf das Gaspedal seines *Bentley* trat, um möglichst schnell nach *Saint-Tropez* zu kommen. Das junge Paar hatte sich gestritten. Isabel war außer sich. Jedoch wollte sie am Telefon nicht erklären, weshalb sie aneinandergeraten waren. Eine für sie ungewöhnliche Reaktion. Normalerweise bestand sie nicht auf ein Treffen. Doch dieses Mal ...

Die Räder seiner schweren Limousine drehten auf der gekiesten Einfahrt zur Villa durch. Mit Schwung stellte er den englischen Luxuswagen ab, sprang heraus und eilte die Treppe zum Eingang hinauf. In seinem hellblauen Leinenanzug wirkte er sportlich. Seine gepflegten, grau melierten, schulterlangen Haare hatte er mit seiner Sonnenbrille zurückgesteckt. Hastig betätigte er die Glocke.

Pierre wartete und sah sich um. Nichts tat sich. Er rief:

»Isabel? Ich bin es, Pierre!«

Ihr *Mercedes Cabrio* parkte unter dem Dach eines mit Bougainvillea überwucherten Carports. Sie sollte zuhause sein. Vielleicht hielt sie sich im Garten am Swimmingpool auf?

Er war besorgt. Hatte sie ihn doch eindringlich gebeten, vorbeizukommen. Hektisch sah er sich um. Rannte seitlich an der Villa entlang. Sein Herz klopfte bis zum Hals. Wie es schien, hatte sie keinen Besuch. Francs *911er Porsche*, den er für gewöhnlich hinter einer Hecke parkte, fehlte. Das Moped des jungen Hilfsarbeiters Malik, der sich um Garten und Haus kümmerte, lehnte nicht wie sonst üblich an der Hauswand. Der *Renault 4* der Haushälterin stand nicht auf dem Parkplatz für Bedienstete.

Pierre wollte erneut die Kette der Glocke ziehen, da bemerkte er, dass die Eingangstür einen Spalt offen stand. Nun war er sich sicher, dass etwas nicht stimmte.

Er drückte sie auf, betrat die Eingangshalle, in der es nach frischen Blumen duftete und sah sich suchend um. Alles schien wie immer. Auf einer Kommode stand ihre roséfarbene Handtasche. Isabels Graupapagei Luna begrüßte ihn freundlich:

»Salut! Comment vas-tu?«, krächzte er in ihrer Stimme.

»Wo ist Isabel, Luna?«, fragte Pierre, keine Antwort erwartend.

Luna lachte schrill und intonierte überdeutlich:

»Isabel!«

»Ich gehe sie suchen«, entgegnete Pierre.

Er betrat den Salon. Die bodentiefen Fenster standen offen und gaben den Blick zum Swimmingpool frei. Die Palmen, die links und rechts wuchsen, rauschten im warmen Wind. Eine Brise wehte bis ins Wohnzimmer.

Erneut rief er ihren Namen:

»Isabel?«

Hatte er sich verhört? Drang da nicht ein leises Stöhnen aus der Küche zu ihm? Alarmiert reagierte er darauf und rief:

»Isabel! Was ist? Ich komme.«

Das Stöhnen kam von hinter der Kochinsel, welche die Küche in der Mitte dominierte.

Jetzt sah er sie. Sie lag in einer verqueren Position auf dem gefliesten Boden. Ihr Schädel war seitlich zerschmettert. Sie blutete stark. Ihre Augenlider zuckten. Er beugte sich zu ihr herunter.

»Isabel. Ich bin es, Pierre. Halte durch. Ich hole Hilfe.«

Er kannte sich in der Villa aus. Vor Jahren hatte er vorgehabt, selbst hier einzuziehen. Doch dann bevorzugte er es, in *Cannes* zu leben. Die Stadt bot ihm optimale Möglichkeiten, seine Maklertätigkeit auszuüben. Die Villa fand er immer etwas zu aufgetakelt und protzig. Sein Stil war modern, reduziert. Mit ausgewählten Designermöbeln und abstrakter Kunst. Er überließ das klassische Luxusanwesen Isabel, was in der feinen Gesellschaft für Gesprächsstoff sorgte. Ihn kümmerte es wenig. Isabel verzauberte die traditionell-konservative Villa in einen angesagten Ort der guten Laune, der ausgelassenen Parties und der schönen Künste.

Sie öffnete die Lider. Er konnte sie nicht alleine lassen, streichelte sie am Hinterkopf. Sie reagierte und sprach gurgelnd:

»Warum nur? ...«, fragte er fassungslos.

Sie formte ihre blutigen Lippen zu einem:

»Fff ...«

Der Ton brach ab.

»Nicht sprechen, Isabel. Ich rufe einen Arzt.«

Sie starrte ihn angsterfüllt an. Ein weiteres Rinnsal Blut floss aus ihrem Mund. Ein letztes Zucken erfasste ihren Körper. Dann löste sie sich von dieser Welt.

»Oh nein! Meine Liebe!«

Erneut kniete Pierre nieder. Fasste an ihren Hals, um den Puls zu fühlen. Er war weg.

Mit starrem Blick erhob er sich.

»*Bâtard!* Mistkerl!«, fluchte er vor sich hin.

Nachdem er in der *Gendarmerie* in *Saint-Tropez* angerufen und den Mord gemeldet hatte, schenkte er sich einen *Cognac* ein und setzte sich mit einer Zigarette in der Hand auf eine der Liegen im Schatten, seitlich des Swimmingpools.

Ihm war klar, dass ihr Tod negative Folgen für sein Geschäft haben würde. Ihr Mörder durfte nicht ungeschoren davonkommen.

Gendarm Hugo saß wie gewohnt vor seiner *IBM* Kugelkopfschreibmaschine und tippte Protokolle. Obwohl er die Arbeit als stupide empfand, war er bestens gelaunt. Über ein Jahr war es her, dass er *Commissaire* Girard bei einem ihrer kniffligen Fälle unterstützen durfte. Ihm war bewusst, dass dies eine unübliche Aufgabe für einen Polizisten seines Ranges war. Doch die *Commissaire* schätzte seine Erfahrung und seine durchaus lösungsorientierten Beiträge. Er liebte kriminalistische Tätigkeiten, sei es Spuren entdecken und aufzunehmen, Mordhergänge analysieren oder Täterprofile erstellen. Sie vertraute ihm, obwohl er gerne Mal voreilig, ungestüm und tollpatschig war. Der lange Lulatsch von fast zwei Meter Größe sehnte sich nach ihr.

Lange musste er sich nicht mehr gedulden. Ihre Rückkehr war für morgen angekündigt.

»Hugo! Wollen Sie nicht rangehen? Es hat bereits viermal geklingelt«, ermahnte ihn sein Chef *Capitaine* Bruno Purenne, der in seinem Büro die *Var Matin* studierte. Trotz voll aufgedrehter Klimaanlage schwitzte er aus allen Poren, was sicher auch an dem gestrigen Menü mit reichlich Knoblauch und unzähligen Gläsern *Côtes de Provence* lag.

»*Excusé mon capitaine!* Ich war in Gedanken.«

Hugo hob ab und sprang kurz darauf ruckartig von seinem

Schreibtischstuhl auf. Lautstark, so dass *Capitaine* Purenne es mitbekam, wiederholte er:

»*Route du Pinet 12, Villa Martine,* erschlagen, vor wenigen Minuten gestorben, *Mademoiselle* Isabel Marin ...«

Er setzte sich, klemmte den Hörer zwischen Schulter und Ohr und tippte die Angaben auf ein weißes Blatt Papier, das er kurz zuvor in die *IBM* eingespannt hatte.

Er fragte:

»Sie sind? ...«, und wiederholte: »*Monsieur* Pierre Emery.«

Der *Capitaine* war aus seinem Büro zu Hugos Schreibtisch geeilt und hörte seinem Mitarbeiter, während dieser Anweisungen gab, aufmerksam zu.

»*Monsieur* Emery, bleiben Sie vor Ort. Fassen Sie nichts an. Wir kommen vorbei und schicken den *Docteur* und die *Ambulance* ... spätestens in fünfzehn Minuten ... ja ... wir beeilen uns.«

Hugo legte den Hörer auf die Gabel und tippte weitere Angaben in seine Schreibmaschine.

»Isabel Marin? Ist das nicht die ...?«

Hugo sah auf und ergänzte:

»Ja, die prominente *Society Lady*, über die gern in den Klatschspalten berichtet wird. Wurde ... sie ist ja nicht mehr unter uns, Verzeihung.«

Nachdenklich kratzte sich Purenne an seinem kahlen Schädel.

»Das wäre ein idealer Fall für unsere *Commissaire!*«

»Morgen kommt sie zurück.«

»Wir bräuchten sie aber heute schon. Ansonsten ...«

Hugo verzog sein Gesicht, so als ob er etwas Unangenehmes vor sich sähe.

»… übernimmt *Commissaire* Ponte.«

Bruno Purenne trommelte mit den Fingern seiner rechten Hand auf die Tischplatte neben dem Telefon. Kurz darauf entschied er:

»Ich rufe sie an. Sie ist bestimmt aus den *USA* zurück.«

Hugo grinste breit.

»Das ist ein genialer Einfall! Am besten schicken Sie sie direkt an den Tatort. Wir treffen sie vor Ort.«

Bruno rieb sich die Hände.

»So machen wir es. Später erzählen wir, dass sie uns anrief und sie die Meldung zufälligerweise mitbekommen hat.«

Hugo zwinkerte seinem Chef zu. Dann rief er euphorisiert:

»Die *Commissaire* ist wieder da! Hurra!«

Bruno nahm die Notizen seines Mitarbeiters und setzte sich an seinen Schreibtisch. Er wusste Lucies Nummer auswendig. Nach dreimaligem Klingeln hörte er ihre vertraute Stimme.

»Içi Lucie Girard …«

Ohne seinen Namen zu nennen, legte er los:

»Madame la Commissaire. Schön, dass Sie wieder im Lande sind und ich Sie erreiche.«

»Capitaine Purenne! Ich freue mich, Ihre Stimme zu hören. Wir sehen uns morgen früh. Ich bin schon gespannt, was Sie mir berichten.«

Bruno Purenne fackelte nicht lange. Er teilte der *Commissaire* direkt mit:

»Berichten … ja, ja. Deshalb mein Anruf. Wir haben einen Mord auf der Halbinsel. Isabel Marin, vielleicht sagt Ihnen der Name etwas. Eine *Society Lady*. Allseits bekannt und beliebt.«

Lucie steckte sich eine *Gitanes* an. Der *Capitaine* bemerkte das Zünden des Benzinfeuerzeuges.

»Sie rauchen? Ich dachte, Sie wollten es sich abgewöhnen?«

»Wäre mir auch fast geglückt. Leider ereignete sich auf unserer Tour ein Gewaltverbrechen. Da wurde ich rückfällig.«

»Du meine Güte! Wie meinen Sie das? Zu rauchen oder zu ermitteln?«

Sie grinste verschmitzt.

»Beides!«

»Davon sollten sie mir später genauer berichten. Nun zu dem, was sich ereignet hat.«

Lucie nahm einen tiefen Zug. Sie war unmittelbar bei der Sache. Besser konnte ihr Neustart nicht anfangen, freute sie sich.

»In aller Kürze, bitte.«

»Die junge Frau ist erschlagen worden. Hugo schickt *Docteur* Lefabre in die *Villa Martine, Route du Pinet 12.*«

»Wer hat sie gefunden?«

»Das wollte ich Ihnen gerade mitteilen. Ein gewisser Pierre Emery. Er hat sich relativ unaufgeregt angehört, meint Hugo, der mit ihm gesprochen hat. Der Mann erwartet uns vor Ort. Sind Sie abkömmlich?«

Lucie hatte ihre *Gitanes* zu Ende geraucht, drückte sie im Glasaschenbecher aus, der auf der Küchenanrichte stand. Abwägend sah sie sich im Raum um. Sie hatte noch nicht ausgepackt. Die Mädchen schliefen. Patric war vor wenigen Minuten zur *Auberge* aufgebrochen. Was sollte sie tun? Sie überlegte. Ihr blieb nichts anderes übrig. Sie musste Imani aktivieren. Ihre Töchter würden erst nächste Woche in die Schule zurückkehren. Patric konnte sie später Bescheid geben. Jetzt würde er sich nur aufregen. Entschlossen antwortete sie dem *Capitaine:*

»Ich kann es möglich machen, muss nur ein paar Dinge organisieren. Geben Sie mir zwei Stunden.«

»Bon«, äußerte sich der *Capitaine* erleichtert. »Wir nehmen die Fakten auf und halten *Monsieur* Leroux so lange fest, bis Sie eintreffen. Dann können Sie mit ihm reden und haben einen gelungenen Einstieg in den Fall.«

Lucie fummelte in der leeren *Gitanes*-Packung herum. Warum hatte sie sich das Rauchen nicht abgewöhnt? Eine solche Gelegenheit würde so schnell nicht wieder kommen.

»Ich lege dann mal auf. Hugo und ich – wir müssen los.«

»Halt, Bruno! Ich wollte noch sagen: Sie haben mir gefehlt!«

»Sie uns auch, *Commissaire*. Mehr erzähle ich später.«

Er legte auf.

Lucie fragte sich, was er mit dem letzten Satz gemeint hatte. Gab es unerwartete Neuigkeiten zu berichten? Sie fing zu Grübeln an.

Während er auf das Eintreffen der *Gendarmerie* wartete, hatte Pierre genügend Zeit, sich an Isabel zu erinnern. Ihm wurde schwermütig ums Herz, als er an ihre erste Begegnung dachte. Er hatte die damals einundzwanzigjährige Schönheit im Golfclub von *Saint-Tropez* bei der jährlichen Clubmeisterschaft kennengelernt. Sie hatte eine Wildcard erhalten, denn sie war weder Mitglied, noch kannte man sie in der elitären Gemeinschaft der Spieler. Wie sie auf die Starterliste gekommen war, hatte sie ihm bis heute nicht verraten. Er selbst spielte kein Golf. Um Geschäftskontakte zu knüpfen, begleitete er die Meisterschaft gerne als Zuschauer. So bot sich ihm die Gelegenheit, die noch unbekannte und überaus talentierte Spielerin zu beobachten. Mit ihren fließenden Bewegungen, ihrem präzisen Spiel und ihrer Grazie zog sie die Blicke der Leute auf sich. Spätestens ab Loch 6 verfolgten die Zuschauer den *Flight,* in dem sie spielte. Nach jedem ihrer Schläge wurde sie mehr gefeiert. Es bahnte sich eine kleine Sensation an. Isabel Marin erspielte sich die Grundlage ihrer Beliebtheit. Sie wurde Clubmeisterin in ihrer Altersgruppe. Der Präsident ernannte sie noch am selben Tag zum Ehrenmitglied. Pierre Emery nutzte die Gelegenheit und stellte sich ihr vor. Sie waren sich sofort sympathisch und unterhielten sich bis spätabends. Von diesem Moment an führte der angesehene Geschäftsmann die junge Frau in die Gesellschaft an der *Côte d'Azur* ein.

Isabel und Pierre. Man sah sie anlässlich der großen Events. Die Leute fragten sich: Waren sie ein Paar? Sie lebten nicht zusammen. Machten ein Geheimnis aus ihrer Beziehung. Es gab weder Küsse oder Umarmungen in der Öffentlichkeit. Keine Doppelzimmer oder gemeinsamen Suiten in Hotels. Die feine Gesellschaft an der *Côte* mutmaßte: Pierre war Isabels Förderer. Nicht ihr Liebhaber. Doch die Gerüchte hielten sich ... es wurde zu ihrer Masche. Sie machten sich einen Spaß daraus, die Leute zu provozieren.

Jetzt war sie tot. Pierres Schmerz wurde von Minute zu Minute unerträglicher. Er sah sie vor sich. Hundert Bilder. Er machte sich Vorwürfe. Warum hatte er es zugelassen? Sie waren zu weit gegangen. Hatte sie sich mit den falschen Leuten umgeben? Wie hätte er ahnen sollen, dass sie in Gefahr schwebte? Jetzt war es zu spät. Er musste damit klarkommen. Durfte nicht den Kopf verlieren.

Das sägende Motorengeräusch eines Kleinwagens durchbrach die Stille hinter der Villa. Pierre erhob sich und ging seitlich am Haus durch ein Rosenspalier auf den Vorplatz. Dort hielt ein *Renault 4,* aus dem ein rundlicher und ein länglicher Polizist ausstiegen. Sie näherten sich ihm nebeneinander hergehend.

Der kleine Dicke stellte sich vor:

»*Bonjour Monsieur* Emery, ich bin *Capitaine* Purenne. Das ist mein Kollege *Gendarm* Martin. Sie haben einen Mord gemeldet?«

Während Purenne sich den Schweiß von der Stirn tupfte, legte der *Gendarm* seine Hände hinter seinem Rücken ineinander und beugte sich zu *Monsieur* Emery herunter. Dabei musterte er ihn unverhohlen, was den selbstsicheren Mann nicht aus der Ruhe brachte.

»*Oui.* Isabel. Sie ist eine gute Bekannte von mir. Soll ich Sie zu ihr führen?«

»Wir erwarten jeden Moment *Docteur* Lefabre. Er sollte sie zuerst begutachten. Danach ist die Spurensicherung dran. Waren Sie mit *Madame* Marin verabredet?«, fragte der *Capitaine,* auch um die Zeit zu überbrücken.

Gendarm Hugo zückte Block und Bleistift, ohne den Blick von *Monsieur* Emery zu lösen.

Emery räusperte sich. Mit belegter Stimme antwortete er:

»Ich hatte geschäftlich in *Monte-Carlo* zu tun. Sie hat mich telefonisch hergebeten. Ihr ging es nicht gut. Da ich keinen Schlüssel von der Villa dabei hatte, habe ich geläutet. Nachdem niemand öffnete, bemerkte ich, dass die Tür einen Spalt offenstand. Ich schöpfte gleich einen Verdacht, dass etwas nicht stimmte.«

»Wie kamen Sie darauf?«

Er zuckte mit den Schultern und rückte seine Sonnenbrille, die sich noch immer auf seinem Kopf befand, zurecht.

»Nur so ein Gefühl. Oder doch ... Isabel hörte leidenschaftlich gern Chansons. Üblicherweise ... Die Musik fehlte. Das ist mir aufgefallen.«

»Und dann?«

»Sah ich mich um und hörte ein leises Stöhnen aus der Küche.«

»Sie lebte noch?«, fragte Purenne?

»Zu diesem Zeitpunkt, ja.« Seine Stimme wurde brüchig. Pierre Emery hatte sich bisher zusammengenommen. Jetzt konnte er die Fassade nicht mehr aufrecht erhalten. Er wendete sich ab. Starrte zu Boden. Schluchzte. Holte ein weißes Taschentuch aus seinem Leinensakko. Wischte sich über sein Gesicht und schnäuzte in das Tuch hinein.

»Entschuldigen Sie. Es war das erste Mal, dass ich einen Menschen habe sterben sehen. Und dann auch noch meine beste Freundin. Während sie aus dem Leben schied, sah sie mich an ...«

Hugo notierte sich: Gute Bekannte? Beste Freundin?

Capitaine Purenne und *Gendarm* Hugo zeigten ihre Anteilnahme.

»Es muss erschütternd für Sie gewesen sein, *Monsieur*. Auch wenn es Ihnen schwerfällt, Ihre Aussagen sind wichtig für die Aufklärung des Mordes. Sicher wollen Sie, dass der Täter rasch gefunden wird. *Commissaire* Girard wird sich dieser Aufgabe widmen. Sie trifft bald hier ein. Bitte halten Sie sich zu unserer Verfügung«, erklärte Purenne umständlich.

Monsieur Emery nickte zustimmend.

»Ich gehe zum Swimmingpool. Ins Haus möchte ich nicht zurück, wenn Sie verstehen.«

»Absolut, *Monsieur*. Die *Commissaire* kommt zu Ihnen.

Bitte haben Sie Geduld.«

Er verstand und ging.

»Ein angenehmer Mensch«, bemerkte Hugo.

»Am Anfang fand ich ihn zu beherrscht. Immerhin war sie seine enge Bekannte. Oder Freundin? Was immer man darunter verstehen darf«, stellte der *Capitaine* skeptisch fest.

Imanis Freude war unbeschreiblich, Aude und Sophie wieder in die Arme nehmen zu können. Sie hätte die beiden Mädchen am liebsten für länger dabehalten. Doch Lucie benötigte ihre Unterstützung erst einmal bis zum Abend. Wie es mit der Betreuung weitergehen sollte, wollten sie später besprechen. Imani erklärte, dass ihr Modeladen sie nicht voll auslastete und sie ab und zu bei der Kinderbetreuung und im Haushalt aushelfen könnte. Das erfreute Lucie. Ihr selbst war klar, in ihrem Beruf gab es nur hundertprozentiges Engagement. Mit einem guten Gefühl fuhr die *Commissaire* aus *Saint-Raphaël* los. Bald überwog die Anspannung, die sie von allen ihren Fällen kannte, bevor sie einen Tatort das erste Mal inspizierte. Würde sie problemlos loslegen können? Oder war sie aus der Übung? Sie schob die lästigen Gedanken weg. Blickte auf die Anzeigen im Armaturenbrett.

Die Tankanzeige! Sie war komplett auf Rot! Bis auf die Halbinsel würde sie nicht mehr kommen, wurde ihr sofort klar. Kurz vor *Port Grimaud* rollte sie mit einem stotternden Motor zu einer Tankstelle. Sie fluchte, tankte, bezahlte und kaufte nebenan in dem Tabakladen zwei Packungen *Gitanes*.

Ein wenig entspannter ordnete sie sich wieder in den Stau in Richtung *Saint-Tropez* ein. Auf den ersten Blick hatte sich in ihrer Heimat nichts geändert. Die Ferienregion platzte aus allen Nähten. Mehr noch, Sie hatte das Gefühl, dass es einen

Tick voller war. Kurz vor dem beliebten Ausflugsziel bog sie in Richtung der Strände ab. Sie kannte sich aus und nahm den schnellsten Weg zur *Villa Martine.*

Es war ein prachtvolles Anwesen. Sie wunderte sich, wie eine junge Frau sich so etwas leisten konnte. Auf dem weitläufigen Vorplatz parkten das Dienstfahrzeug der *Gendarmerie* und eine englische Limousine. Seitlich erkannte sie ein *Mercedes* Cabrio, elfenbeinfarben lackiert mit rotem Stoffdach. Es sah äußerst schick aus, wie sie fand. Die Besitzerin hatte Geld und Geschmack, was auf der Halbinsel nichts Ungewöhnliches war.

Sie griff nach ihrer Umhängetasche, die sie, bevor sie losgefahren war, gepackt hatte. Wie üblich gehörte zu ihrer Ausstattung ihr silbernes Benzinfeuerzeug, ihre *Ray Ban* Pilotensonnenbrille, der Polizeiausweis, eine kleine Flasche *Evian,* ein Apfel, Tampons, ein frisches Taschentuch und ein neues ledernes Notizbüchlein in Hellrosa. Ihren Bleistift mit der silbernen Kappe hatte sie nicht gefunden, deshalb begnügte sie sich mit einem angekauten Stift aus der Küchenschublade. Auf ihre Dienstwaffe verzichtete sie.

Kaum war sie ausgestiegen, stürmte in riesigen Schritten *Gendarm* Hugo auf sie zu. Er rotierte mit seinen langen Armen wie eine Windmühle.

»*Commissaire* Girard, was für eine Freude, Sie zu sehen! Und gleich bei einem Kriminalfall.«

Fast hätte er sie umgerannt. Er konnte gerade noch so bremsen.

»Sie sehen prächtig aus, Hugo! Zugelegt haben Sie. Es steht Ihnen gut.«

Er lief rot an.

»Sagen Sie doch nicht so etwas. Aber es stimmt. Meine

Uniform spannt. Ich bekomme ein Bäuchlein.«

Sie tätschelte seinen Arm.

»Wir werden Sie auf Trab halten. Das trainieren Sie sich schnell wieder weg.«

»Oh wie erfreulich! Sie wollen mich erneut einsetzen. Darauf hatte ich gehofft. Ich hatte schon Bedenken wegen des neuen *Commissaires.«*

Sofort merkte er, was er da verraten hatte. Lucie sah ihn mit ehrlichem Unverständnis an.

»Welchen *Commissaire* meinen Sie, Hugo?«

Er hatte es begonnen, nun musste er es auch fortsetzen.

»Äh ... er heißt Michel Ponte. Kommt aus *Paris,* soweit ich informiert bin. Wir haben ihn erst zweimal zu Gesicht bekommen. Er arbeitet nicht mit uns. Davon ist auszugehen.«

Lucie wusste nicht, was sie davon halten sollte. Sie bemühte sich um Contenance.

»Ponte? Bearbeitet er Fälle rund um *Saint-Tropez?«*

Gendarm Hugo nickte und machte dabei einen betroffenen Gesichtsausdruck, so als ob er für den Einsatz des Kollegen verantwortlich sei.

»Wohl. Aktuell arbeitet er sich ein. Er soll in *Sainte-Maxime* stationiert werden.«

Das waren keine ermunterten Nachrichten, dachte Lucie. Hatte sich das Blatt zu ihren Ungunsten gewendet? Sie musste unbedingt mit Sebastian Cassel, dem *Directeur de la Police Nationale* in *Toulon,* reden. Er würde ihr reinen Wein einschenken. Dann könnte sie überlegen, wie sie sich verhalten sollte ...

»Nun denn. Lassen Sie uns diesen Mord aufklären, so wie wir es gewohnt sind. Ich kümmere mich um den neuen Mann, sobald ich die Gelegenheit dazu habe«, versprach die *Com-*

missaire.

Hugo grinste glücklich.

»*Bravo!* Das ist die richtige Einstellung. Wir halten zusammen und glänzen mit Erfolgen. Dann kann uns keiner …«

Lucie dachte für sich: Da wäre ich mir nicht so sicher. Sie sprach es aber nicht aus.

»*Docteur* Lefabre? Ist er am Tatort?«

»*Oui*. Wir können zu ihm. Er ist vor fünfzehn Minuten eingetroffen. Die Spurensicherung dürfte bald dazustoßen.«

»Lassen Sie uns keine Zeit verlieren.«

»Sie sind ganz die Alte!«, rutschte es Hugo heraus.

Lucie sah ihn gespielt böse an. Er bemerkte, wie man seine Aussage interpretieren konnte.

»Ich meine das natürlich im übertragenen Sinn!«

»Wo steckt Bruno Purenne?«

»Wir treffen ihn gleich beim *Docteur*. Im Übrigen wartet *Monsieur* Emery am Pool auf Sie. Er hat *Mademoiselle* Marin gefunden. Da hat sie noch gelebt, sagt er.«

Sie betraten die Diele der Villa. Lucie nahm gleich den Duft des üppigen Blumenstraußes wahr, der mitten im Raum auf einem Mosaiktisch stand.

»Was für ein Bouquet! Ich bin zurück in Frankreich! Hier riecht es komplett anders als in den *USA*. Ich habe noch immer den penetranten Gestank von Pommes frites-Fett in der Nase.«

»Wie unangenehm!« Hugo zeigte nach rechts. »Hier entlang, *Commissaire*. Das Opfer liegt in der Küche.«

»Moment!«

Lucie blieb stehen und klappte mit spitzen Fingern eine Karte auf, die neben der Vase lag. Sie las laut vor:

Pass auf, dass der Duft der Verführung nicht zu Deinem Verhängnis wird. Ein Freund.

Ein Freund? Lucie fragte sich, wen Isabel wohl verführt hatte und wer sie so eindringlich warnte? An Hugo gewandt, befahl sie:

»Die Spurensicherung soll die Karte auf Fingerabdrücke untersuchen«, dann folgte sie ihm ins Esszimmer.

Die Tapete des länglichen Raumes war mit tropischen Pflanzen und Blüten bedruckt. Lucie empfand die Gestaltung erdrückend.

Der Geruch änderte sich, als sie die Küche betraten. Eine Mischung aus Blut, Tod und Alkohol, ausgedünstet durch die Haut *Docteur* Lefabres, empfing sie. Der betagte Mediziner hatte sein Laster nicht aufgegeben. Schon früh am Tag nahm er Roséwein aus der Gegend zu sich.

»Docteur! Wie lautet Ihr fachmännisches Urteil?«, überfiel sie ihn von hinten.

Nachdem er nach vorne gebeugt über der Toten gekniet hatte, drehte er sich erschrocken zu ihr um.

»Madame la Commissaire Girard! Sie sind zurück! Wie ich feststellen darf, haben Sie die Tortur durch die Vereinigten Staaten von Amerika überlebt!«

»Haha. Sie Spaßvogel. Aber es stimmt. Teilweise war es eine Tortur. Ich bin froh, wieder hier zu sein. Welche Erkenntnisse konnten Sie gewinnen?«

Er schob seine fleckige Nickelbrille zurück, schniefte laut und meinte:

»Sie haben der Polizei gefehlt.«

»Danke Ihnen. Aber meine Frage bezog sich auf das Opfer.«

Er lachte blechern.

»Die junge Frau. Schade um sie. Sie war nicht nur hübsch, sondern auch durchtrainiert und, wie es scheint, kerngesund. Wäre da nicht der eingeschlagene Schädel. Der Täter hat sie voll erwischt. Sozusagen ein Volltreffer.«

Lucie sah sich um, entdeckte aber keine Tatwaffe.

»Wovon vermuten Sie, wurde sie getroffen?«

Er formte mit seinen Händen einen Kreis.

»Die Fläche der Tatwaffe muss mindestens diese Größe gehabt haben. Es könnte sich um einen Klappspaten, wie er beim Militär verwendet wird, gehandelt haben.«

Lucie dachte laut.

»Wer betritt mit einem Klappspaten die Villa?«

In diesem Moment rief *Capitaine* Purenne:

»Wen höre ich da? *Madame la Commissaire!*«

Lucie ging sogleich auf Bruno Purenne zu. Sie schüttelten sich die Hände. Er reagierte entzückt.

»Oh wie schön! Dass ich das erleben darf! Lucie Girard ermittelt wieder!«, rief der *Capitaine*.

Docteur Lefabre sah ihn irritiert an.

»Wie meinen Sie das?«

»Lefabre. Lassen Sie mir meine Freude. Wir alle haben die *Commissaire* vermisst und sind erleichtert, dass sie gesund und motiviert an die Arbeit geht. Stimmt's Hugo?«

»So ist es, *mon Capitaine.*«

Lucie löste sich von Bruno Purenne und nahm den Faden wieder auf.

»Woran machen Sie fest, dass die Tatwaffe ein Spaten war?«, fragte sie den Arzt.

»An der Art und Größe der Schädelfraktur. Das Tatwerkzeug, bzw. der obere Teil dessen, muss eine gewisse Größe haben.«

Alle blickten nachdenklich auf die Tote, unter deren Kopf eine Blutlache entstanden war.

Lefabre untermauerte seine Theorie, indem er auf das Opfer zeigte.

»Sehen Sie hier, ihre Hände und Arme. Einige Platzwunden, Hämatome. Sie muss versucht haben, sich vor den Schlägen zu schützen.«

Capitaine Purenne schüttelte angewidert den Kopf.

»Ein äußerst brutales Vorgehen. Der Täter muss wütend auf die Frau gewesen sein und ist komplett ausgerastet.«

Lucie bestätigte seine Annahme.

»Er hat wohl absichtlich gehandelt. Wollte sie niederstrecken. Es war keine Tat im Affekt. Davon ist auszugehen.« Sie wiederholte ihre Frage von zuvor: »Wer betritt die Küche einer Villa mit einer Schippe?«, fragte sie in die Runde.

»Der Gärtner!«, äußerte Hugo vorlaut.

»Gibt es einen?«, fragte Lucie.

»Wir sollten *Monsieur* Emery fragen. Er erwartet uns am Swimmingpool«, erklärte *Capitaine* Purenne.

»Ist er der Besitzer der Villa?«, wollte die *Commissaire* wissen.

Capitaine Purenne informierte seine Vorgesetzte pflichtgemäß:

»Er hat das Opfer gefunden und ist mit ihr befreundet. So kann man es ausdrücken. Er teilte uns mit, dass er einen Schlüssel für die Villa besitze. Er habe ihn jedoch vergessen, deshalb läutete er. Aus der hiesigen Presse weiß ich, dass er so eine Art Mäzen für Isabel Marin war. Ein Förderer. Wie auch immer, Sie sollten ihn dazu befragen.«

»Das werde ich. Sind wir durch?«, fragte Lucie an *Docteur* Lefabre gewandt.

»Das bin ich. Konsultieren Sie die Pathologie in *Toulon. Docteur* Honfleur hat bestimmt eine dezidierte Meinung zum Entstehen der Schädelfraktur. Ich bin mir meiner Einschätzung nicht sicher.«

»Das werden wir tun. Soweit ich mich erinnere, hat ihr erstes Urteil sich bisher immer bestätigt.«

Lucies Lob schmeichelte dem *Docteur*. Er zog seine Gummihandschuhe aus und reichte der *Commissaire* die Hand.

»*Merci, Madame la Commissaire*. Sie können sich auch in Zukunft auf mich verlassen.«

Lucie, die solche Äußerungen von *Lefabre* nicht gewohnt war, reagierte distanziert.

»Davon ist auszugehen. *Merci,* wir sollten jetzt mit *Monsieur* Emery reden. Hugo. Bitte bleiben Sie hier und überwachen den Einsatz der Spurensicherung. Bruno, wir gehen zum Pool. Vorher würde ich gerne eine Zigarette rauchen.«

Der Immobilienmakler tigerte nervös um den Pool herum, als Lucie und Purenne eintrafen. Er ging direkt auf sie zu und meckerte:

»Denken Sie, ich habe meine Zeit gestohlen? Ich warte hier nun schon seit über einer geschlagenen Stunde! Legen Sie los mit Ihren Fragen.«

Lucie blieb entspannt und schlug ihm vor:

»Wollen wir uns nicht in den Schatten begeben? Die Stimmung ist mir zu aufgeheizt.«

Er brummte.

»Wie Sie meinen. Mit wem habe ich das Vergnügen?«

Sie stoppte ihren Lauf und stellte sich förmlich vor.

»*Commissaire* Girard. Ich kümmere mich hier in der

Gegend um die Aufklärung von Mordfällen. Und Sie?«

Er reichte ihr die Hand. Sein Brass hatte sich gelegt.

»Pierre Emery, Immobilienmakler und Geschäftsmann. Mein Lebensmittelpunkt ist *Cannes*. Aber ich treibe mich überall an der *Côtes d'Azur* herum und suche lukrative Immobilien, die ich veräußern darf.«

Sie erreichten eine gemütliche Sitzgruppe unter einer mit Schilfmatten belegten schmiedeeisernen Pergola.

»Wie war Ihr Verhältnis zu *Mademoiselle* Marin? Waren Sie mit Ihr verabredet?«

Er verzog sein Gesicht. Die Frage gefiel ihm anscheinend nicht.

»Das habe ich bereits Ihrem uniformierten Kollegen berichtet. Tauschen Sie sich nicht aus?«

Die *Commissaire* reagierte nicht auf seine launische Bemerkung.

»Bitte wiederholen Sie Ihre Aussage. Ich möchte sie mir notieren.«

Sie hielt ihm ihr Notizbuch hin.

»Löblich. Falls Ihr Gedächtnis nachlässt. Haha.«

Lucie hatte den Typen jetzt schon gefressen. Er war ein arroganter Schnösel. Sie ließ sich ihr Urteil aber nicht anmerken.

»Und? Ich warte auf Ihre Antwort.«

»Ich war nicht im klassischen Sinne verabredet. Sie hat mich in *Cannes* angerufen, weil es ihr nicht gut ging. Ich vermutete, sie benötigte wie so oft meinen Zuspruch. Ich bin wie ein Vater zu ihr, müssen Sie wissen. Die Beziehung zu ihrem Verlobten war nicht problemlos. Er ist krankhaft eifersüchtig und aufbrausend. Ich habe mich ins Auto gesetzt und bin hergefahren. Nachdem sie auf mein Läuten nicht aufgemacht hat, bin ich durch die offenstehende Eingangstür ins Haus. Dort fand ich sie in der Küche liegend, stöhnend und schwer verletzt. Sie lag in einer Blutlache.«

»Sie lebte noch?«

»Genau. Auch das habe ich überdeutlich erklärt. Sie wollte mir etwas mitteilen, doch sie sprach unverständlich. Ich habe leider nur ein *F* ... gehört. Kurz darauf verstarb sie.«

Bei den letzten Worten stockte seine Stimme.

»Bitte entschuldigen Sie. Wir standen uns nahe. Sie war wie eine Tochter für mich.«

Bruno Purenne runzelte die Stirn. Er stellte fest, dass Emery die gleichen Formulierungen gewählt hatte, wie in ihrem Gespräch. Es klang wie einstudiert.

Lucie griff den Beziehungsstatus auf.

»Sie hatten also einen Verdacht, dass etwas nicht stimmen würde?«

Er richtete sich auf. Sah die *Commissaire* mit offenem Blick an.

»So würde ich es nicht ausdrücken.«

»Ich habe mir Sorgen gemacht. Sie war eine bezaubernde Frau, die Männern gefiel. Und durch ihre Passion kam sie auch mit vielen Männern in Kontakt.«

Lucies Interesse war geweckt.

»Welche Passion verfolgte sie? Hat sie damit ihren luxuriösen Lebensstil finanziert?«

»In erster Linie die Mode. Sie schrieb über die neuesten Kollektionen der Modeschöpfer in der *Vogue*. Verfasste Artikel für Tageszeitungen wie *Le Monde*. Teilweise posierte sie selbst vor der Kamera. Und – sie spielte leidenschaftlich und erfolgreich Golf. So habe ich sie kennengelernt. Bei einem Golfturnier auf dem Golfplatz von *Saint-Tropez*. Ich war zugegen, als sie die Clubmeisterschaft gewann. Das ist schon lange her.«

Lucie stutze und sog an ihrer *Gitanes*. Sie sah das Opfer mit einem Schläger in der Hand vor sich. Mit ihm konnte man Bälle hundert Meter weit schlagen. Das wusste die *Commissaire* … Erst nachdem sie den Rauch ihrer *Gitanes* ausgeblasen hatte, ging sie auf das Gesagte ein.

»Wie alt war Ihre Freundin zu diesem Zeitpunkt? Und wie lange dauert Ihre väterliche Beziehung zu ihr?«

Emery gefiel die Fragerei zusehends weniger. Er nörgelte herum.

»Väterliche Beziehung …«, wiederholte er indigniert. »Wieso wollen Sie das wissen? Ich habe Isabel gefunden und die Tat der Polizei gemeldet. Und was tun Sie? Sie behandeln mich wie einen Verdächtigen. Was soll das?«

Bruno lächelte verständnisvoll. Er hatte diese Kritik schon oft gehört. Die *Commissaire* antwortete darauf immer identisch.

»Routine. Wir müssen uns ein umfassendes Bild von dem Umfeld des Opfers machen. Einen Mörder fasst man mit Indizien und Fakten, die man über die Familie, Freunde und Bekannte herausfindet. Und da Sie ihr nahestanden, zählen Sie zu den Personen mit denen wir zuerst und intensiv sprechen.«

Er nickte und zeigte auf Lucies *Gitanes*-Packung.

»Darf ich. Es ist mir gerade danach.«

Sie reichte ihm die blaue Schachtel.

»Gerne.« Sie gab ihm Feuer. Er beugte sich vor und hielt die Spitze der Zigarette in die Flamme. Kurz darauf nahm er einen tiefen Zug.

»Wunderbar.«

»Das Aroma erinnert mich an meine Jugend, wie meine Brüder und ich abends am Strand geraucht haben. Wahnsinn! Das ist lange her.«

»Danke für das Stichwort. Wie alt war *Mademoiselle* Marin und wie lange kannten Sie sie?«

Er blies den Rauch aus. Und erklärte:

»Sie war ein- oder zweiundzwanzig. Mittlerweile kenne ich sie seit zehn Jahren.«

»Wie alt sind Sie?«

Er grinste.

»Was schätzen Sie?«

Eingebildeter Gockel!, dachte Lucie und gab ihre Einschätzung mit einem Lächeln ab:

»Zweiundfünfzig.«

»Danke, dass Sie mich jünger schätzen. Ich bin neunundfünfzig. Bald werde ich sechzig. Gerne wäre ich zwanzig Jahre jünger. Aber das Alter bringt auch seine Vorteile. Man steht über den Dingen und regt sich weniger auf.«

»Trotzdem scheint Sie das Verhältnis von *Mademoiselle Marin* zu ihrem Verlobten emotional beschäftigt zu haben. Wie heißt er im Übrigen?«

Emery rauchte wie ein Gelegenheitsraucher. Es wirkte aufgesetzt.

»Die sind ganz schön stark, kratzen im Hals«, stellte er hüstelnd fest. Dann verriet er:

»Sein Name ist Franc Leroux. Einer dieser durchtrainierten Beachboys. Mehr Muskeln als Hirn. Treibt von morgens bis abends Sport. Trainiert Prominente und Reiche, die in *Cannes* ihren Urlaub verbringen. Keine Ahnung was Isabel an ihm fand.«

Von Lucie kam gleich eine Retourkutsche.

»Was fanden Sie an ihr?«

»Habe ich das nicht schon erklärt? Ich habe sie bewundert. Ihr Talent, ihre Ausstrahlung und ihre Fähigkeit, mit Menschen umzugehen. Sie konnte in Windeseile Kontakte knüpfen. Und hat sich nie danebenbenommen. Sie so zugerichtet zu sehen, bricht mir das Herz.«

Lucie nahm sich vor, mehr über den Immobilienmakler herauszufinden. Sie konnte sich durchaus vorstellen, dass der grau melierte Mann und die kontaktfreudige junge Frau erfolgreiche Geschäftspartner waren. Wobei? Vielleicht mutmaßte sie zu viel. Sie wechselte das Thema.

»Was passiert mit der Villa nach Isabels Tod? Hat sie *Mademoiselle* Marin gehört?«

Mit spitzen Fingern drückte Emery die *Gitanes* aus. Er hatte genug geraucht.

»Nein. Dieses Anwesen hätte sie sich nicht leisten können. Es ist eines der Objekte aus meinem Angebotsportfolio. Wenn ein Interessent die Villa besichtigen wollte, musste sie für einen Tag in ein Hotel ziehen. Wie bereits erwähnt, habe ich sie unterstützt. Die Immobilie war ein Teil dessen.«

Was für ein selbstloser Gönner!, dachte Lucie. Dabei zwinkerte sie *Capitaine* Purenne zu, der sich wiederum seinen Teil dachte.

Die *Commissaire* erhob sich.

»Nun gut, *Monsieur* Emery. Mein Kollege nimmt Fingerabdrücke von Ihnen. Danach sind Sie fürs Erste entlassen. Bitte verreisen Sie in nächster Zeit nicht. Haben wir seine Personalien, *Capitaine?«*

»Bien sur. Gendarm Hugo hat sie aufgenommen«, erklärte *Capitaine* Purenne.

Emery hielt Lucie eine Visitenkarte hin.

»Für Sie. Da steht die Nummer meines Büros in *Cannes* drauf. Meine Sekretärin leitet mir ihre Nachrichten weiter. Ich bin die meiste Zeit unterwegs.«

Er verhielt sich kooperativ, was Lucie ihm positiv anrechnete. Trotzdem reichte sie ihm zum Abschied nicht die Hand, sondern ging in Richtung Salon.

»Sie hören von mir. Wir verschaffen uns in den nächsten Tagen einen Überblick.«

Nach drei Schritten drehte Lucie sich erneut um.

»Fast hätte ich vergessen, Sie zu fragen, wer sonst im Haus ein und aus geht? Eine Köchin, ein Gärtner eine Putzfrau? Die Villa muss gepflegt und sauber gehalten werden, wenn sie am Markt angeboten wird.«

Emerys Mundwinkel zuckten nervös.

»Da erwischen Sie mich kalt. Die kompletten Namen dieser Leute habe ich nicht parat. Meine Sekretärin kann Ihnen gerne detaillierte Auskunft geben. Hier arbeitet eine Haushälterin. Ihr Vorname ist Pauline. Und dann erinnere ich mich an einen jungen Mann, der öfter im Garten schafft. Er kümmert sich auch um den Pool. Ich glaube, er heißt Malik. Mit mehr kann ich leider nicht dienen.«

»Das ist doch schon etwas. Sind Ihnen die Blumen in der Eingangshalle aufgefallen?«

»Blumen? Ich habe keine bemerkt. Und wenn, was haben sie mit dem Mord an Isabel zu tun?«

»Das werde ich herausfinden, *Monsieur!*«

Er schüttelte verständnislos seinen Kopf.

»Dann wünsche ich Ihnen viel Erfolg!«

»Merci! Au revoir, Monsieur Emery.«

»Au revoir, *Madame la Commissaire* Girard.«

Lucie nutzte die Gelegenheit, um sich in der Villa genauer umzusehen. Zuerst betrat sie die Küche durch einen Seiteneingang. Isabels Leiche war bereits abgeholt worden. Nur die Blutlache zeugte noch von ihrer brutalen Ermordung.

Sie wollte ihre Vermutung bestätigt wissen. Deshalb sah sie sich suchend um und fragte sich, wo das Opfer ihre Golftasche aufbewahrte. Sie fand sie weder in der Küche, noch im Salon, den sie durchquerte. Vielleicht im Flur? Sie entdeckte keine Tasche. Direkt hinter dem Eingang befand sich ein Wandschrank. Sie öffnete die Tür und wurde fündig. Aus einer beigen Golftasche ragten mehrere Schläger verschiedener Länge heraus. Sie zählte insgesamt sieben. Die Köpfe waren nicht so groß wie die Fläche eines Klappspatens. Aber sicherlich ideal, um damit zuzuschlagen.

Sie rief einen der Mitarbeiter der Spurensicherung zu sich und bat ihn, jeden einzelnen Schläger auf Blutspuren und Fingerabdrücke untersuchen zu lassen. Der junge Mann sah sich die geöffnete Tasche von oben genau an. Dann stellte er fest:

»Da fehlen welche.«

»Sind Sie sich sicher?«

»Ich spiele Golf. Sehen Sie hier«, er hob zwei Schläger hervor. »Auf diesem steht eine Fünf und auf dem Zweiten eine Sieben. Die Sechs fehlt. Und auch den Neuner sehe ich nicht.«

»Bravo!«, lobte *Commissaire* Girard den aufmerksamen Spurensicherer. »Fällt Ihnen sonst noch etwas auf?«

Er kratzte sich am Hinterkopf.

»Wissen Sie, wie gut die Ermordete Golf spielte?«

»Sie hat vor einigen Jahren die Clubmeisterschaft von *Saint-Tropez* gewonnen«, verriet Lucie.

Die Miene des jungen Mannes hellte sich auf. Er gab zum Besten:

»Dann stimmt meine Vermutung. Es fehlt ein weiterer Schläger. Man benötigt ihn, um abzuschlagen. Ein so genannter *Driver.*«

Lucies nächste Frage war naheliegend.

»Ich nehme an, er unterscheidet sich von den Restlichen?«

»Absolut. Er ist länger und sein Schlägerkopf deutlich größer. Man kann den Ball weiter schlagen und besser kontrollieren. Vorausgesetzt, man hat mit diesem Spezialschläger das Abschlagen geübt. Das kann man auf der so genannten *Driving Range.*«

»Ich merke, ich sollte mich intensiv mit dem Golfspiel auseinandersetzen.«

»Sie können ja mich konsultieren«, rutschte es dem jungen Mitarbeiter heraus.

»Das wäre durchaus möglich.«

Mit hochrotem Kopf zeigte er sich über die Anerkennung der *Commissaire* erfreut.

»Tun Sie das. Sie erreichen mich in der Zentrale in *Toulon.* Mein Name ist Eric Bordeaux. Wie die bekannte Stadt.«

»Merci, Eric. Ihr Fachwissen war sehr hilfreich.«

Röter konnte er nicht werden. Er nickte schüchtern und verabschiedete sich.

»Dann werde ich mal ...«

»Bleiben Sie aufmerksam«, schickte Lucie ihm hinterher.

Zufrieden begab sich die *Commissaire* in den ersten Stock, um sich ein Bild von den persönlichen Dingen des Mordopfers zu machen. Dort befanden sich mehrere Schlafzimmer und Bäder. Sie öffnete eine Tür nach der anderen. Die Räume waren voll möbliert, schienen aber unbewohnt. Erst hinter der letzten Tür wurde sie fündig. Es war Isabel Marins Zimmer. Eher ein Appartement. Einem Wohnbereich schloss sich das Schlafzimmer an. Von dort ging es in einen Ankleideraum, in dem mehrere Kleiderständer standen, auf denen die unterschiedlichsten Kleidungsstücke hingen. Beim Durchsehen stellte sie fest, dass es sich größtenteils um handgenähte Unikate handelte. Sie fand keinerlei Etikett oder Hinweis auf eine Modemarke. Ihr wurde klar, dass hier ein Vermögen hing. Das Gleiche galt für die Utensilien und den Schmuck auf der Frisierkommode. Die junge Dame schmückte und schminkte sich gerne und viel. Stutzig wurde sie, als sie sich das Bett ansah. Die Laken lagen durcheinander und sie fand Blutflecken darauf. In der Schublade des Nachttischs entdeckte sie eine Sammlung unterschiedlicher Kondome. Hinter der Tür darunter wurde es noch bunter. Lederriemen, Gerten, Handschellen und allerlei Sex-Spielzeug stapelte sich im Fach. Isabels Liebesleben schien äußerst kreativ gewesen zu sein.

Sie zog die rechte Schublade eines kleinen Sekretärs auf. Hier stieß sie auf eine Briefsammlung. Allesamt Rechnungen. Auffällig war, dass die Umschläge hastig aufgerissen waren. Es gab keinen Hinweis, ob sie die Forderungen beglichen hatte. Gründlich wie die *Commissaire* war, zog sie die Lade, so weit es ging, heraus, um den Inhalt auf den Schreibtisch zu leeren. Es funktionierte nicht. Ein Mechanismus blockierte die Schiene. Sie musste Briefe, Papier, Stifte und allerlei Krimskrams einzeln herausnehmen. Mit der Hand tastete sie die Rückwand ab, entdeckte einen Riegel und schob ihn zur Seite. Jetzt ließ sich die Schublade problemlos herausziehen. Dort wo sie endete, befand sich ein zweites schmales Fach.

Darin lagen ein Schlüsselbund und ein kleines Notizbuch. Sie öffnete es und las männliche Vor- und Nachnamen. Ergänzend waren Kalenderdaten vermerkt. Sie reichten fünf Jahre zurück. Auf jeder Seite waren fünf notiert. Lucie zählte die Blätter. Sie kam auf zwanzig. Isabel hatte über die Zeit einhundert Namen gesammelt. Männer, mit denen sie verkehrt hatte? Waren es Kunden von ihr? Geschäftspartner? Und die Schlüssel? Gehörten sie zu einer Wohnung, die sie nutzte, um die Männer zu treffen? Oder handelte es sich um ihre ursprüngliche Wohnung? Viele Fragen, die sie nicht beantworten konnte, die aber für die Ermittlung von Bedeutung waren.

Die *Commissaire* suchte nach weiteren Notizen oder persönlichen Dingen. Die zweite Schublade des Sekretärs verbarg kein Geheimfach, dafür lag darin ein Heft mit karierten Blättern. Fein säuberlich hatte Isabel Geldbeträge notiert, die sie vermutlich erhalten hatte. Lucie las in jeder der Zeilen ein Datum, eine Summe und ein Kürzel. Konsequenterweise verglich sie die Zahlungen mit den Namenseinträgen im Notizbuch. Die Zeitspannen ließen sich zuordnen. Die Beträge variierten in ihrer Höhe deutlich. Die Älteren waren niedriger. Zu Beginn schwankten sie zwischen 10.000 und 15.000 Francs. Zum Ende hin wurden es bis zu 30.000 Francs. Lucie nahm die Unterlagen und den Schlüsselbund an sich.

Zurück im Parterre beauftragte sie die Spurensicherung, Isabel Marins Schlafzimmer auf Fingerabdrücke zu untersuchen.

Mit sich und ihrer Arbeit zufrieden setzte sie sich auf die Terrasse, zündete eine *Gitanes* an, trank einen Schluck Wasser aus ihrer mitgebrachten Flasche und reflektierte einen möglichen Tathergang.

Ausgangspunkt war für sie die Vermutung von *Docteur* Lefabre, dass Isabel Marin mit einer Schippe erschlagen wurde. Je länger sie darüber nachdachte, umso unrealistischer kam ihr das vor. Sollte der Täter sich zuvor in einem Gartenhaus eine Schippe genommen haben, um sie anschließend damit zu erschlagen? Nein. Ihre Vermutung, dass ein Golfschläger zum Einsatz gekommen war, überzeugte sie mehr. Isabels Golftasche befand sich im Haus und es war, falls sich der Täter vor Ort auskannte, relativ einfach, sich einen davon zu schnappen und die Tat zu begehen. Ihr war klar, dass sie die Schläger finden mussten, um den Täter zu überführen.

Von ihrem Platz sah sie *Gendarm* Hugo, der sich neben dem Einsatzfahrzeug mit einem der Spurensicherer unterhielt. Sie winkte ihn zu sich. Er eilte umgehend zu ihr, beugte sich vor und fragte:

»*Madame la Commissaire* Girard, was kann ich für Sie tun?«

Sie erfreute sich an seinen guten Manieren.

»Sie dürfen sich auf die Suche nach der möglichen Tatwaffe machen.«

Mit skeptischen Blick sah er sie an.

»Sie glauben an die Theorie von *Docteur* Lefabre?«

»Ehrlich gesagt, nein. Ich will nur sichergehen. Bitte suchen Sie das Haus und das Grundstück nach einem Spaten oder einer Schippe und ...«

Hugo unterbrach seine Vorgesetzte, schob seine Kopfbedeckung nach hinten und wischte sich mit dem Handrücken über die Stirn.

»Bitte entschuldigen Sie meinen Einwand. Ich habe eben mit einem der Spurensicherer gesprochen. Er verriet mir, dass er sie auf mindestens einen abhandengekommenen Golfschläger in der Tasche des Mordopfers aufmerksam gemacht hat. Wie wäre es, wenn wir nach einem Spaten und den fehlenden Schlägern suchen?«

»Sie haben mich nicht ausreden lassen, mein lieber Hugo. Genau das sollten wir tun.«

Hugo geriet ins Stottern.

»Nun ich ... war mir nicht sicher. Mein detektivischer Spürsinn ist mit mir durchgegangen.«

»Machen Sie sich keinen Kopf. Besser Sie legen gleich los.«

»Darf ich Unterstützung anfordern? Das Anwesen ist weitläufig.«

Lucie war ihm nicht böse. Freundlich gab sie ihm die Erlaubnis.

»Sie dürfen. Sprechen Sie sich bitte mit *Capitaine* Purenne ab.«

»Wird erledigt. Die Spurensicherung ist mit dem Tatort durch. Sollen sie sich weitere Räume vornehmen?«

»Ich habe sie in das Schlafzimmer des Opfers geordert. Es liegt am Ende des Flurs im ersten Stock. Auf dem Bettlaken sind Blutspuren. Vielleicht finden sich im Bad fremde Haare. Sie sollen unbedingt Fingerabdrücke rund ums Bett nehmen und am Sekretär. Kümmern Sie sich auch um ihre Golftasche mit Schlägern. Ein Mitarbeiter hat sie bereits an sich genommen.«

»J'ai compris!«, er zwinkerte ihr zu. »Wir haben noch eine Weile hier zu tun. Sie werden uns vermutlich früher verlassen?«

Lucie hatte bisher nicht entschieden, wo sie sich während der Ermittlungen aufhalten wollte. Ihr Büro in *Fréjus/Saint-Raphaël* erschien ihr ungeeignet, da sie rund um *Saint-Tro-*

pez im Einsatz sein würde. Dazu wollte sie unbedingt mit Sebastian Cassel sprechen. Der neue *Commissaire* lag ihr schwer im Magen. Was wurde von ihr erwartet? Sollte sie ihm berichten? Vielleicht wäre es das Beste, wenn sie nach *Toulon* zum Polizeipräsidium fahren würde?

»Ich habe einige Gespräche zu führen, die nicht direkt mit dem Fall verbunden sind«, erklärte sie vage. »Es kann sein, dass ich den Nachmittag unterwegs bin und erst morgen wieder in die *Gendarmerie* komme. Zuhause wartet liegengebliebene Arbeit auf mich. Ich muss mich erst einmal sortieren …«

Hugo hob seine Hände zum Zeichen des Rückzugs.

»Lassen Sie sich von mir nicht unter Druck setzen. Wir erledigen unsere Arbeit. Sollte es wichtige Erkenntnisse geben, rufe ich sie an. Die Nummern habe ich ja.«

»Danke für Ihr Verständnis, Hugo. Und nun, an die Arbeit!«

Sie hatte darauf gewartet, ihn salutieren zu sehen. Jetzt war es soweit. Er knallte die Hacken zusammen, stand stramm und legte seine Hand flach an die Kappe. Dazu rief er in militärischem Ton:

»Zu Befehl, *Madame la Commissaire!*«

Lucie grinste ihn breit an.

»Sie haben es nicht verlernt! Aber bitte entspannen Sie sich wieder.«

»Sehr wohl. Ich entferne mich.«

»Tun Sie das.«

Ein Lächeln blieb noch eine Weile auf ihrem Gesicht haften. Wie schön es doch war, wieder ihrer Arbeit nachzugehen, ihre Sprache zu sprechen und die Gepflogenheiten ihrer Kollegen zu erleben.

Sie bemühte sich, über die gefundenen Erkenntnisse nachzudenken, doch es gelang ihr nicht. Hatte sie in den drei Monaten Pause ihre Ermittlungsfähigkeiten eingebüßt? Nein! Daran lag es nicht. Sie musste andauernd an den neuen *Commissaire* denken. Würde er sie in ihrer Arbeit limitieren? Ging es um eine Ergänzung oder um eine Ablösung? Erst wenn das geklärt war, könnte sie befreit loslegen. Der Mord war geschehen. Seine Aufklärung konnte warten. So wie es aussah, war aktuell niemand sonst in Gefahr. Sie entschloss sich, von der *Villa Martine* in *Toulon* anzurufen. Sebastian würde sie verstehen. Sie hatte ein Vertrauensverhältnis zu ihm. Er würde ihr nichts vormachen. Dessen war sie sich sicher.

In der Empfangshalle hatte sie einen Telefonapparat gesehen. Dort ging sie hin, setzte sich auf einen bequemen Sessel, zündete sich eine Zigarette an, wählte seine Nummer und hörte dem Klingelzeichen zu. Er meldete sich nach mehrmaligem Tuten. Seine Stimme klang rauer, als sie sie in Erinnerung hatte.

»Cassel«, kein *Bonjour* oder eine sonstige Begrüßungsfloskel.

»Sebastian! Hier ist Lucie. Wir sind zurück und ich bin bereits im Dienst. Ein Mordfall in *Saint-Tropez.*«

Das war direkt. Sogar für ihre Verhältnisse. Es entstand eine unangenehm lange Pause. Sie hörte ihn schwer atmen und dann an seinem Zigarillo ziehen.

»So, bist du das? Wer hat dich zu diesem Fall eingeteilt?«

Lucie verstand nicht ganz. Jedenfalls tat sie so.

»Eingeteilt? Bisher habe ich eigenständig die Verbrechen in der Gegend angenommen und bearbeitet«, erklärte sie offensiv.

»Das hat sich geändert. Sie werden von der Zentrale, also von mir in Abstimmung mit der Präfektin, den *Commissaires* im *Département* zugeteilt.«

Die neuen Gepflogenheiten behagten Lucie nicht. Sie ließ dies Sebastian wissen.

»Ich dachte, wir hätten das über eine Gebietszuteilung geregelt. Oder ...«, begann sie vorsichtig. »... hast du die Wahl zwischen mehreren *Commissaires* in einem Gebiet?«

Sie stellte die Frage bewusst so. Er sollte ihr die Neuigkeit, die sie bereits wusste, selbst mitteilen.

Er roch den Braten.

»Lucie!«, bellte er. »Du hast mit *Capitaine* Purenne gesprochen. Er hat dir von *Commissaire* Ponte berichtet. Ist es nicht so?«

Sie blies den Rauch ihrer *Gitanes* aus und hauchte ein: *»Oui«,* in die Sprechmuschel. Cassel regte sich auf.

»Was soll der Kindergarten? Er ist ein fähiger und erfahrener Kollege, der gleichberechtigt neben dir arbeitet. Im Innenministerium wurde entschieden, dass die Personaldecke in den *Départements* aufgestockt wird. Insbesondere in solchen, in denen die Mordquote überdurchschnittlich hoch ist. Das ist im *Var* der Fall. Du hast gleich deinen ersten Arbeitstag mit einem Alleingang begonnen. Bravo! Dein Glück ist, dass Michel Ponte gerade erst angefangen hat und dabei ist, sich zu akklimatisieren. Ich habe ihn heute Morgen zu seinem ersten Fall beordert. Das, was für ihn gilt, gilt auch für dich. Merke dir also für die Zukunft: Du erhältst die Aufträge von mir. Und nicht über einen Anruf deines speziellen Freundes *Capitaine* Purenne von der *Gendarmerie* in *Saint-Tropez.* Haben wir uns verstanden?«, beendete er seine Ausführungen mit einem unkontrollierten Husten.

Jetzt kam die Pause von *Commissaire* Girard. Nach einer Schweigeminute lenkte sie ein.

»Okay. Das habe ich. Lerne ich ihn kennen? Wir könnten uns bei den Ermittlungen behilflich sein und ergänzen.«

Sebastians Reaktion kam prompt.

»Das ist nicht die Idee. Wir benötigen mehr Kapazität für mehr Fälle. Es geht uns nicht darum, neue Teams zu formen. Reden könnt ihr gerne miteinander. Nicht aber arbeiten.«

Lucie fand das lächerlich. Ein Team konnte durchaus schneller und effizienter sein, als eine Einzelperson. Insbesondere bei verzwickten Fällen ergänzten sich zwei clevere Köpfe. Sie insistierte aber nicht.

»Wenn ihr das so wollt. Hast du Interesse, jetzt gleich über meinen neuen Fall informiert zu werden? Oder wartest du auf den Wochenbericht, falls dieser nicht in der Zwischenzeit abgeschafft wurde«, ergänzte sie spitz.

Er schnaubte.

»Du kennst mich doch. Ich bin ungeduldig. Und nein, er wurde nicht gestrichen. Du darfst ihn weiterhin verfassen. Nicht nur für mich, sondern insbesondere für die Präfektin Mailard. Er ist für sie eine essenzielle Informationsquelle.«

»Also soll ich nun …?«

»Lege los. Ich höre.«

Die *Commissaire* berichtete in knappen Sätzen, was sie bisher herausgefunden hatten. Er stellte keine Fragen zwischendurch. Erst nachdem sie geendet hatte, wollte er wissen:

»Du vermutest also, Isabel Marin und Pierre Emery haben unlautere Geschäfte betrieben? Vielleicht hat er ihr die Männer zugeschanzt? Sie als eine Art Bonbon eingesetzt, um die Immobilienverkäufe anzukurbeln. Durch seine Maklertätigkeit lernt er permanent neue Leute kennen.«

Lucie bestätigte seine Folgerung.

»Ja, entweder war sie eine Edelnutte oder einige der Interessenten wurden ausgenommen.«

Er führte weiter aus:

»Beruflich hat sie sich auf einer exponierten Ebene bewegt, sagst du. Meiner Kenntnis nach werden Tätigkeiten wie Artikel für Illustrierte schreiben schlecht bezahlt. Ich vermute, es waren eher Gastbeiträge. Ein professionelles Model war sie nicht?«

Lucie fühlte sich erleichtert, weil Sebastian sich für den Fall interessierte. Dies half, ihn zu besänftigen. Daraus schloss sie, dass er sie weiter zum Kreis seiner *Commissaires* zählte.

»Vermutlich. Trotzdem führte sie ein teures Luxusleben. Ihre Einkommensquellen könnten uns zu ihrem Mörder führen.«

Er überlegte laut:

»Monsieur Emery ... der Immobilienmakler. Ich kann mich über ihn erkundigen. Kontakt zu den Kollegen in *Cannes* aufnehmen. Vielleicht ist er aktenkundig oder es gab Skandale. Die Sitten im Immobiliengeschäft sind verkommen, obwohl es äußerlich gediegen und konservativ wirkt. Betrügereien sind an der Tagesordnung.«

Das Telefonat lohnte sich. Ihr Austausch war rege. Lucies Laune und Selbstsicherheit kehrten zurück.

»Ich stimme dir zu. Wobei ich mir Isabels Verlobten vornehmen werde. Laut *Monsieur* Emery stritt das Paar oft. Auf ihrem Bettlaken fanden wir Blutflecken.«

»War er gewalttätig? Oder sind das Reste ihrer Monatsblutung?«

»Ich finde es heraus. Genauso, wer sonst in der Villa ein-

und ausgegangen ist.«

»Gut, Lucie. Ich werde der Präfektin berichten, dass du wieder voll im Dienst bist und du den Mord an Isabel Marin bearbeitest.«

»*Merci,* Sebastian.«

Er brummte etwas Unverständliches. Sie kam auf das sensible Thema zurück.

»Der Fall meines Kollegen ... *Commissaire* Ponte? Worum geht es? Wer wurde ermordet?«

Die Frage brachte Cassel erneut zum Schnaufen.

»Eigentlich wollte ich ... aber gut. Nur so viel. Heute am frühen Morgen explodierte im Hafen von *Saint-Tropez* eine Jacht. Zwei Menschen starben. Es wird untersucht, ob es sich um einen Unfall handelt. Oder ob der Bauunternehmer, Bernard Bonnabel, gezielt in die Luft gejagt wurde.«

Lucie folgerte:

»Das macht mich doch etwas stutzig. Zwei Morde kurz hintereinander? Das Opfer Isabel Marin wurde von Pierre Emery finanziert. Ich könnte mir vorstellen, dass ein Bauunternehmer für den Immobilienmakler kein Unbekannter war.«

Aus dem Hörer drang das Geräusch eines dumpfen Schlages.

»Sebastian ist etwas passiert?«

Er grunzte wie eine wild gewordene Sau.

»LUCIE! Kümmere dich um deinen Fall. Deine Mutmaßungen kannst du gerne am Ende deines wöchentlichen Berichts erwähnen. Ich werde sie lesen und entscheiden, ob wir sie weiterverfolgen. Ist dir das verständlich?«

Sie schluckte ihren Ärger herunter und antwortete brav:

»Accepté, patron«

»Und nun habe ich zu tun. Du meldest dich bei mir, wenn du einen Schritt weitergekommen bist. Das ist ein Befehl!«

Er legte auf.

Lucie starrte den Hörer an, den sie vor sich in ihrer Hand hielt. Sie fühlte sich wie im falschen Film. Lag es an ihr? An ihren Eskapaden der Vergangenheit? Ihren Alleingängen, ihren Fehlern, ihren Affären? Wenn sie die letzten zehn Jahre Revue passieren ließ, kam einiges zusammen. Und jedes Detail hatte er mitbekommen. Es war durchaus nachvollziehbar, warum er heute so drauf gewesen war. Oder hatte er gehofft, sie nicht mehr wiedersehen zu müssen? Dass sie für immer in den *USA* geblieben wäre?

Sie sagte sich: Lucie! Beziehe nicht immer alles auf dich! Vielleicht hat er Probleme mit sich selbst. Oder mit der Präfektin. Oder er steckt in einer Krise?

Wie ein rohes Ei legte sie den Hörer auf den Apparat, erhob sich und verließ die Villa.

Es war Nachmittag. Sie wollte die Mädchen nicht gleich am ersten Tag Imani voll überlassen.

In ihrem *Citroën* fiel ihr kurz vor *Fréjus* ein, dass sie Lebensmittel besorgen musste. Der Kühlschrank war leer. Sie legte einen Stopp beim Supermarkt *Géant* ein, benötigte über eine Stunde für den Einkauf und beglich eine Rechnung in schwindelerregender Höhe. Sie musste feststellen, dass die Nahrungsmittel in Frankreich deutlich teurer waren, als die in den Vereinigten Staaten. Ihr Einkaufswagen war voll und ihr Portmonee leer. Am Ende ihrer Einkaufstour tankte sie. An der Zapfsäule war es noch dramatischer. Das Benzin kostete mehr als doppelt so viel, als Lucie es von ihrer Tour durch die Vereinigten Staaten gewohnt war. Die *USA* boten doch einige Vorteile, stellte sie nach ihrer Rückkehr in ihre Heimat fest.

Aude und Sophie gefiel es im Laden von Imani. Als sie das kleine Geschäft in der Nähe des Bahnhofs von *Saint-Raphaël* betrat, klebten sie an einem Tisch Stoffreste zusammen. Sie begrüßten sie begeistert:

»*Maman!* Wir nähen für unsere Puppen neue Kleider«, rief ihr Aude zu.

»So wie Imanis. Lang und bunt«, ergänzte Sophie.

Lucie umarmte ihre Mädchen und lächelte dabei Imani zu, die mit stolzem Gesichtsausdruck hinter ihrem Verkaufstresen stand.

»Sie waren sehr brav. Mir ist aufgefallen, dass sie geduldiger geworden sind. Die Reise hat sie verändert.«

»Interessant, dass du das sagst. Unsere Tour war teilweise äußerst anstrengend und sie mussten stundenlang brav im Motorhome sitzen, wenn wir lange Distanzen zurückgelegt haben.«

Imani ging auf Lucie zu und legte ihre große Hand auf ihre zierliche Schulter. Dabei sah die Kenianerin sie mit offenem Blick an.

»Und du? Wie erging es dir? Hast du dich befreien können? Von dem hier?« Nun rollte sie theatralisch mit den Augen.

Lucie musste über Imanis exzentrische Mimik schmunzeln.

»Du meinst Südfrankreich, unsere Stadt? Ja, ich habe es neu schätzen gelernt. Ich freue mich, zurück in der Heimat zu sein. Das Essen, die Kultur, die Sprache, die Leute und mein Beruf. All das ist ein Teil von mir, den ich nicht mehr missen möchte. Ich hätte nie gedacht, dass ich so sensibel auf Veränderungen reagiere. Interessanterweise geht es dabei um die alltäglichen Dinge, die jeder von uns kaum wahrnimmt. Sie sind einfach da. Wenn sie fehlen, reißen sie ein Loch in dein Leben.«

Mit Imani konnte Lucie schon immer offen reden. Deshalb nahm sie kein Blatt vor den Mund, sogar wenn es um Patric ging.

»Und eure Ehe? Habt ihr euch verstanden? Seid ihr zusammengerückt?«, fragte Imani unverblümt.

»Patric ist ein wundervoller Vater und ein herzensguter Partner. Ab und zu ging er mir auf den Geist. Er erzählt immer das Gleiche, macht dieselben Dinge und sucht Lob und Bestätigung von mir. Das kann anstrengend werden. Aber wir haben viel gemeinsam gesehen und erlebt. Leider auch negative Dinge.«

»*Mon Dieu!* Seid ihr etwa überfallen worden? Man hört so einige Horrorgeschichten von Leuten, die sich verfahren haben.«

»Das nicht. Unser Erlebnis war aber ähnlich dramatisch. Sophie wurde von einer geisteskranken Frau entführt. Sie hat sie als ihr Kind betrachtet.«

»*Incroyable!* Das gibt es doch nicht? Wo war das? Und wie habt ihr sie befreien können?«

Eigentlich hatte Lucie nicht vorgehabt, mit Imani über diese tragische Geschichte zu sprechen, doch da sie damit angefangen hatte, musste sie es fortsetzen.

»Genaugenommen handelte es sich um zwei Frauen, eineiige Zwillinge. Sie leben in den *Rocky Mountains,* mitten in Amerika. Umgeben von hohen Bergen, Wäldern und ursprünglicher Natur. Wir hatten unser Wohnmobil auf einem *Campground* abgestellt. Aude und Sophie spielten auf dem Gelände. Plötzlich waren sie verschwunden.«

»Oh, wie furchtbar! Ich kann mir genau vorstellen, wie ihr euch gefühlt habt. Seid ihr zur Polizei?«

»Darf ich?«, fragte Lucie und hielt ihre *Gitanes*-Packung hoch.

»Ja, gerne. Ich öffne währenddessen die Ladentür.«

Lucie zog sich den einzigen Stuhl heran, setzte sich und fing zu rauchen an. Sie wählte ihre Worte mit Bedacht, denn sie hatte vor, Imani auf ein Foto anzusprechen, das sie bei den Zwillingen Sarah und Fiona Wilson entdeckt hatte.

»Ich habe einen *Police-Officer* informiert, der uns später sehr geholfen hat. Ihm ist es zu verdanken, dass Sophie unbeschadet befreit wurde.«

»Das klingt wie in einem Krimi. Was hatte die Frau denn mit Sophie vor? War ihr Leben in Gefahr?«

Lucie zuckte mit den Schultern.

»Das lässt sich nicht eindeutig sagen. Auf jeden Fall hat Fiona, so hieß eine der Zwillingsschwestern, Sophie mitgenommen, die ihr wegen eines wegrollenden Balles vor ihr Auto gelaufen war, und bei sich versteckt.«

»Ich kann mir gut vorstellen, dass du deinen detektivischen Spürsinn genutzt hast, um die Identität der Entführerin aufzudecken.«

Lucies Mundwinkel gingen kurz nach oben.

»Ja. Etwas Glück war auch dabei. Und ohne den *Police-Officer* ...« Lucies Blick ging ins Leere. »... hätte es schlimm ausgehen können. Jedenfalls habe ich bald herausgefunden, um wen es sich handelte. Am Ende wurde Sophie mit einem bewaffneten Einsatz aus einer Hütte mitten im Wald befreit und Fiona festgenommen.«

Imani sah zu den spielenden Mädchen. Dann holte sie ihr großes buntes Taschentuch heraus und schnäuzte lautstark hinein.

»Ich wüsste nicht, wie ich ihren Verlust hätte verkraften können. Die zwei sind mir so ans Herz gewachsen!«

Lucie beobachtete Imani. Sie kannte die Kenianerin nun schon viele Jahre und sie wusste, dass sie ein herzensguter Mensch war. Auf sie war Verlass und stets blieb sie verständnisvoll. Es gab also keinen Grund, nicht absolut offen zu ihr zu sein.

»Sie lieben dich auch. Und Patric und ich würden uns freuen, wenn du sie weiter betreust.«

Tränen stiegen in Imanis Augen.

»Oh! Ihr macht mich glücklich! Ich bin gerne dazu bereit. Was stellt ihr euch denn vor?«

Lucie war näher an Imani herangetreten. Sie sah ihr in die wässrigen Augen.

»Ich beantworte dir gleich deine Frage, doch zuvor möchte ich dich etwas fragen.«

Das Kindermädchen wich ein Stück zurück.

»Habe ich ...«

»Nein, hast du nicht. Es geht noch einmal um Fiona und ihre Zwillingsschwester.«

Imani wartete gespannt, was Lucie ihr zu sagen hatte.

»Erzähl ...«

»Du hast sie getroffen.«

»Ich? Ich war noch nie in den *USA*.«

»Sie waren aber hier, in *Fréjus!*«

»Wann?«

»Das muss vorletzten Sommer gewesen sein. Ihr wart am Strand. Sie haben dich und die Mädchen angesprochen. Es existiert ein Foto mit euch allen.«

Imani hielt sich vor Schreck die Hand vor den Mund.

»Du meine Güte! Ich erinnere mich. Da waren zwei Amerikanerinnen, die Aude und Sophie süß fanden. Sie wollten sich unbedingt mit ihnen fotografieren lassen. Ich habe es nur erlaubt, weil ich mit auf dem Bild bin. Es war eine komische Situation.«

»Das kann man wohl sagen. Zwei wildfremde Frauen lassen sich mit meinen Töchtern ablichten. So etwas geht nicht, Imani«, stellte Lucie unmissverständlich fest.

Die massige Frau sackte in sich zusammen und hielt sich am Nähtisch vor ihr fest.

»Es war leichtsinnig und dumm von mir. Meinst du ... Fiona hat schon zu diesem Zeitpunkt ...«

»Das kann ich nicht beurteilen. Auf jeden Fall hat sie Aude und Sophie im Gedächtnis behalten. Du musst wissen, die Frau hat ihre Tochter bei einem Autounfall verloren. Daher rührte ihr Verlangen nach einem Ersatz.«

»Den sie in Sophie zu finden hoffte«, ergänzte Imani.

»So ist es. Aber...«

»Was aber?«

»Das war ein unglaublicher Zufall!«

»Es war Schicksal!«

»Das macht mir Angst.«

»Das Leben schreibt unvorhersehbare Geschichten. Deshalb sollten wir wachsam und vorsichtig sein«, mahnte Lucie.

Imani schluckte.

»Verstanden. Ich bin nicht mehr so gutgläubig und denke mehr nach, bevor ich etwas spontan tue.«

Lucie tätschelte die Schulter der Kenianerin.

»Komm heute Abend so um acht vorbei. Dann besprechen wir, wie es mit deiner Kinderbetreuung weitergeht. Ich hoffe, das Patric da ist. Er wollte am ersten Tag nur kurz in der

Auberge vorbeischauen.«

Imani breitete ihre Arme aus und Lucie verschwand für einen Moment in ihrer warmen Umarmung.

»*Merci,* Lucie!«

»Wir gehören zusammen! Komme, was wolle.«

Chapitre trois

Immobilienagentur LuxEstate, Cannes, in einer Nebenstraße der Croisette am nächsten Tag

Sein Telefon klingelte ununterbrochen. Der Tod von Isabel Marin machte die Runde. Pierre Emery beschwichtigte die Anrufer, indem er ihnen erklärte, dass ihr gewaltsames Ableben die Geschäfte nicht belasten würde. Alles würde weiterlaufen wie gewohnt. Die Immobilienprojekte seien nicht gefährdet. Und er würde absolute Diskretion wahren. Falls die Polizei Fragen hätte, würde er sie vertraulich beantworten.

Commissaire Lucie Girard war in ihr kleines Büro in der *Gendarmerie* von *Saint-Tropez* zurückgekehrt. Hier fühlte sie sich willkommen. Diesen Ort verband sie mit vielen positiven Erinnerungen. Am späten Morgen musste sie beim Betreten der Dienststelle lächeln, denn *Gendarm* Hugo begrüßte sie, nachdem er die Sicherheitstür von seinem Platz aus geöffnet hatte, indem er lautstark und expressiv salutierte. Ganz anders verhielt sich *Capitaine* Purenne, der bei einem von Hugo zubereiteten *Café* an seinem Schreibtisch saß und in der *Var Matin* blätterte. Sie durchschritt den Empfangsraum, wie üblich sportlich-elegant gekleidet in einem beigen Hosenanzug, klopfte kurz an die halb offenstehende Tür Purennes und feuerte ihre Umhängetasche auf einen der Besucherstühle, die vor ihrem Arbeitsplatz standen. Dann ließ sie sich nieder und rief nach draußen:

»Hugo, bekomme ich auch einen Ihrer aromatischen

Cafés? Dazu bitte ein Glas Wasser.«

Sie hörte:

»Sehr wohl, *Madame la Commissaire, immédiatement!*«

Anschließend rief sie zu *Capitaine* Purenne herüber:

»Haben Sie einen Moment? Es geht um die Hausangestellten in der *Villa Martine.*«

Bruno Purenne faltete die *Var Matin* zusammen, erhob sich schnaufend und bewegte sich gemächlichen Schrittes in Richtung des Büros der *Commissaire.* Er war nicht mehr der Jüngste. Sein Gewicht machte ihm zu schaffen. Die Knie schmerzten und bücken konnte er sich auch nicht mehr. Trotzdem kam er jeden Morgen gut gelaunt zur *Gendarmerie.* Niemand verlangte Höchstleistungen von ihm. Selbst Lucie Girard hielt sich daran. Doch auf seinen Beistand und Rat wollte sie nicht verzichten.

»Guten Morgen, Bruno. Ich habe mit Sebastian Cassel gesprochen. Er ist einverstanden, dass wir den Mord an Isabel Marin bearbeiten. Eine Zusammenarbeit mit *Commissaire* Ponte ist nicht erwünscht.«

Der *Capitaine* hatte sich auf den zweiten Besucherstuhl gesetzt. Dort wirkte er noch rundlicher als im Stehen. Die Knöpfe seiner Uniformjacke spannten. Auf seiner Stirn standen die ersten Schweißperlen des Tages.

»Das habe ich mir gedacht. Ponte kommuniziert nicht gern. Wenn er mal hier war, hat er sich in ihrem Büro verschanzt und telefoniert. Außer *bonjour* und *au revoir* sprach er kein Wort mit uns. Aber er soll erfolgreich sein. Sehen Sie in Ihrer Post nach. Dort finden Sie ein Memorandum von der Präfektin, die ihn in höchsten Tönen lobt. Mit ihm würden moderne Ermittlungsmethoden bei der Polizei im *Département* Einzug halten, behauptet sie. Pah! Das ich nicht lache!«

»Ist das so?«, kommentiert Lucie schmallippig. Dann öffnete sie eine neue *Gitanes*-Packung, indem sie das schmale Kunststoffbändchen abzog, um die Plastikfolie vollständig abzuziehen. Die Zigarette wanderte wie von selbst zwischen ihre Lippen. Die Flamme des Benzinfeuerzeugs entzündete den Tabak. Ihr erster Zug war tief und intensiv. Beim Ausatmen stieg eine aromatische Rauchwolke über ihrem Kopf auf.

Purenne wedelte mit beiden Händen vor seinem Gesicht herum.

»Sie haben es sich nicht abgewöhnt! Denken Sie an Ihre Gesundheit. In der aktuellen *Var Matin* gibt es einen Bericht über die Spätfolgen des Rauchens. Den sollten Sie lesen. Da wird Ihnen die Lust daran vergehen.«

Ihn und seine Warnung ignorierend zog sie erneut an der filterlosen Zigarette. Sie ließ es sich nicht nehmen, den *Capitaine* auf seine Angewohnheiten anzusprechen.

»Was machen Ihre Leidenschaften, Bruno? Der Rotwein und das üppige Essen?«

Er errötete.

»Äh ... wie immer.« Er rieb sich seinen kugelrunden Bauch. »Es schmeckt mir.«

»Sehen Sie. So geht es mir auch. Die Zigaretten schmecken mir. Und so lange bleibe ich ihnen treu. Aber das ist nicht unser vordringlichstes Thema. Verraten Sie mir, wer in der Villa arbeitet? Konnten Sie Personen und Namen ausfindig machen?«

Purenne zog einen kleinen Block aus der Tasche, die seitlich an seiner Uniformjacke angebracht war. Er blätterte wenige Seiten nach oben.

»Als wir fast fertig mit unserer Arbeit waren, kam ein junger Mann mit seinem Moped angefahren. Ich habe mit ihm gesprochen. Sein Name ist …« Der *Capitaine* nahm eine Lesebrille aus einem schmalen Etui und setzte sie vorne auf seine dicke rote Nase.

»Sein Name ist Malik.«

»Nachname. Den brauchen wir auch. Wenn wir Vorstrafen recherchieren wollen.«

Purenne tippte auf die Seite des Blocks.

»Ich habe ihn mir nicht notiert. Zu dumm. Dabei hat er ihn erwähnt.« Er grübelte, kratzte sich hinter seinem Ohr, das gleich darauf knallrot wurde.

»Einen Moment. Er fällt mir bestimmt ein.«

Lucie schloss ihre Augen. Wie oft hatte sie den *Capitaine* darauf hingewiesen, vollständige Angaben zu notieren. Seine Schludrigkeit nervte sie.

»Kommen Sie schon. Malik …«

»Ich hab's Malik Djoudi. Ein hübscher Kerl. Er kümmert sich um den Pool und den Garten. Repariert auch Kleinigkeiten am Haus.«

»Wie hat er auf die Ermordung von *Mademoiselle* Marin reagiert?«

Der *Capitaine* blätterte in seinem Block hin und her. Es machte den Eindruck, als ob er seine Schrift nicht lesen könne.

»Er war, wie soll ich es umschreiben? Geschockt? Aufgebracht. Konnte sich nicht vorstellen, wer sie umgebracht hatte und warum dies geschah.«

»Und weiter?« fragte die *Commissaire* ungeduldig. Purennes langsame Erzählweise ging ihr auf den Zeiger.

»Erst einmal nichts. Aber später …«

»Was war dann? Lassen Sie sich doch nicht alle Informationen aus der Nase ziehen!«

Er war alt geworden, stellte Lucie fest.

»Hugo! Bitte kommen Sie zur *Commissaire!* Ich brauche Ihre Unterstützung«, rief Purenne in den Vorraum der *Gendarmerie* hinein.

Wie aus dem Nichts tauchte der lange Lulatsch im Türrahmen auf. Er hielt eine Kaffeetasse in der Hand.

»Hier bin ich. Zu Diensten. Ihr *Café, Commissaire.*«

Er reichte ihn ihr. Dabei blieb er unschlüssig neben *Capitaine* Purenne stehen. Es gab keinen dritten Besucherstuhl in ihrem Büro. Lucie registrierte sein Verhalten und schlug vor:

»Bitte legen Sie meine Tasche zur Seite und setzen Sie sich, Hugo.«

»Gern. Um was geht es?«, fragte er, nahm Platz und sah erst die *Commissaire* und dann seinen Vorgesetzten an.

Bruno Purenne wandte sich an seinen Mitarbeiter:

»Erinnern Sie sich, was der junge Kerl, Malik, ausgesagt hat?«

Hugo grinste zuversichtlich. Startete, ohne lange zu überlegen, seine Zusammenfassung des Gesprächs.

»Lassen Sie mich vorwegschicken, dass die Art wie er über das Opfer sprach, auffällig war.«

»Wie meinen Sie das?«, fragte die *Commissaire*.

Hugo schob seine Kopfbedeckung in den Nacken, wie er es immer tat, wenn er wichtige Dinge mitzuteilen hatte.

»Despektierlich ist das richtige Wort. Er schien nicht viel von der jungen Frau zu halten. Er betonte, dass in der Villa die Männer ein- und ausgingen. Er hätte das direkt mitbekommen, da er vom Garten aus sowohl den Pool als auch die Terrasse beobachten konnte.«

Der *Gendarm* hatte Lucies volle Aufmerksamkeit gewonnen. Der *Capitaine* hingegen schnaufte verärgert. Denn Hugo kehrte mal wieder den versierten Ermittler heraus.

»Erwähnte er, um was für Männer es sich handelte?«

»Sie waren wohlhabend, das vermutete er, weil sie Luxusautos fuhren, die vor der Villa parkten. Und ... sie blieben meistens für zwei, drei Stunden. Dann gingen sie wieder.«

Lucie kommentierte die Beobachtungen nicht. Sie sammelte Informationen, um sich ein Bild von Isabel Marin zu machen.

»Und Malik selbst? Hat er sein Verhältnis zum Opfer beschrieben?«

Hugo nickte.

»Er meinte, die feine *Mademoiselle* hätte ihn nicht beachtet. Noch nicht einmal gegrüßt hätte sie ihn.«

»Hm ... das würde zu der Luxuslady passen. Er hatte nichts zu bieten.«

Bruno Purenne erhob sich.

»Entschuldigen Sie mich. Mir ist nicht wohl.«

Lucie sah den *Capitaine* besorgt an.

»Oh je! Sie sind ganz blass. Soll Hugo Sie nachhause fahren?«

»Besser wäre es. Mir ist übel und schwindelig. Ich vermute, der Fisch gestern Abend ...«

»Gehen Sie lieber direkt zum Arzt. Es könnte etwas Ernstes sein.«

Gendarm Hugo half *Capitaine* Purenne auf die Beine und geleitete ihn aus der *Gendarmerie,* wo er ihn in seinen Einsatzwagen setzte. Im Wagen schloss er die Augen. Es ging ihm mies. Hugo brachte ihn schnellstmöglich ohne Blaulicht zu seinem Hausarzt.

Die *Commissaire* setzte sich ans Telefon und rief die Immobilienagentur von Pierre Emery an. Ihr Bestreben war es, Adressen und Telefonnummern der Hausangestellten herauszufinden.

Die Assistentin gab ihr bereitwillig Auskunft. *Monsieur* Emery hatte seine Mitarbeiterin vorgewarnt und instruiert. Er verhielt sich vorbildlich kooperativ, das musste die *Commissaire* sich eingestehen. Nachdem sie drei Namen mit den zugehörigen Angaben notiert hatte, verlangte sie den Chef. Er war zugegen. Die Dame am Telefon stellte sie durch.

Der Immobilienmakler sprach sie direkt an:

»*Madame la Commissaire* Girard, was kann ich für Sie tun? Sind Sie mit Ihren Ermittlungen schon vorwärtsgekommen?« Er war die Höflichkeit in Person. Lucie fand ihn fast schon unangenehm freundlich. Aber sie ließ sich nichts anmerken. Ebenso zuvorkommend säuselte sie:

»*Monsieur* Emery, ich bin auf Ihre Unterstützung angewiesen. Sie stehen im Mittelpunkt meiner Arbeit. Sie kannten das Opfer viele Jahre und haben sie schwer verletzt gefunden. Obendrein hat sie in einer Villa gewohnt, die zu Ihrem Angebotsportfolio gehört. Ich kann eigentlich nicht anders, als mich an Sie zu wenden.«

Er schnalzte mit der Zunge. Eine ungewöhnliche Eigenart, die ihr auffiel.

»Ich werde mich wohl oder übel damit abfinden müssen. Dann legen Sie mal los.«

Lucie hatte vor, den smarten *Monsieur* mit einer für ihn unerwarteten Frage zu konfrontieren.

»Kennen Sie Bernard Bonnabel? Den Bauunternehmer?«

Leider konnte sie Pierre Emerys Gesichtsausdruck nicht sehen. Seine Lippen wurden schmal. Die Augen weiteten sich.

Er schnappte kurzatmig nach Luft. Anschließend dauerte es eine Weile, bis er in der Lage war, zu antworten.

»Hallo, *Monsieur* Emery? Hat es Ihnen die Sprache verschlagen?«

»Äh … ich bin überrascht. Wie kommen Sie auf ihn? Ich habe über den Unfall im Hafen heute Morgen in der Zeitung gelesen. Schrecklich!«

»Sie haben meine Frage nicht beantwortet. Haben Sie mit ihm Geschäfte gemacht?«

Wieder benötigte er auffällig lange für eine Antwort.

»Ja. Wir haben Bauprojekte initiiert und durchgeführt. Sein Tod trifft meine Firma schwer.«

Lucie bemerkte:

»Dann haben Sie innerhalb kurzer Zeit gleich zwei Ihnen nahestehende Personen verloren. Gibt Ihnen das nicht zu denken, *Monsieur* Emery?«

Lucie blies den Rauch ihrer *Gitanes* direkt in die Sprechmuschel. Auf der anderen Seite hörte es sich wie ein lautes Rauschen an.

Emery wurde skeptisch ob der Fragen von Lucie Girard.

»Commissaire? Was bezwecken Sie mit Ihrer Nachforschung? Sie denken doch nicht etwa, ich hätte etwas mit den beiden Vorkommnissen zu tun? Gott bewahre, nein, das habe ich nicht.«

Ein Lächeln huschte über Lucies Gesicht. Er wurde nervös. Gut so.

»Ich ziehe bisher keinerlei Schlüsse. Mir geht es um Transparenz. Ich bin auf der Suche nach Mordmotiven. Der Täter oder die Täterin muss äußerst aufgebracht gewesen sein, um einen solchen Angriff durchzuführen. Verraten Sie mir, wussten Sie, dass Isabel Marin regelmäßig großzügige Geldbeträge von unterschiedlichen Personen, ausschließlich Männern, erhalten hat? In ihrer Buchführung ist es so vermerkt.«

»Zahlungen? Geld?«, wiederholte er gedehnt. »Sie hat Artikel verfasst. Stand als Model vor der Kamera. Meinen Sie das? Dafür erhielt sie sicherlich Honorar.«

Lucie räusperte sich. Es kratzte sie im Hals. Sie hatte, seit sie wieder im Dienst war, in zwei Tagen mehr Zigaretten geraucht, als im Urlaub in einer Woche.

»Danach sieht es nicht aus. Die Beträge sind zu hoch. Einen Anlass oder Grund für die Zahlungen hat sie nicht angegeben. Von einer Zeitung oder Illustrierten ist nichts notiert. Auch von keinem Fotografen oder einer Modelagentur. Es sind ausschließlich männliche Vornamen und Kürzel der Nachnamen zu lesen.«

»Und?«, fragte er, um etwas zu sagen und die Zeit zu überbrücken. Vor ihm stand ein ordentlich gefüllter Cognacschwenker. Er hatte ihn großzügig eingeschenkt, während die *Commissaire* ihn kontinuierlich unter Druck setzte.

»Monsieur Emery, ich habe eine Bitte: Könnte Ihre Assistentin die Namen von Isabels Liste mit ihrer Kundenkartei abgleichen? Es würde mich nicht wundern, wenn viele davon in beiden vorkommen.«

Emery kippte den Cognac in einem Zug herunter. Er regte sich tierisch auf und erhob seine Stimme, obwohl er es nicht wollte.

»Hören Sie ... *Commissaire!* Das sind vertrauliche Informationen. Alles integre Geschäftsleute. Das *Who is Who* der südfranzösischen High Society. Glauben Sie mir. Einigen habe ich eine Villa an der *Côte d'Azur* oder ein *Mas* in der *Provence* verkauft. Und wenn ich mich weigere?«

Lucie war klar, dass sie für die Überprüfung einen Durchsuchungsbeschluss benötigte. Einfach so konnte sie nicht Einsicht verlangen. Zurückrudern wollte sie aber nicht.

»Damit wir uns richtig verstehen: Ich habe einen Mordfall aufzuklären. Falls Sie unsaubere Geschäfte getätigt haben, interessiert mich das nur sekundär. Sie sagten, Sie hätten großes Interesse, Isabels Mörder zu stellen. Oder täusche ich mich?«

»Schon. Aber weshalb soll ich meine Geschäftsverbindungen offenlegen? Fragen Sie mich lieber zu ihrem Verlobten. Mit dem würde ich an Ihrer Stelle beginnen.«

»Wie kommen Sie auf ihn? Waren die beiden kein Liebespaar?«

Emery goss sich Cognac nach. Normalerweise trank er tagsüber nicht. Doch heute war kein normaler Tag für ihn. Er hatte das Gefühl, mit dem Rücken zur Wand zu stehen. Es fiel ihm schwer, sich zu konzentrieren.

»Zu Anfang, ja. Ich hatte es bereits erwähnt. Der Mann ist krankhaft eifersüchtig. Er hat hinter jedem Baum und bei jedem Anlass einen Konkurrenten gesehen. Dann hat er eine Szene gemacht. Einmal ist er auf sie losgegangen. Ich konnte ihn gerade noch davon abhalten, Isabel zu schlagen. Sie sollten wissen, er ist ein Muskelpaket. Ein Hieb von ihm …«

Lucie fragte sich, ob Emery von sich ablenken wollte? Sie nahm seine Hinweise trotzdem ernst. Um das Thema abzukürzen, wollte sie wissen:

»Wo finde ich ihn?«

»Er arbeitet für diverse Hotels in *Cannes* als Personal-Trainer. Sie vermitteln ihm seine Kunden. Fragen Sie im *Carlton*. Der Concierge hat seine Kontaktdaten.«

»Das werde ich tun. Kommen wir noch einmal auf Ihr Verhältnis zu Isabel Marin zu sprechen«, kündigte Lucie an.

Er schnaubte missfällig.

»Ich habe Ihnen bereits das Wichtigste erzählt. Wir standen uns nahe. Ich habe sie finanziell unterstützt und mich um ihr Wohl gekümmert. Sie war wie eine Tochter für mich. Sind das nicht Fakten genug?« Er wehrte sich, was Lucie natürlich bemerkte. Mit stoischer Freundlichkeit bohrte sie nach.

»Beziehungen sind oft vielschichtig, *Monsieur* Emery. Das, was sie mir erklären, glaube ich gerne, doch interessiert es mich, ob sie geschäftlich zusammengearbeitet haben?«

Das dritte Glas Cognac musste dran glauben. Bevor er zu sprechen begann, entwich ein Zischen seinem Mund. Der Alkohol brannte die Speiseröhre hinunter und erhitzte ihn innerlich. Aufgeputscht und mit hochrotem Kopf brüllte er eindeutig zu laut und ungehalten in das Telefon:

»Ich gebe Ihnen Hinweise. Das müsste ich nicht tun. Ich bin davon überzeugt, es war eine Beziehungstat. Wenn ihr Verlobter sie nicht umgebracht hat, war es ein anderer Liebhaber. Sie war jung, schön und sexy. Genoss ihr Leben und die Männer lagen ihr zu Füßen. Ich habe es ihr gegönnt. Das Einzige, was Isabel für mich geschäftlich getan hat, war, mich zu wichtigen Anlässen zu begleiten. Empfänge, Dinner, Wohltätigkeitsveranstaltungen, auch bei Einweihungen von Villen oder Hotels stand sie mir zur Seite.«

Lucie zog an ihrer Zigarette. Ihr wurde überdeutlich, welche Rolle die junge Frau ausgefüllt hatte. Sie war wie ein Schmuckstück. Pierre Emery hatte sich ihrer bedient, um besser auszusehen. Von da war es nicht weit, sie als Gastgeschenk weiterzureichen. Es konnte durchaus möglich gewesen sein, stellte sich Lucie vor.

»Sie war die bildhübsche junge Frau an Ihrer Seite. Ich verstehe. Da liefen die Verhandlungen gleich besser«, formulierte die *Commissaire* angriffslustig.

Pierre Emerys Zunge wurde vom Alkohol schwer.

»Jetzt geht mit Ihnen die Fantasie durch. Ich gebe zu, dass ich ihre Anwesenheit genossen, aber nie persönlich ausgenutzt habe. Ich bin ein Gentleman.«

»Wie heißt es so schön? Der Gentleman genießt und schweigt. Vermutlich wäre Ihre extraordinäre Beziehung zerbrochen, hätten Sie sich an ihr vergriffen.«

»Werden Sie nicht frech!« Der Alkohol gab ihm Mut, das auszusprechen, was er dachte. »Ich schwöre, dass ich nichts Sexuelles mit ihr hatte. Mehr bekommen Sie nicht von mir zu hören. Basta!«

Für den Moment reichte es Lucie. Sie hatte ihn dort, wo sie es wollte. Ihr Bauchgefühl sagte, dass er die Wahrheit sprach. Trotzdem kam sie auf ihre Bitte zurück. Dabei war ihr Ton freundlich.

»Ich danke Ihnen für Ihre Offenheit, *Monsieur*. Bliebe nur noch die Überprüfung der Namen, die Isabel notiert hat. Am besten gebe ich sie Ihrer Assistentin, damit sie in ihrer Kartei nachsehen kann, ob es Übereinstimmungen gibt. Soll ich die Dame erneut anrufen, oder stellen Sie mich durch?«

Zermürbt von Lucies Fragen schob er das Cognacglas zur Seite. Dann raunte er unverständlich:

»Machen Sie, was Sie für richtig halten.«

Die *Commissaire* hörte ihn rufen:

»*Madame* Dediene, bitte unterstützen Sie *Commissaire* Girard bei ihrer Namensrecherche. Sie wird sie gleich dazu anrufen.« Er sprach wieder in die Muschel. »Zufrieden?«

»Sehr! Ich danke Ihnen.«

»Ich sage nicht: gern geschehen.«

Lucie kommentierte seine Bemerkung nicht.

»Sind wir durch? Ich habe zu tun.«

»Wünsche gutes Gelingen.«

Er legte auf.

Madame Dediene war äußerst hilfsbereit. Die *Commissaire* nannte ihr alle Vornamen aus dem Notizbuch von Isabel Marin. Bis auf wenige Ausnahmen stimmten sie mit den Einträgen in der Kartei des Immobilienmaklers überein. Es handelte sich, wie Lucie vermutet hatte, um Kontakte und Kunden der *Agence*. Sie nutzte die Gelegenheit, um Weiteres zu erfahren.

»*Madame* Dediene, ist in Ihrer Kartei festgehalten, ob die von mir genannten Personen eine Immobilie erworben haben?«

»Warum haben Sie das nicht gleich wissen wollen? Jetzt müssen wir die Karten erneut durchgehen!«, beschwerte sich die Assistentin berechtigterweise.

»Tut mir leid. Ich mache Ihnen zusätzliche Arbeit.«

»Halb so wild. Ich sehe sofort nach.«

Lucie wartete geduldig und rauchte dabei. Sie hatte ihre Füße auf den Schreibtisch gelegt. Einige Minuten später erfuhr sie das Ergebnis.

»Alle haben gekauft. Ausnahmslos. Jetzt müssen Sie mir aber verraten, woher Sie die Namen haben? Das gibt mir zu denken. Wer kann an diese Informationen gekommen sein?«, fragte *Madame* Dediene mit ehrlichem Interesse.

Lucie nutzte die Gelegenheit, um herauszufinden, ob die Assistentin mehr wusste, als sie zugab.

»Können Sie sich das nicht denken?«, gab sie zurück.

»Ich?«

»Ja, Sie! Ich gehe mal davon aus, dass Sie sowohl den Schriftverkehr der *Agence* als auch die Bankbelege einsehen.

Dann müssten Ihnen in den letzten Jahren Zahlungen oder Geldabhebungen aufgefallen sein, die im Zusammenhang mit den Immobiliengeschäften dieser Personen standen.«

Lucie wusste, dass ihre Vermutung auf wackeligen Füßen stand. Das Geld konnte direkt von den aufgeführten Personen bar an Isabel übergeben worden sein und nicht über die *Agence*.

»Beim besten Willen, nein. Auf den Karteikarten ist die Courtage notiert, welche die Käufer an uns überwiesen haben. Von zusätzlichen Einnahmen weiß ich nichts und sie sind hier nicht vermerkt.«

Das wäre auch zu schön gewesen, dachte Lucie. Sie zeigte ihre Enttäuschung nicht, bedankte sich bei *Madame* Dedienne, die auffallend schnell das Gespräch beendete.

Lucie lehnte sich in ihrem Bürostuhl zurück und faltete die Hände hinter ihrem Kopf.

Was hatte sie erfahren? Und was konnte sie daraus schließen?

Pierre Emery setzte Isabel Marin als seine feminine Begleitung zu wichtigen Anlässen ein. Er schmückte sich mit ihrer Schönheit und nutzte ihre Kontaktfreudigkeit, um Kunden anzuwerben. Darüber hinaus könnte sie angeworbene Interessenten mit ihren Reizen betört haben. Eine intensive persönliche Betreuung folgte nach dem Kennenlernen. Für ihre Dienste erhielt sie die aufgeführten Barzahlungen von Pierre Emery oder von den Kunden direkt.

Lucie gefiel ihre Theorie. Sie nahm sich vor, in die eingeschlagene Richtung weiter zu ermitteln. Als Nächstes wollte sie sich Franc Leroux vornehmen. Vielleicht hatte er von der lukrativen Zusammenarbeit mit Pierre Emery etwas mitbekommen?

Nachdem er das Gespräch mit der *Commissaire* beendet hatte, lief der Makler aufgescheucht in seinem großzügigen Büro im Zentrum von *Cannes* herum. Er transpirierte, gestikulierte und redete mit sich selbst.

»Du bist ein Vollidiot! Erlaubst der Polizei Einblick in deine Kundenkartei. Sie wird mit den Leuten reden. Was machst du dann? Warum nur habe ich mich darauf eingelassen! Sie haben dich in der Hand. Du bist eine Kakerlake, die zertreten wird.«

Sein Lamentieren endete in einem Heulkrampf. Zusammengesunken hing er an seinem Schreibtisch. Heute war er zu nichts mehr in der Lage.

Franc Leroux lag auf seinem schmalen Bett in einem Einzimmer-Appartement in einer Seitenstraße der *Croisette* in *Cannes*. Er stöhnte auf, als er sich von einer Seite auf die andere drehte. Egal, in welche Position er sich begab, sein Körper schmerzte. Die Platzwunde im Gesicht hatte er notdürftig versorgt. Immerhin blutete sie nicht mehr. Glücklicherweise hatte er heute keinen Kunden. Es wäre komplett unmöglich, ein Lauftraining durchzuführen. Er befürchtete, dass er für Wochen außer Gefecht gesetzt war.

Die Schmerzen waren zu verkraften. Sein Verhalten war jedoch nicht zu entschuldigen. Er war wieder einmal ausgerastet. Die Prügel musste er dieses Mal selbst einstecken. Sie hatte ihn davongejagt. Er hatte alles zerstört. Dabei hatte sie vorgehabt ihn einzuweihen. Er ahnte, worum es ging. Es war ihm nicht geheuer. Er verdiente sein Geld mit seinem Sportsgeist und den Beziehungen, die er in den letzten beiden Jahren aufgebaut hatte. Darauf war er stolz. Ihren Reichtum, ihr Luxusleben hatten ihn zu Anfang angezogen. Hinter der

Fassade jedoch, da roch es unangenehm. Sie war nicht bereit, sich für ihn zu ändern.

Er fluchte:

»Verdammt, es tut so weh!«

Chapitre quatre

Gendarmerie in *Saint-Tropez*

»*Docteur* Honfleur von der Gerichtsmedizin ist am Apparat, *Commissaire!* Soll ich durchstellen?«, rief *Gendarm* Hugo von seinem Schreibtisch aus.

»Stellen Sie ihn durch.«

Lucie zog ihre leichte Strickweste aus und warf sie über die Stuhllehne. Sie beugte sich über den Schreibtisch, um den Telefonhörer zu greifen. Eine *Gitanes* steckte in ihrem Mundwinkel.

»*Docteur* Honfleur! Wie lange ist es her ...?«

Aus dem Hörer drangen seltsame Geräusche. Sie bemühte sich nicht, sie zu deuten. Dann hörte sie seine schleimige Stimme:

»*Commissaire* Girard, ich dachte, Sie sind in die *USA* ausgewandert. Das hat man sich hier im Polizeipräsidium in *Toulon* erzählt.«

»Auswandern? Davon war nie die Rede. Es war eine Tour durch die Vereinigten Staaten. Von dieser bin ich wieder zurück. Und habe gleich Arbeit für Sie.« Ein zufriedenes Lächeln war in ihrer Stimme zu hören.

»Die junge Frau liegt vor mir. Bis auf ihren eingeschlagenen Schädel ist sie schön anzusehen. Es ist eine Schande, sie so zuzurichten. Haben Sie bereits einen Anhaltspunkt, wer es gewesen sein könnte? Ich würde ihn mir gerne persönlich vorknöpfen.«

Lucie suchte den Aschenbecher. Dabei wäre sie beinah von der Schreibtischplatte gerutscht, auf der sie mit einer Pobacke saß. Sie entdeckte das Blechteil auf dem Aktenschrank. Hatte sie ihn dort abgestellt? Sie konnte sich nicht erinnern.

»Sind Sie der gleichen Meinung wie Ihr Kollege *Docteur* Lefabre? Der tödliche Schlag stammt von einer Gartenschippe oder Ähnlichem?«

Er spuckte den Schleim, der sich in seinem Mund angesammelt hatte, in eine der nierenförmigen Schalen, die er für die Obduktion verwendete. Mit freier Stimme antwortete Honfleur:

»Absolut! Es war ein flacher Gegenstand, wahrscheinlich aus Metall. Wurde er sichergestellt?«

»Hat man Ihnen nicht die Tasche mit den Golfschlägern gebracht?«

»Eine Tasche? Einen Moment. Ich sehe draußen nach.«

Er legte den Hörer zur Seite. Lucie hörte gedämpfte Stimmen.

»Gib mir mal die Säge.«

»Sie liegt neben dir.«

Lucie hörte lieber nicht hin. Steckte sich unterdessen eine *Gitanes* an.

Es knarzte aus dem Hörer. Er war wieder dran.

»Tut mir leid. Ich habe das Teil übersehen. Ich werde die Schläger gleich auf Blutreste untersuchen. Die Fingerspuren haben die Kollegen schon markiert. Es gibt insgesamt vier Unterschiedliche.«

»Vier?«

»Ja, so steht es hier geschrieben.«

»Hm ...« Sie nahm einen tiefen Zug von ihrer Zigarette.

»Jetzt, da sie erholt zurück sind, könnten wir doch zusammen ausgehen.«

»Honfleur! Wie oft habe ich es Ihnen schon gesagt? Aus

uns beiden wird nichts.«

»Äh! Alter schützt vor Torheit nicht. Immerhin bleibe ich Ihnen mit meinen Avancen treu.«

»Und ich meiner Ablehnung Ihnen gegenüber.«

»Ihre Masche hat sich nicht verändert. Ich bin enttäuscht.«

»Lassen sie mich raten. Die Fingerabdrücke stammen von dem Opfer, Isabel Marin, und drei uns unbekannten Personen.«

»So hat es die Spurensicherung festgestellt. Ich gehe davon aus, dass der Bericht auf dem Weg zu Ihnen ist.«

Lucie kamen die Worte von *Monsieur* Emery in den Sinn. Isabel und ihr Verlobter Franc Leroux stritten oft und heftig. Er wurde handgreiflich. Hat sie sich mit einem Golfschläger gewehrt? Und er griff zur tödlichen Waffe?

»Ich hoffe, meine Arbeit bringt Ihnen wichtige Erkenntnisse.«

»Absolut, *Docteur*.«

»Sehr schön. Dann kann ich von meiner Seite den Fall bald abschließen«, freute sich Honfleur. »Und Sie sind weiter gefordert. Wie ich Sie kenne, schnappen Sie den Täter. Es war immer so, oder irre ich mich?«

»Sie täuschen sich nicht. Meine Erfolgsquote liegt bei einhundert Prozent.«

»Da kann sich ihr neuer Kollege mal ‚ne Scheibe von abschneiden.«

Lucie stutzte. Kannte *Docteur* Honfleur Michel Ponte bereits?

»Sie hatten das Vergnügen?«

»Es war eine, wie soll ich mich ausdrücken, ernüchternde Angelegenheit. Er besuchte mich. Sah sich in meiner Wirkungsstätte um und meinte mit fiepsiger Stimme, in *Paris* sei die Pathologie besser ausgestattet. Immerhin sei das Nötigste vorhanden. Keine sonderlich freundliche Begrüßung oder etwas Fachsimpelei.«

»Er war Ihnen unsympathisch?«

»Das kann man wohl sagen. Und ... wenn ich mir ein Urteil erlauben darf, war er für einen *Commissaire* nachlässig gekleidet. Zerrissene Jeans und ein viel zu großes T-Shirt mit einer herausgestreckten Zunge als Aufdruck. So läuft man doch nicht als Staatsdiener herum!«

Lucie wusste, dass es sich um das Logo der Rolling Stones handelte, erklärte es Honfleur aber nicht. Stattdessen bestätigte sie seinen Eindruck.

»Ich habe Ähnliches vernommen. Kennenlernen durfte ich ihn noch nicht.«

»Seien Sie froh. Er ist ein schräger Vogel. Und sein Organ! Ich hatte, nachdem ich mit ihm gesprochen habe, ein Pfeifen im Ohr.«

Wenn Honfleur das behauptete ... Normalerweise gab Lucie wenig auf des *Docteurs* Menschenkenntnis. Sein Terrain waren die aus dem Leben geschiedenen Charaktere.

»Ich werde mir mein Urteil sicher bald bilden können.«

»Tun Sie das.«

»Danke für Ihre Offenheit.«

So nahm ihr Gespräch ein versöhnliches Ende. Auch *Docteur* Honfleur war angetan.

»Ich habe zu danken. Begnüge mich mit der zauberhaften Stimme einer wunderbaren Frau.«

»Sie Ärmster!«

»Sie nehmen mich auf die Schippe!«

»Hoffentlich nicht auf die der Mordwaffe!«

»Haha …«

Lucie hatte genug. Sie wollte das Telefonat beenden, da fiel ihr ein:

»Sie haben den Todeszeitpunkt nicht erwähnt.«

»Habe ich das nicht? Es geschah letzten Samstag. Zwischen 15:00 und 18:00 Uhr.«

»*Merci*. Wenn ich den Täter habe …«

»Gehen wir essen.«

Lucie schnaufte.

»Rufe ich Sie an.«

Sie hatte genug. Legte den Hörer auf den Apparat.

Bevor Sie sich eine Mittagspause gönnte, rief sie im Hotel *Carlton* an. Dort erfuhr sie, dass sich der Personal-Trainer Franc Leroux heute krank gemeldet hatte. Seine Adresse erhielt sie nicht. Auch nicht, nachdem Sie darauf hinwies, dass sie von der Polizei sei. Man erklärte ihr, dass Diskretion oberste Priorität im *Carlton* hätte. Es blieb ihr nichts anderes übrig, als einen Kollegen aus *Cannes* zum Hotel zu schicken. Dieser sollte seinen Ausweis vorzeigen, um den Wohnort des Trainers zu erfahren. Sie musste sich gedulden, was ihr schwerfiel.

Um den Morgen positiv zu beenden, entschloss sie sich, auf gut Glück in der *Villa Martine* anzurufen. Vielleicht war die Haushälterin anwesend, deren Namen sie von *Madame* Dediene erhalten hatte. Die Frau hieß Pauline Ferrand.

Es klingelte eine Weile, bevor jemand abhob.

»Villa Martine, bonjour«, meldete sich eine angenehm klingende Frauenstimme.

»Bonjour, içi Commissaire Girard, Saint-Tropez. Ich bearbeite den Mord an Isabel Marin. Mit wem spreche ich?«

»Pauline Ferrand. Ich bin die Haushälterin.«

»Ah! Sehr gut. Mit Ihnen wollte ich mich unterhalten.«

»Mit mir? Ich hatte zum Zeitpunkt des Mordes frei.«

»Madame, wir sprechen mit allen Hausangestellten. Das gehört zu unserer Pflicht. Ich muss mir ein Bild über die Lebensumstände des Opfers machen. Ist Malik Djoudi anwesend? Wie ich mitbekommen habe, gibt es auch einen Chauffeur.«

»*Oui,* Eduard. Er kam nur, wenn *Mademoiselle* ihn benötigte. Zum Beispiel, um sie zu einem Golfturnier oder eine Modenschau zu fahren. Malik ist anwesend. Falls Sie ihn treffen wollen, sollten sie sich beeilen. Den Swimmingpool hat er bereits gesäubert. Gerade kehrt er trockene Blätter zusammen. Am Nachmittag ist er in einer anderen Villa zugange.«

Lucie überlegte. Ob sie zuerst nach *Cannes* fuhr oder auf der Halbinsel blieb, war eigentlich egal. Die Gelegenheit, beide Hausangestellte zu treffen, sollte sie sich nicht entgehen lassen.

»Hören Sie, ich mache mich auf den Weg. Geben Sie Malik Djoudi Bescheid und bleiben Sie in der Villa. Ich möchte mich mit Ihnen beiden unterhalten.«

Pauline Ferrand wischte mit ihrem Finger den Staub auf der Platte des Telefontischchens weg.

»Ich rede mit ihm. Sie müssen sich nicht beeilen. Ich habe den ganzen Tag zu tun. Weil ich Sie gerade dran habe ...«

Sie legte eine Redepause ein. Lucie wunderte sich.

»Was gibt es? Sie können es mir in wenigen Minuten persönlich sagen.«

»Ich will es aber jetzt loswerden. Es betrifft Ihre Leute.«

Lucie stutzte.

»Welche meinen Sie?«

»Na die, die das Blut entfernen. Wie nennt man die?«

»Normalerweise kommt nach der Spurensicherung der so genannte Tatortreiniger.«

»Sagen Sie ihm, dass er schlampig gearbeitet hat. Im kleinen Bad sind rund ums Waschbecken Blutspritzer.«

Hatten sie das übersehen? Es schien so.

»Bitte rühren Sie nichts an. Ich hoffe, Sie haben dort noch nicht geputzt.«

Die Haushälterin malte mittlerweile Kreise auf die Marmorplatte vor ihr.

»Nein. Aber ich hatte es vor.«

»Bitte nicht. Ich schicke die Spurensicherung erneut vorbei. Wir müssen das Blut untersuchen.«

»Kommt danach dieser Reinigungsmensch?«

»Ja.«

»Dann bin ich erleichtert. Es handelt sich um die Gästetoilette. Falls *Monsieur* Emery Interessenten für die Villa vorbeischickt, wird sie gerne benutzt.«

»Unsere Leute kommen noch heute. Genügt das?«

»Ich denke schon. Er kündigt Besichtigungen vorher telefonisch an.«

»Ich fahre gleich los.«

Die großgewachsene Haushälterin bemerkte ein zerknäultes Stück Papier, das unter den runden Telefontisch neben einem Papierkorb gelandet war. Sie bückte sich, hob es auf, friemelte das Blatt, das von einem Notizblock stammte, auseinander, strich es, so gut es ging, glatt und legte es auf die Platte. Was sie sah, erstaunte sie. Jemand hatte jede Menge Ausrufezeichen hinter einen Namen gesetzt.

Fabrice !!!!!

Lucie, die auf eine Antwort gewartet hatte, fragte:

»Treffe ich Sie an, *Madame?*«

»*Bon,* ich erwarte Sie«, antwortete Pauline Ferrand kopfschüttelnd.

Ihr Blick war noch immer auf die Nachricht gerichtet. War es eine Nachricht? Oder eher eine Notiz? Und für wen war sie bestimmt? Sie hatte vor, den Zettel der *Commissaire* zu zeigen.

Bevor Lucie Girard in ihren froschgrünen *Citroën GSA* stieg, telefonierte sie mit Babette. Sie kannte die gutmütige und freundliche Assistentin des Kommissariats in *Cannes* von einem ihrer letzten Fälle, bei dem ein Schauspieler während eines Filmdrehs ermordet worden war. Babette versprach ihr, einen Mitarbeiter zum Hotel *Carlton* zu schicken, um die Adresse von Franc Leroux herauszufinden. Sie verabredeten sich, in zwei Stunden erneut zu telefonieren und ein Schwätzchen zu halten.

Die *Villa Martine* lag versteckt hinter hohen, in voller Blüte stehenden Oleanderbüschen, die sich sanft im Wind bewegten, der wie so oft böig von Westen her wehte. Das breite Portal stand offen, so dass die *Commissaire* direkt in die Einfahrt einbiegen konnte. Sie stellte ihren *Citroën* mitten auf dem gekiesten Platz ab. Dieses Mal nahm sie sich die Zeit, den *Mercedes 230 SL,* der unverändert seitlich neben der Villa parkte, genauer zu begutachten. Das Auto war nach ihrem Geschmack. Zeitlos elegant. Nicht zu sportlich aber eben doch schnittig. Die Farbe war perfekt gewählt. Irgendetwas zwischen hellbraun und beige. Dazu ein dunkelgrünes Verdeck, das aktuell zurückgeklappt war. So konnte sie bei einem Blick in den Innenraum die in einem helleren Ton passend zur Lackierung gewählte Lederausstattung bewundern.

Das Fahrzeuginnere bot genügend Platz für zwei. Sie stellte sich vor, wie sie gemeinsam mit Patric die Küstenstraße von *Saint-Raphaël* nach *Cannes* entlangfuhr. In ihrer Vorstellung spürte sie den Fahrtwind in den Haaren und den kraftvollen Anzug des 6-Zylinder Motors in ihrem Bauch. Sie schreckte auf, als sie hinter sich eine Frauenstimme hörte:

»Ein schicker Wagen! Er ist nur geliehen. Morgen wird er abgeholt. Wie so einige weitere Dinge von *Mademoiselle* Marin. Sie müssen *Commissaire* Girard sein.«

Lucie hatte sich zu der fast gleichgroßen Haushälterin gedreht, die ihr in einem weißen, eng geschnittenen Hauskleid mit freizügigem Ausschnitt entgegentrat. Lucie Girard bemerkte ihre weibliche Figur. Sie erinnerte sie an die französischen und italienischen Filmstars der fünfziger Jahre.

»Das bin ich«, antwortete Lucie. »Es ist ein Traumauto. Die Deutschen verstehen es, elegante Karosserien zu entwerfen.«

Pauline erklärte bereitwillig:

»Dafür hatte die *Mademoiselle* ein Faible. Eigentlich für alles Luxuriöse, das begehrt und teuer war. Sie sollten mal ihren begehbaren Kleiderschrank sehen. Dort hängen mehrere Jahresgehälter eines fleißigen Franzosen in Form von Designerroben.«

Die beiden Frauen standen sich direkt gegenüber. Lucie schätzte *Madame* Ferrand auf Ende fünfzig. Ihr Habitus wirkte deutlich jünger.

»Sie scheinen nicht viel von Isabel Marin gehalten zu haben?«

»Wie kommen Sie darauf? Ich durfte nur beobachten, wie sie wirklich war. Ihren Liebhabern hat sie einen völlig anderen Eindruck von sich vermittelt. Im Prinzip war sie einsam und schüchtern. Doch sie besaß ein Showtalent. So wie eine Schauspielerin, die in einer Rolle aufgeht, wenn sie die Bühne betritt.«

»Sie kannten sie gut. Hat sie sich Ihnen anvertraut?«

Die beiden Frauen waren schnell ins Gespräch gekommen. Pauline Ferrand beantwortete Lucies Frage erst einmal nicht, stattdessen schlug sie vor:

»Lassen Sie uns ins Haus gehen. Ich habe einen Eistee zubereitet. Er ist köstlich erfrischend.«

Lucie reagierte erfreut:

»Oh gern! Ich liebe Eistee. Übrigens, die Spurensicherung trifft in einer halben Stunde ein. Wir haben also unsere Ruhe«, erklärte die *Commissaire* mit einem Zwinkern in den Augen. Sie war schnell mit Pauline Ferrand warm geworden. Sicher würde sie eine Menge wertvoller Informationen von ihr erhalten.

Sie setzten sich mit den Eisteegläsern auf eine kleine Terrasse, die man von der Küche aus betrat. Sie war mit einem runden schmiedeeisernen Tisch und vier Stühlen ausgestattet. *Madame* Ferrand bot Lucie einen Stuhl mit Blick in den subtropischen Garten an.

»Hier lebt es sich angenehm«, stellte die *Commissaire* fest, um wieder ins Gespräch zu finden.

»Ja. Wenn Sie sich nicht um die Pflege des Gartens und des Hauses kümmern müssen. Es gibt rund um die Uhr etwas zu tun. Wir kommen kaum nach. *Monsieur* Emery schaut einmal im Monat vorbei und überprüft bei einem Rundgang den Zustand der Immobilie. Der Kaufpreis ist horrend. Ich empfinde es als eine Ehre, hier zu arbeiten.«

»Tun Sie das schon lange?«

»Seit knapp zwei Jahren. Isabel und ich sind sozusagen

gemeinsam eingezogen.«

Lucie fiel sofort auf, dass *Madame* Ferrand das Opfer mit Vornamen nannte. Sie hakte nach:

»Waren Sie per du?«

Pauline Ferrand grinste verschmitzt.

»Ich muss Ihnen etwas gestehen. Sie hätten es sicher bald selbst herausgefunden.«

Lucie war gespannt, was sie gleich erfahren würde.

»Ich bin die Tante von Isabel. Sie ist ...« Pauline schluchzte. Sie traute sich, ihren Gefühlen freien Lauf zu lassen. Lucie wartete geduldig, bis die Haushälterin von selbst mit belegter Stimme fortfuhr:

»Sie war die Tochter meiner verstorbenen Schwester. Ich habe Isabel, seit sie zwölf war, großgezogen. Ich bin kinderlos, da ich nie verheiratet war. So konnte ich mich die ganzen Jahre um sie kümmern.«

Die Offenbarung zeigte ihre Wirkung bei Lucie. Damit hatte sie nicht gerechnet. Verwundert wollte sie wissen:

»Auch noch heute in der Villa?«

»Nein. Gott bewahre. Es hat sich so ergeben, dass ich hier arbeite und sie hier lebt. Außerdem ist sie eine Andere geworden.«

»Wie darf ich das verstehen?«, bohrte Lucie nach.

»Ihr Lebensstil ...«

»Auf was spielen Sie an? Hat es mit *Monsieur* Emery zu tun?«

»Noch Eistee?«, fragte Pauline Ferrand die *Commissaire*.

»Gerne.«

Die Haushälterin schenkte auch sich nach und trank das Glas in einem Zug aus.

»Unter anderem ...«

Pauline sah zur Decke. Dann schloss sie ihre Lider. Sie schien sich zusammenzureißen. Das Gespräch forderte sie.

»Sagen wir es so: Ich hatte nichts mehr zu melden. Ob ich ihre Affären angemessen oder daneben fand, änderte nichts an dem Umstand, dass Isabel einlud, wen sie wollte. Und die Männer über Nacht blieben oder sie vorher gehen mussten. Letzteres passierte gut und gerne jedes zweite Mal.«

»War sie wählerisch?«

Pauline Ferrand nahm nun kein Blatt mehr vor den Mund.

»Woran es lag, kann ich nicht beurteilen. Ich könnte mir vorstellen, dass es an dem Geldbetrag lag, den die Männer zu bezahlen bereit waren.«

Die *Commissaire* wollte es ganz genau wissen.

»Würden Sie so weit gehen, Isabel als Prostituierte zu bezeichnen?«

»Ich glaube, die passende Bezeichnung ist *Escortgirl*. Die *Monsieurs* hat sie bei Veranstaltungen kennengelernt. Sie wurde von ihren Verehrern mehrmals ausgeführt, bevor sie ... Sie wissen schon.«

Die *Commissaire* wollte ihrer Vermutung nachgehen, ob Pierre Emery Auslöser für Isabels Laster war. Deshalb fragte sie:

»Als Haushälterin hatten Sie täglich in der Villa zu tun. Da haben Sie sicherlich *Monsieur* Emery getroffen.«

Pauline reagierte angesäuert. Sie betonte überdeutlich:

»Ich bin von *Monsieur* Emery engagiert worden. Danach haben wir uns sporadisch gesehen. Mit einer Haushälterin redet der Chef nur, wenn etwas zu erledigen ist. Ansonsten haben wir ausgemacht, dass ich mir meine Arbeitszeit selbst einteilen durfte. An den Wochenenden hatte ich frei. Einen Tag die Woche bin ich einkaufen gegangen. Einen weiteren

Tag habe ich zum Putzen und für die Wäsche genutzt. Montags habe ich für die folgenden Tage vorgekocht. Es war immer mindestens eine Mahlzeit im Kühlschrank. Und nach 16:00 Uhr war Dienstschluss. Das war mir auch lieb so. Dann konnte ich mich den Nachmittag in mein kleines Appartement nach *Saint-Tropez* zurückziehen. Isabel schlief meistens bis 11:00 Uhr, während ich in Ruhe den Morgen für meine Tätigkeit im Haus nutzte. Ihre Männerbesuche empfing sie nach 19:00 Uhr. Üblicherweise am Wochenende. Deshalb habe ich die Typen selten zu Gesicht bekommen. Meine Aufgabe war es, montags die Hinterlassenschaften aufzuräumen und zu putzen.«

Nun wusste es Lucie ganz genau. Trotzdem fragte sie:

»Was war mit ihrem Verlobten?«

Die Haushälterin tupfte sich mit einem Taschentuch über die Stirn und die Lippen.

»Lächerlich. Eine Farce. Das muskelbepackte Bürschchen war ihrer nicht ebenbürtig. Keine Ahnung, was sie an ihm fand. Er hat nur Ärger gemacht. Kam tagsüber vorbei, hing in der Sonne am Pool rum. Trank literweise Bier, aß Kartoffelchips und stritt mit ihr. Wenn er zufälligerweise mitbekam, dass Isabel eine Verabredung hatte, rastete er aus. Er wollte Isabel für sich. Ein Ding der Unmöglichkeit. Sie war süchtig nach der Bestätigung der diversen männlichen Bewunderer.«

Das war deutlich. Lucie kam erneut auf Emery zu sprechen.

»Was wusste *Monsieur* Emery von alldem? Immerhin war sie Gast in seiner Villa.«

»Es stand mir nicht zu, ihn diesbezüglich zu fragen. Meine Vermutung, ist, dass er es duldete. So lange sie ihm seine Wünsche erfüllte.«

»Wünsche?« Lucie gab sich unwissend.

»Ja, sie durfte ihn begleiten. Ein, zweimal die Woche.«

»Ich nehme an zu offiziellen Anlässen.«

»Ja. Er erwähnte einmal, dass sie für ihn Kontakte knüpfte. Vermutlich für seine Immobilien.«

Die *Commissaire* sah ihre Annahmen bestätigt.

Sie hörten Reifenbewegungen eines Autos auf dem Kies vor dem Haus.

»Ah! Das muss die Spurensicherung sein. Wir reden gleich weiter. Ich zeige den Kollegen die Gästetoilette. Bin sofort wieder bei Ihnen, *Madame* Ferrand.«

»Lassen Sie sich Zeit. Sie finden mich in der Küche.«

Pauline Ferrand erhob sich. Dabei fasste sie in die Tasche ihrer Kittelschürze.

»Fast hätte ich vergessen, Ihnen das zu zeigen.«

Die Haushälterin hielt Lucie einen Zettel hin.

»Den habe ich zerknüllt neben dem Papierkorb beim Telefon in der Eingangshalle gefunden.«

Lucie murmelte vor sich hin, während sie die Kritzelei ansah:

»Fabrice ... und Ausrufezeichen. Hm ...?« Lucie erinnerte sich an die Aussage von *Monsieur* Emery. Er erwähnte, dass Isabel versuchte, bevor sie starb, ein Wort mit *F* auszusprechen. *F* wie Fabrice. Oder *F* wir Franc. Sie verfasste eine passende Notiz.

»Ähnlich habe ich reagiert. Sie wissen auch nichts damit anzufangen?«

Lucie antwortete:

»Ich kenne keinen Fabrice. Sie?«

»Nein«, stellte die Haushälterin fest.

»Danke, dass Sie mir den Zettel übergeben haben. Da fällt

mir ein, ich habe im Haus eine weitere Nachricht gefunden. Eine Karte, die bei dem Blumenstrauß in der Eingangshalle lag. Ich habe sie zur Untersuchung ins Labor gegeben. An die Botschaft kann ich mich gut erinnern: *Pass auf, dass der Duft der Verführung nicht zu Deinem Verhängnis wird. Ein Freund.* Haben Sie die Blumen entgegengenommen, *Madame?*«

»Ich muss Sie enttäuschen, *Commissaire.* Als ich freitags in die Villa kam, waren sie schon da. Die Karte habe ich bemerkt, aber nicht geöffnet. Es geht mich nichts an. Isabel bekam regelmäßig Blumen. Manchmal ein ganzes Zimmer voll. Verrückt, nicht?«

Es läutete.

»Ich gehe zu den Kollegen.«

»Und ich in die Küche.«

Die *Comissaire* instruierte die Spurensicherung. Sie würden nicht lange benötigen, teilten sie ihr mit. Ob es noch andere Aufgaben für sie gäbe, wollten sie wissen. Lucie erinnerte sich an den schicken *Mercedes SL.*

»Bitte untersuchen Sie den Sportwagen vor der Villa nach Fingerabdrücken.«

Sie wusste nicht, wozu dies gut war, wollte die Gelegenheit aber nutzen. Auf dem Rückweg zur Küche lief sie seitlich am Haus vorbei. Dort entdeckte sie ein weiteres Fahrzeug. Einen *Renault 4.* Sie vermutete, dass er der Haushälterin gehörte. Im Vorbeigehen warf sie einen Blick hinein. Die Rückbank war umgelegt. Auf der Ladefläche lagen und standen Tontöpfe unterschiedlicher Größe und Form. War *Madame* Ferrand Hobbygärtnerin?

Das wollte die *Commissaire* gleich herausfinden. Zuvor rauchte sie eine *Gitanes,* genoss den Blick über den Swimmingpool und den angrenzenden Garten. In diesem bemerkte sie einen jungen Mann. Es konnte nur Malik Djoudi sein. Er war damit beschäftigt, überhängende Oleanderzweige zu stutzen. Mit der Zigarette im Mundwinkel lief sie den Pool entlang. Als er sie kommen sah, unterbrach er seine Tätigkeit. Lucie zögerte nicht, ihn anzusprechen.

»*Monsieur* Djoudi, hätten Sie einen Moment Zeit? Ich bin *Commissaire* Girard. Es geht um den Mord an Isabel Marin.«

Er wischte sich den Schweiß mit einem Lappen ab, den er aus seiner dreckverschmierten, löchrigen Jeans zog. Bevor er ihr die Hand reichte, reinigte er sie am selben Tuch. Lucie erkannte in ihm einen jungen Mann mit athletischer Figur, ähnlich der eines römischen Kämpfers. Kein Gramm Fett zu viel, dafür bewunderte sie definierte Muskeln an den richtigen Stellen. Seine Gesichtszüge waren klassisch und fein gezeichnet. Vergleichbar mit einem Adonis.

Er zeigte sich offen und sagte:

»Ich habe davon gehört. Wissen Sie, wer es getan hat?«, fragte er ohne Scheu. Sie antwortete routiniert.

»Wir stehen am Anfang unserer Ermittlungen. Deshalb muss ich mit Ihnen sprechen. Sind Sie noch eine Weile hier? Es wäre von Vorteil.«

Er grinste schief.

»Für Sie oder für mich?«

Lucie musste lächeln. Er hatte Humor.

»Ich denke, für uns beide. Falls Sie bereit sind, mir offen und ehrlich gegenüberzutreten.«

Er stemmte seine Hände in die schmalen Hüften. Seine strahlend blauen Augen funkelten Sie an.

»Das versteht sich von selbst. Ich hasse Lügen.«

»Gute Voraussetzung, um die Wahrheit zu erfahren und

schnell zum Ziel zu kommen.«

Er bückte sich und hob mehrere abgeschnittene Oleanderäste auf.

»Ich bin mir nicht sicher, ob wir die gleichen Ziele verfolgen. Lassen Sie mich meine Arbeit beenden, anschließend komme ich zu Pauline in die Küche. Passt Ihnen das?«

»Da wollte ich sowieso hin. Ich erwarte Sie dort.«

Malik drehte ihr den Rücken zu, dann verschwand er zwischen den Büschen.

Der junge Mann verfügte über eine ausgeprägte Anziehungskraft, der sich Lucie nicht entziehen konnte. Sie fragte sich, ob es Isabel genauso gegangen war.

Pauline Ferrand putzte Silberbesteck. Als sie Lucie sah, erklärte sie:

»Ich hasse diese Arbeit. Aber sie beruhigt mich.«

Lucie sah der Haushälterin zu, wie sie eine Paste mit einem Lappen auf einen angelaufenen Löffel auftrug.

»Wie geht es mit Ihrer Anstellung weiter? Hier können Sie wahrscheinlich nicht bleiben«, analysierte die *Commissaire.*

Pauline sah nicht auf, nahm den nächsten verfärbten Löffel in die Hand.

»Ich konnte bisher nicht mit *Monsieur* Emery sprechen. Jedoch mache ich mir keine großen Sorgen. Er hat immer etwas für mich zu tun. Seine Immobilienagentur verfügt über diverse Objekte. Die Villen müssen blitzsauber sein, wenn ein Interessent sie besichtigt.«

Aus Lucie platzten gleich mehrere Fragen heraus, die sie in der Zwischenzeit beschäftigt hatten.

»Gehörte es zu Ihren Aufgaben, ein Auge auf Isabel zu werfen? Wollte das *Monsieur* Emery? Wusste er, dass sie mit Isabel verwandt sind?«

Die Haushälterin unterbrach ihre monotone Beschäftigung, sah auf und funkelte die *Commissaire* feindselig an.

»Warum wollen Sie das wissen? Ich habe nichts mit ihrer Ermordung zu tun.«

»Als Ermittlerin muss ich die Zusammenhänge verstehen. Auch scheinbare Nebensächlichkeiten führen mich zur Lösung des Falles und zum Täter. Das zeigt mir meine jahrelange Erfahrung. Also, noch einmal. Wusste er von ihrem verwandtschaftlichen Verhältnis?«

Ein Nicken bestätigte Lucies Vermutung.

»Könnte man sagen, Sie haben Isabel kontrolliert und ihm Bericht erstattet?« Der *Commissaire* war klar, dass ihre Formulierung gewagt war. Allerdings wollte sie die Haushälterin provozieren.

Mit den Händen in die Hüften gestemmt, ereiferte sich Pauline Ferrand. Sie war kaum wiederzuerkennen. Ihre Gesichtszüge verzerrten sich. Sie verlor die Kontrolle über ihre Stimme. Sie blaffte Lucie an:

»Was erlauben Sie sich! Meine Nichte wurde brutal ermordet. Sie war für mich wie eine Tochter. Wie kommen Sie darauf, mich als die böse Tante darzustellen, die den Anstandswauwau spielte? In erster Linie habe ich meine Hausarbeit verrichtet. Es gab keinerlei Streit oder Missstimmung zwischen uns.«

Ein Geräusch ließ beide Frauen zur Nebeneingangstür blicken. Dort stand Malik in Strümpfen. Seine schweren verdreckten Gartenschuhe hatte er ausgezogen. Er musste bereits eine Weile anwesend gewesen sein. Lucie bemerkte, wie sich Pauline bei seinem Anblick auf die Lippen biss und eine Spur blasser wurde. Ihr Stimmungsumschwung wurde durch seine Reaktion bestätigt.

»Streit gab es hier ständig! Pauline, du solltest bei der Wahrheit bleiben. Ihr habt euch oft in den Haaren gehabt. Selbst im Garten konnte ich mich eurem Gezänk nicht entziehen.«

»Was geht es dich an! Isabel und ich waren, was Männerthemen angeht, unterschiedlicher Meinung. Nach jedem Streit haben wir uns wieder versöhnt.«

Er holte tief Luft und wollte dagegenhalten, doch Pauline griff ihn direkt an.

»Auch du konntest deine Augen nicht von ihr lassen. Wenn sie am Pool lag, hast du in ihrer Nähe herumgelungert und sie beobachtet.«

»Ja und? Sie hat mich gemocht. Und sich für mich interessiert.«

»Pah! Einen Tagelöhner! Was kann einer wie du Isabel bieten?«

Mit hochrotem Kopf näherte er sich der Haushälterin. Während er los polterte, ballte er seine rechte Hand, die einen Verband trug, zur Faust.

»Ich bin kein Tagelöhner! Wir haben uns verstanden, gelacht und Zeit miteinander verbracht.«

Lucie stand entspannt da und beobachtete die beiden Streithähne. Anschließend griff sie ein.

»*Monsieur* Djoudi, Sie können mir bestimmt verraten, mit wem Isabel kurz vor ihrem Tod zusammen war.«

Lucie war sich nicht sicher, ob der junge Mann, so wie er in Rage war, ihre Frage mitbekommen hatte. Es dauerte eine Weile, bis er herunterfuhr und sich zu ihr wandte.

»Ich war am Samstag nicht hier. Habe in einer anderen Villa gearbeitet. Das können Sie gerne nachprüfen. Ich gebe Ihnen die Adresse. Im Übrigen sind Pauline und ich einer

Meinung, was Isabels Umgang mit ihren Männern anging. Sie war süchtig nach Bestätigung. Dabei hätte sie es nicht notwendig gehabt. Sie war intelligent, wunderschön und verstand sich auf beste Umgangsformen.«

»Sind Sie der gleichen Meinung wie *Monsieur* Djoudi, *Madame?«,* fragte Lucie die Haushälterin bewusst in Anwesenheit ihres Kollegen.

Die Angesprochene sah zuerst zu Malik, dann zur *Commissaire*. Bis sie antwortete, dauerte es auffällig lange.

»Ich kannte sie seit ihrer Kindheit. Die Entwicklung, die meine Nichte durchgemacht hat, war oberflächlich betrachtet beeindruckend. Doch in ihr drin ... rumorte es. Sie war ruhelos und nie zufrieden mit sich selbst und dem, was sie erreicht hatte. Bei allem, was sie tat, ging es ihr hauptsächlich um Publicity und Reichtum. Um das zu erreichen, passte sie sich dem Niveau und den Regeln ihrer Umgebung an. Sie war eine talentierte Schauspielerin.«

»Du hast ihre Art gehasst!«, klagte Malik Pauline an.

Lucie erwartete Paulines Gegenangriff. Aber sie blieb still. Stattdessen setzte sie stoisch ihre Silberputzaktion fort. Die *Commissaire* machte sich eifrig Notizen. Sie hatte durch die Unterhaltung der beiden einige Hinweise erhalten. Dann schlug sie vor:

»Lassen Sie uns nach draußen gehen, *Monsieur* Djoudi. Ich habe ein paar Fragen an Sie persönlich.«

Lucie ließ die Haushälterin bewusst schmoren. Sie blieb unbeachtet zurück.

Auf dem Weg zur Terrasse fiel Lucie auf, dass Malik für die Jahreszeit ziemlich warm angezogen war. Er trug ein langärmeliges Shirt. An einer Sitzgruppe angekommen, sprach die *Commissaire* ihn daraufhin an.

»Schwitzen Sie nicht bei der Arbeit in dieser Kleidung?«

Malik sah an sich herunter.

»Ich trage dieses Shirt, weil es mich schützt und weil ich von einigen der Pflanzen Ausschläge bekomme. Zu meiner Ausstattung gehören auch Lederhandschuhe.«

Er hob seine linke Hand hoch und zeigte Lucie den Verband.

»Das passiert, wenn man sie vergisst.«

»Ich verstehe. Ihr Körper ist ihr Kapital.«

»So ist es. Von früh morgens bis spät abends. Es ist harte Arbeit.«

Die *Commissaire* glaubte ihm in diesem Moment. Er wirkte authentisch und zeigte keinerlei Unsicherheit. Um auf ihr ursprüngliches Thema zurückzukommen, fragte sie:

»Das Verhältnis zwischen Isabel und ihrer Tante war angespannt.«

Er nickte nachdenklich.

»Es war toxisch. Für mich ist es unverständlich, wie Isabel es mit dieser Frau ausgehalten hat. Sie hat sie bevormundet und kontrolliert. Ich habe mich gefragt, warum Isabel nicht einfach gegangen ist.«

»Hat sie diese Absicht einmal erwähnt?«

Malik zog sich seine Schuhe wieder an, die er mitgenommen hatte. In gebückter Haltung erklärte er Lucie:

»Mehr als einmal. Ich vermute, jemand hatte etwas dagegen.«

Lucie tat überrascht.

»Jemand? Haben Sie eine Vermutung wer?«

Er richtete sich wieder auf.

»Das müssen Sie selbst herausfinden. Ich habe es gespürt. An ihren Stimmungsschwankungen. Manchmal habe ich sie weinen gehört. Dann wieder wirkte sie wie aufgedreht, euphorisiert.«

Lucie dachte spontan an Drogen.

»Sie wissen viel von ihr. Wie nah standen Sie sich?«

Malik lief rot an. Er war ein Jüngling, der Isabel verfallen war, mutmaßte Lucie.

»Wie soll ich es sagen? Wir hatten mal was miteinander. Aber ich passe nicht zu ihr. Für sie war es nur Sex. Für mich ...« Sein Blick verklärte sich.

»Sie haben sich verliebt?«

Er nickte. Hielt seinen Blick dabei gesenkt.

»Bald hat sie mich nicht mehr beachtet. Ich war Luft für sie. Es kamen andere. Viele.«

Lucie hatte das Gefühl, Malik redete sich seine Enttäuschung und Trauer von der Seele. Es war naheliegend, ihn nach der Grußkarte zu fragen.

»Haben Sie ihr die Blumen in der Eingangshalle geschenkt und die Zeilen dazu geschrieben?«

Er nickte verlegen.

»Sie stammen aus dem Garten einer Villa, in der ich arbeite. Die Karte ... ja. Sie hat nichts bewirkt. Sie ist tot.«

Die *Commissaire* bestätigte seine Einschätzung.

»Vermutlich steckte sie zu tief in tragischen Umständen. Ich werde mich bemühen, mehr herauszufinden, was sie belastete. Unterstützen Sie mich dabei?«

Er sah sie mit großen Augen an.

»Tue ich das nicht bereits, indem ich Ihre Fragen beantworte?«

»Absolut. Ich meine, halten Sie bitte Augen und Ohren offen. Vielleicht ereignet sich etwas in der Villa. Ich könnte es mir vorstellen«, orakelte Lucie.

Er fühlte sich geschmeichelt.

»Das werde ich. Sie können sich auf mich verlassen. Ich vermisse Isabel jetzt schon!«

Lucie sah ihn verständnisvoll an.

»Bleiben Sie Ihren Grundsätzen treu. Mit Ehrlichkeit und Fleiß gerät man nicht auf die schiefe Bahn.«

»Das hätte Isabel mal beherzigen sollen. Dann würde sie noch leben«, stellte er traurig fest.

»Menschen werden durch ihr Umfeld geprägt. Dessen bin ich mir sicher.«

»Sie meinen Pauline Ferrand und *Monsieur* Emery?«

Es war das erste Mal, dass er den Immobilienmakler erwähnte. Kannte er Isabels Verlobten nicht, fragte sie sich.

»Und weitere, wie ihren Verlobten.«

Sie ließ ihre Aussage wirken. Wartete, wie er reagierte. Doch Malik schwieg.

»Kennen Sie ihn nicht? Ich habe gehört, er sei eine Sportskanone.«

Malik legte die Stirn in Falten und knetete seine Hände. Er wirkte aufgebracht.

»Der Typ ist naiv. Isabel war ihm überlegen. Sie hätte ihn niemals geheiratet. Was sollte sie mit ihm anfangen? Wasserskifahren? Biertrinken? Ich konnte es mir nicht erklären, was sie von ihm wollte. Sie war, wie ich sagte, manchmal unberechenbar. So kam sie eines Tages in die Villa zurück und verkündete, dass sie sich verlobt habe. Pauline erzählte es mir. Auch sie konnte es nicht begreifen. Ich wagte mich nicht, Kritik zu üben. Es war ihr wohl peinlich.«

»Es kam zu keinem sexuellen Kontakt mehr?«

Er blickte zu Boden. Zog die Nase hoch.

»Nein. Sie hat mich seitdem gemieden.«

Lucie vermutete:

»Vielleicht war es ihr mit Franc Leroux doch ernst. Er war eine Alternative zu den älteren Männern, mit denen sie sich sonst traf. Und er verfügt über Kontakte in die High Society.«

Malik winkte ab.

»Ich möchte das alles nicht wissen. Lieber behalte ich sie so in Erinnerung, wie sie war, als sie sich mir hingab.«

»Tun Sie das. Eine Frage hätte ich noch.«

Er legte erwartungsvoll seinen Kopf schief.

»Besitzen Sie einen Spaten oder eine Schippe?«

»Na klar.«

»Kann ich sie sehen?«

»Warum nicht. Sie stehen im Schuppen hinter dem Poolhaus. Folgen Sie mir.«

Gemeinsam gingen sie am Schwimmbecken entlang. Das Poolhaus lag etwas tiefer und war von akkurat zurückgeschnittenen Zypressen umgeben. Auf der Rückseite befand sich ein Bretterverschlag. Malik öffnete die Tür. Licht fiel in den Innenraum.

»Sehen Sie, hier sind sie. Ein Spaten und eine Schippe für Sand.«

Die *Commissaire* tat ihre Pflicht. Sie bat Malik:

»Sind Sie so nett, ziehen sich Handschuhe über und tragen beide vor die Villa zu meinem Wagen? Ich lasse sie untersuchen.«

Er befolgte ihrer Aufforderung, ohne nachzufragen. Am Auto bemerkte Lucie beiläufig:

»Pauline gärtnert auch?«

»Sie hat es mal erwähnt. Aber warum fragen Sie?«

»Ich möchte dazu momentan nichts sagen. Vertrauen Sie mir.«

Er senkte seinen Kopf. Dabei wirkte er wie ein kleiner Junge.

»Ich vertraue Ihnen. Sie melden sich bei mir?«

»Ich habe Ihre Adresse.«

»In der Wohnung bin ich nur zum Schlafen. Telefon besitze ich nicht. Am besten Sie hinterlassen mir eine Nachricht hier im Poolhaus. Ich bin regelmäßig dort. Die Tür ist immer offen.«

»Einverstanden.«

Lucie beobachtete wie Malik über den Vorplatz in Richtung ihres Wagens ging. Sein Gang wirkte gebückt und schwer. Nicht wie der eines jungen Mannes. Die Last des Todes von Isabel lag auf seinen Schultern. Ob er etwas zu verbergen hatte? Die *Commissaire* war sich dessen nicht sicher. Er wirkte auf sie wie eine ehrliche Haut.

Lucie sah auf ihre Armbanduhr. Es war kurz nach zwei. Eigentlich ideal, für eine Fahrt nach *Cannes*, um Isabels Verlobten, Franc Leroux, aufzusuchen. Er könnte den Eindruck, den sie von Isabel Marin gewonnen hatte, vervollständigen. Sie rief in der *Gendarmerie* in *Saint-Tropez* an und informierte sich, ob sich Babette bei *Gendarm* Hugo gemeldet hatte. Dem war so. Er gab ihr die Adresse durch. Dabei erfuhr sie, dass ihr neuer Kollege *Commissaire* Ponte angerufen hatte, um mit ihr zu reden. Sie war erleichtert, zu erfahren, dass Hugo mitgeteilt hatte, sie sei unterwegs. So hatte sie selbst die Möglichkeit, Michel Ponte anzurufen und wurde nicht von ihm überrascht. Der *Gendarm* gab ihr die Telefonnummer, unter der Ponte zu erreichen war. Sollte sie gleich anrufen oder ihn warten lassen? Sie entschied sich für die offensive Variante. Sie wählte, nachdem sie das Gespräch mit Hugo beendet hatte, die ihr übermittelte Nummer. Es meldete sich der Hafenmeister von *Saint-Tropez*. Sie verlangte nach Ponte. Es dauerte eine Zigarette, bis sie eine unangenehm hohe Stimme vernahm.

»*Commissaire* Girard! Ich bin verzückt, dass Sie sich melden!«

Was ist das denn für einer?, fragte sie sich. Sie empfand seine Begrüßung etwas übertrieben.

»Das ist doch selbstverständlich unter Kollegen«, säuselte Lucie. Um ihren Wissensvorsprung auszunutzen, sagte sie:

»Willkommen in *Saint-Tropez*. Wie ich mitbekommen habe, stecken Sie bereits mitten in Ermittlungen?«

Er konterte:

»Und Sie? Stehen mir in nichts nach. Direkt nach ihrer Rückkehr wird der Mord an einer attraktiven jungen Frau gemeldet! Und Sie sind zur Stelle.«

Er hatte mit Sebastian gesprochen! Lucie war baff.

»Sie sind bereits bestens informiert. Ja, es geht um den Mord an Isabel Marin, eine, wie soll ich mich ausdrücken?«

Er unterbrach sie.

»Eine Prostituierte?«

»Hm ... so würde ich sie nicht titulieren. Sie hat sich gerne mit reichen Männern geschmückt.«

»Und sich wahrscheinlich aushalten lassen.«

»Vermutlich. Aber es gibt sicher noch mehr. Ich werde es herausfinden.«

»Dessen bin ich mir sicher. Ihre Aufklärungsquote ist beeindruckend!«, quiekte er.

Lucie konnte es sich nicht verkneifen zu fragen:

»Eine Herausforderung für Sie?«

»Wir stehen doch über diesen Dingen ...«

Das sah Lucie anders.

»Ganz und gar nicht. Wenn eine junge Frau erschlagen wird …«

Seine Stimme erreichte ungewöhnliche Höhen für einen Mann.

»Es gehört zu unseren Pflichten, die Fälle sachlich und neutral zu beurteilen. Das war in meinem *Arrondissement* in *Paris* nicht anders. Und hier …«

Lucie konnte nicht anders, sie musste die nächsten Fragen loswerden:

»Hier? Wo sehen Sie sich?« Zur Erklärung schickte sie hinterher: »Bisher habe ich mich um die Gegend von *Saint-Tropez* bis *Fréjus/Saint-Raphaël* gekümmert.«

Lucie war klar, sie forderte ihn heraus. Es war ihr egal. Sie wollte ihm seine Grenzen und ihre Sichtweise aufzeigen.

Erst hörte sie ihn japsen, dann kippte seine Sopran-Stimme in ein Krächzen, das zwischendrin durch ein Gurgeln unterbrochen wurde.

»Reden Sie mit … es sollte geklärt sein … die Präfektin … die Zahl der Verbrechen … erfordert mehr … ich wurde gebeten … Sie waren auf unbestimmte Zeit … es hat sich ergeben … Sebastian Cassel … er wird es Ihnen erklären«, sprach er stakkatoartig mit schriller Stimme.

Auch wenn sie ihn nicht vor sich sah, so registrierte Lucie, dass dieser Mann sich an Vorgaben hielt und an Prinzipien klebte. Die Einhaltung von Gesetz und Ordnung waren sein höchstes Gut. Improvisation war ihm fremd. Sie kannte solche Typen. Es gab sie bei der Polizei zuhauf. Wahrscheinlich ermittelte er, wie er es in der Polizeischule gelernt hatte. Intuition? Vergiss es. Spontane Planänderungen? Niemals. Bauchgefühl? Unbekannt.

Sie wusste, wie sie ihn nehmen musste. Freundlich

lächelnd. Ihm Recht geben, um anschließend das zu machen, was sie für angemessen hielt. Diese Vorgehensweise wendete sie gleich an.

»Wie auch immer. Sie haben Ihren Fall und ich meinen. Wir berichten an unseren gemeinsamen Vorgesetzten Sebastian Cassel. Er informiert die Präfektin. Das ist der Ablauf. Mehr gibt es nicht zu beachten. Wir haben uns verstanden.«

Als Reaktion hörte sie sein übertriebenes Schnaufen mit einem Pfeifen am Ende.

»*Commissaire* Ponte? Alles in Ordnung bei Ihnen?«, fragte Lucie mit gespielter Sorge.

»Sie machen es sich zu einfach.«

»Es ist einfach.«

»Unser Polizeialltag ist oft komplex. Das wissen Sie.«

»Ach.«

»Man braucht Rat. Im Dialog löst sich mancher Fall leichter.«

Fast hätte Lucie erwidert: *Meine Rede.*

»Was denken Sie, sollen wir tun?«, formulierte sie die berechtigte Frage. Pontes Antwort überraschte sie.

»Miteinander reden. Der Rest ergibt sich von selbst.«

Nun musste die *Commissaire* Sebastian Cassel zitieren.

»Unser Chef will das nicht. Ich habe ihn gefragt.«

Sie hörte ein Kichern wie von einem Kind.

»Er muss es ja nicht erfahren. Kleiner Dienstweg.«

Gab es das? Hatte sie sich in Ponte getäuscht? War er gar nicht so verbissen und unkooperativ? Spontan änderte Lucie ihre Haltung ihm gegenüber. Sie hoffte, dass es keine Falle war.

»Dann wünschen Sie meine Unterstützung in Form von Austausch und Rat?«

»Aber ja doch! Wenn Sie dazu bereit sind. Ich bin hier ein Neuling aus *Paris*. Sie kennen sich vor Ort bestens aus. Ich muss mich erst einmal einarbeiten und durchsetzen. Sicherheit gewinnen, was nicht einfach wird.«

Lucie wusste genau, wovon er sprach. Obwohl im *Département Var* oft mehr Touristen weilten als Einwohner, verhielt man sich gegenüber Franzosen aus anderen Landesteilen vorsichtig ausgedrückt zurückhaltend. Gegenüber Parisern ganz besonders.

Das Eis schien gebrochen. Lucie fragte ohne Umschweife:

»Sie benötigen meine Unterstützung?«

»Es wäre durchaus von Vorteil.«

»Sofort?«

Er schlug vor:

»Wie wäre es, wenn wir uns am Hafen in einem Bistro treffen und ich sie in meine Arbeit einweihe.«

Sie ging darauf ein:

»Hm ... eigentlich wollte ich nach *Cannes*. Aber es lässt sich einrichten, dass ich vorab in *Saint-Tropez* vorbeischaue. Wie wäre es mit einem Salat?«

Sein Schnaufen hörte sich nun erleichtert an.

»Ein Salat. Wunderbar. Ich habe am alten Hafen ein kleines italienisches Restaurant gesehen. Wollen wir uns dort treffen? Wie lange brauchen Sie? Ich kann hinlaufen.«

»Geben Sie mir zwanzig Minuten. Besser dreißig.« Sie entschied, sich vorher in der *Gendarmerie* frisch zu machen. Der erste Eindruck zählte.

»In einer halben Stunde. Ich kümmere mich um einen Tisch.«

Das Gespräch war komplett anders gelaufen, als erwartet.

»Wir sehen uns.«

»Äh. Woran erkenne ich sie?«

Hatte er tatsächlich bisher kein Foto von ihr gesehen? Wie unprofessionell!

»Ich bin groß. Schlank. Trage eine Sonnenbrille in meinen langen brünetten Haaren. Meine Uniform ist ein beiger Hosenanzug. Sie werden mich bestimmt bemerken.«

»Sie mich auch. Ich habe wenig Haare. Bin klein und dünn. Mein Markenzeichen sind T-Shirts. Meistens von bekannten Bands wie den *Rolling Stones*. Und man sagt, ich hätte ein nettes Lächeln.«

»Wir werden uns schon finden. Das Restaurant ist nicht sonderlich groß.«

Er lachte. Es hörte sich wie Ziegengemecker an.

Lucie lachte spontan mit.

»Sehen Sie, es funktioniert mit uns«, gackerte er.

Jetzt wurde er auch noch charmant!

»Bis gleich.«

Sie legte auf und schüttelte gleichzeitig den Kopf.

Verrückt! An die Arbeit, Lucie! Vielleicht hast du gerade einen neuen Kollegen für dich gewonnen.

Chapitre cinq

Am Hafen von Saint-Tropez

Ponte war ein Männlein. Er hatte eine knabenhafte Figur, die durch das viel zu weite T-Shirt mit dem Aufdruck einer illustrierten rot leuchtendenden ausgestreckten Zunge noch verstärkt wurde. Sein Gesicht zeigte ähnlich zarte Züge wie die einer Frau. Sein Bartwuchs war spärlich. Hellwache, mandelbraune Augen strahlten die *Commissaire* an. Er erinnerte sie an einen Tänzer oder einen Jockey. Wäre sie nicht mit ihm verabredet gewesen, wäre er ihr nicht aufgefallen. Das änderte sich, bis er sie ansprach. Seine Stimme lag in einer alles durchdringenden Frequenz, die sich vom akustischen Einheitsbrei im Restaurant abhob.

Als er sie entdeckte, rief er:

»*Commissaire* Girard!«, woraufhin alle Gäste zu ihnen sahen.

Lucie erwiderte bewusst leise:

»*Commissaire* Ponte! Wir wollen doch unter uns bleiben?«, während sie sprach, hielt sie ihren Zeigefinger vor den Mund.

»*Excusez-moi.* Mein Organ.«

Ihm war also klar, was seine Stimme auslöste.

Michel Ponte hatte sich von seinem Stuhl erhoben. Man stand sich gegenüber. Lucie Girard überragte ihn um eine Kopflänge. Er blickte zu ihr auf. Dabei reichte er ihr seine schlanke Hand, die in ihrer verschwand.

»Die Leute unterschätzen mich, das ist sicher von Vorteil

in meinem Beruf.«

»Bei mir verschätzen sie sich. Da haben wir doch was gemeinsam, wir sind kein Durchschnitt.«

»Wollen wir uns nicht setzen?« Er zeigte zum Stuhl ihm gegenüber. »Ich habe mir erlaubt, ein Wasser für Sie zu bestellen. Auf der Karte gibt es verschiedene Salate. Ich nehme den Griechischen.«

Lucie musste nicht lange überlegen.

»Meine Wahl steht fest. Ein *Salade Niçoise* soll es sein.«

»Ein Glas *Rosé?«*

»Nicht im Dienst. Ansonsten gerne.«

Ponte ging ganz selbstverständlich und locker mit ihr um. Das gefiel Lucie. Die Atmosphäre war unverkrampft. Auch deshalb kamen sie gleich auf ihre aktuellen Fälle zu sprechen.

»Sie sind in *Saint-Tropez* wegen einer Mordsache, *Commissaire* Ponte?«

Er setzte sein Glas ab, aus dem er getrunken hatte, sah Lucie direkt in die Augen, wartete einen Moment, so als ob er überlegte. Lucie erkannte eine Taktik in seinem Verhalten. Durch die bewusste Kunstpause verunsicherte er seine Gesprächspartner. Sie machten sich Gedanken, ob ihre Frage oder Aussage von ihm angenommen und beantwortet werden würde.

»Ob es ein Mord war, muss ich herausfinden. Bisher ist eine Jacht im Hafen explodiert. Dabei sind zwei Menschen umgekommen. Der Bootsführer und der Besitzer, ein Unternehmer aus *Cannes.«* Beiläufig zeigte er zu den Booten, die unterhalb des Restaurants im Hafenbecken lagen. »Die Reste der Jacht werden untersucht. Wir vermuten einen gezielten Anschlag. Und Sie? Sind mit einem Mord an einer *Societylady* beschäftigt?«

Lucie bemerkte, dass er nicht mehr von einer Prostituierten sprach.

»Was sie genau war, habe ich noch nicht exakt herausgefunden. Auf jeden Fall unterstützte sie den Immobilienmakler Pierre Emery bei der Kundenakquise. Es könnte durchaus sein, dass sie sich weitere Dienste direkt von den Käufern bezahlen ließ. Es existieren Aufzeichnungen, die ich gefunden habe.«

Ponte lehnte sich im Stuhl zurück, streckte seine dünnen Arme über seinen Kopf. Dabei wanderten seine Hände zu seinem Hinterkopf. Dort faltete er die Finger und knackte mit ihnen. Lucie lief ein kalter Schauer über ihren Rücken. Sie hasste diese Unart. Er bemerkte ihren leicht gequälten Gesichtsausdruck.

»Oh! Es stört Sie?«

»Ich kann es nicht hören.«

»Tut mir leid.«

»Schon gut. Was ich noch ergänzen wollte ... die Tante des Opfers arbeitet in der Villa als Haushälterin. Auch sie wurde von *Monsieur* Emery engagiert. Eine eigenartige Konstellation, finden Sie nicht?«

Er ging nicht auf ihre Bemerkung ein, stattdessen fragte er:

»Emery ist Immobilienmakler? Hm ... Das Opfer auf der Jacht war der führende Bauunternehmer zwischen *Nice* und *Marseille.* Er baute Luxushotels, Ferienanlagen und Unternehmensniederlassungen. Vielleicht ...«

»... gibt es eine Verbindung«, ergänzte die *Commissaire.*

Sie bestellten ihre Salate und hingen ihren Gedanken nach. Lucie hielt Ponte wortlos ihre blaue *Gitanes*-Zigarettenpackung hin. Er lehnte dankend ab.

»Ich rauche und trinke nicht. Hatte als Kind eine

Lungenentzündung und war oft krank.«

Die *Commissaire* zündete ihre Zigarette, die seitlich zwischen ihren Lippen klemmte, mit ihrem Benzinfeuerzeug an. Dabei nuschelte sie:

»Tut mir leid. Ich war noch nie schwer krank. Ein Glück. Woran es liegt? Keine Ahnung.«

»Gute Gene. Ich muss ständig aufpassen. Wenn einer niest, kriege ich eine Erkältung. Ist eben so. Da kann man nichts machen. Was haben Sie als Nächstes vor? Ist das Opfer in *Toulon* zur Obduktion?«

Er fragte sie aus. Lucie blieb skeptisch.

Sie nickte. Gab ihm keine direkte Antwort. Stattdessen zog sie genüsslich an der *Gitanes*. Beim Sprechen blies sie den Rauch in seine Richtung. Woraufhin Ponte hüstelte und mit der Hand vor seinem Gesicht wedelte.

»Excusez-mois. Eine Unart von mir«, entschuldigte sie sich.

Er überraschte sie mit:

»Wollen wir uns nicht duzen? Ich bin Michel.«

Lucie lächelte pflichtgemäß.

»Und ich Lucie.«

»Schön Lucie. Auf erfolgreiche Zusammenarbeit!«

Er hob sein Wasserglas. Sie tat es ihm gleich. Beim Anstoßen meinte er:

»Jeder löst seine Fälle für sich. Hinter den Kulissen tauschen wir uns aus. Einverstanden?«

Cleveres Kerlchen, dachte Lucie. So handelt er nach dem Willen von Sebastian, weiß über meine Arbeit Bescheid und erhält Unterstützung. Trotz dieser Bedenken zeigte sie ihre Kooperationsbereitschaft.

»Ich habe nichts dagegen. Wenn du gegenüber unserem

Chef nichts durchblicken lässt. Es bleibt unter uns. Keine gemeinsamen Auftritte. Kein direktes Einmischen. Das sind meine Bedingungen.«

»Okay.«

Der Salat wurde serviert. Sie aßen eine Weile schweigend. Dabei fiel Lucie auf, dass Michel nur wenig zu sich nahm. Kein Wunder, dass er so schmächtig war.

»Du isst ja kaum was«, fragte sie ihn.

»Als ich siebzehn war, hatte ich eine Magenoperation. Mir wurde ein Viertel des Organs entfernt. Seitdem vertrage ich nicht viel und muss grundsätzlich vorsichtig sein.«

»Das ist sicher belastend.«

»Man gewöhnt sich daran. Ich war noch nie ein großer Esser.«

Lucie machte auch langsam. Sie wollte nicht zu früh fertig sein, denn dann gelüstete es ihr nach der obligatorischen Zigarette nach einer Mahlzeit.

»Soll ich *Monsieur* Emery wegen ...«, sie überlegte kurz. »... Wie heißt das Opfer von der Jacht? Du hast bisher keinen Namen erwähnt«, fragte Lucie Ponte, obwohl sie den Namen des Bauunternehmers bereits von ihrem Chef erfahren hatte.

Er sah auf. Kaute langsam. Schluckte. Sprach:

»Bernard Bonnabel. Er kommt aus *Draguignan*. Seine Firma heißt *BB-Construction*. Ja, frag ihn, ob er ihn kennt oder ein Geschäftspartner von ihm ist. Gegenfrage – wie nennt sich die Firma des Immobilienmaklers?«

»*LuxEstate*. Er vermittelt hauptsächlich Villen an der *Côte d'Azur*. Um mögliche Kunden anzusprechen, zeigt sich *Monsieur* Emery gerne auf Vernissagen, Parties, in Clubs und ausgewählten Events. Isabel Marin, das Mordopfer, hat ihn bei der Ansprache potenzieller Kunden unterstützt. Mit ihr erregte er Aufmerksamkeit bei finanzkräftigen Investoren. Sie nutzte das schamlos aus. Das ist meine Vermutung.«

Ponte rümpfte die Nase.

»An diese *Jetset*-Gesellschaft muss ich mich noch gewöhnen. In Paris hatte ich es meistens mit ordinären Bürgern zu tun. Da war ich der Schnösel«, er gackert wie ein Huhn.

»Du recherchierst Bonnabels Geschäftskontakte, nehme ich an?«, wollte Lucie wissen.

»*Exactement*. Ich schaue mir realisierte und geplante Bauprojekte an. Finde heraus, wie und mit wem er gearbeitet und kooperiert hat. Eruiere, ob er Feinde hatte. Ob alles mit rechten Dingen zuging. In der Baubranche gibt es 'ne Menge Schwarzarbeit. Bestechungen sind an der Tagesordnung. Es existieren viele schwarze Schafe. Und da er einer der größten Anbieter war, liegt die Vermutung nah, dass nicht alles sauber ablief.«

Ponte legte seine Gabel zur Seite und tupfte sich den Mund mit der Serviette ab. Er ließ mehr als die Hälfte des Salates liegen.

»Bitte informiere mich, sobald du mehr über ihn herausgefunden hast. Ich bohre bei *Monsieur* Emery nach.«

Lucie sah auf ihre Armbanduhr.

»Nach drei. Ich sollte aufbrechen. Ein Gespräch mit dem Verlobten des Opfers steht an.«

Ponte machte große Augen. Was dazu führte, dass seine hohe Stirn sich in Falten legte.

»Sie war verlobt? Wie unpassend bei ihrer Tätigkeit.«

Lucie klopfte mit einem Finger auf die *Gitanes*-Packung.

»Du erlaubst? Eine letzte Zigarette, bevor ich gehe.«

Der *Commissaire* hob sich ergebend die Hände. Sie

zündete ihr silbernes Benzinfeuerzeug. Die Flamme erreichte die Spitze der filterlosen Zigarette, der Tabak fing Feuer, im gleichen Moment zog sie zufrieden das ein, was Raucher glücklich macht.

»Immer doch. Ich mache dir keine Vorschriften.«

Lucie grinste schief.

»Das machen andere.« Sie schloss die Augen, hielt den Rauch einen Moment in ihrem Mund, dann ließ sie ihn entweichen. Dabei erklärte sie:

»Er soll muskulös und sehr sportlich sein. Einer dieser Personal-Trainer. Du hast davon gehört?«

Lucie registrierte Pontes Schulterzucken.

»Damit kann ich wenig anfangen. Es soll Leute geben, die Geld bezahlen, um zu schwitzen und sich zu verausgaben. Für *Cannes* sicher eine clevere Geschäftsidee.«

Die *Commissaire* entledigte sich der Asche in einem Aschenbecher mit einem *Pernot*-Aufdruck, der vor ihr auf dem Tisch stand.

»Bevor ich es vergesse. Wie kann ich dich erreichen? Hast du ein Büro?« Es war eine simple Frage, doch Lucie wusste, dass die Antwort sie verärgern würde. Was daran lag, dass Sie bisher nicht verarbeitet hatte, dass ein weiterer *Commissaire* in ihrem Zuständigkeitsbereich ermittelte.

»Büro? Momentan noch nicht. Ich nutze die bestehenden Räume und Ressourcen. Geplant ist, mir einen Schreibtisch in der Polizeistation in *Sainte-Maxime* einzurichten. Von dort erreiche ich sowohl *Saint-Tropez* als auch *Fréjus*. Hat Sebastian wegen deinem Büro mit dir gesprochen?«

Irritation stand Lucie ins Gesicht geschrieben.

»Nein. Gibt es einen Grund?«

Er merkte, dass er sich auf Glatteis begab.

»Schon.«

»Rück raus damit. Um was geht es?«

»Du besetzt gleich zwei.«

Lucie stockte der Atem.

Seit über zehn Jahren nutzte sie sowohl ein Büro in der *Gendarmerie* in *Saint-Tropez* als auch ein zweites in der Polizeistation in *Fréjus/Saint-Raphaël.* Es hatte sich so ergeben. Niemand hatte sich bisher darüber beschwert. Die Räume waren sogar für sie hergerichtet worden. Entrüstet rechtfertigte sie sich:

»Ich besetzte sie nicht. Ich nutze sie, wenn es notwendig ist. Das Zimmer in der *Gendarmerie* in *Saint-Tropez* ist gleichzeitig auch ein Besprechungsraum. Mein Büro in *Fréjus* ist eine ehemalige Kammer. Kaum nutzbar für die Kollegen dort, weil es in einem anderen Trakt des Gebäudes liegt. Ah! Ich rege mich auf!«, endete sie.

Ponte zeigte Verständnis. Er legte seinen Kopf schief und lächelte seine neue Kollegin an.

»Sich aufregen lohnt sich nicht. Irgendwer hat sich in deiner Abwesenheit bei unserem Chef beschwert. Und da ist entschieden worden, dass du dort sein sollst, wo du bisher die meisten Fälle aufgeklärt hast. In *Saint-Tropez.* Ich habe verstanden, dass es das zweite Büro in *Fréjus nur* gab, weil du in der Stadt wohnst und es bequemer für dich ist, dort zu sein, wenn mal weniger zu tun ist.«

In Lucie arbeitete es. Sie schwieg. Starrte vor sich hin. Die Entscheidung über ihren Kopf hinweg bedeutete, dass sie täglich die Strecke von *Fréjus* nach *Saint-Tropez* auf sich nehmen musste. Eine Stunde Fahrtzeit hin und eine Stunde zurück. Bestenfalls. In der Hauptsaison konnte es sein, dass sie mehrere Stunden im Stau verbrachte.

»Ich werde mit Sebastian darüber reden. Wenn ich einen aktuellen Fall habe, fahre ich gerne von *Fréjus* nach *Saint-Tropez.* Ansonsten ... müssen wir eine andere Lösung finden. Meine Familie wird auf keinen Fall nach *Saint-Tropez* umziehen. Sonst geht unser Geld für die Miete einer Wohnung drauf. Und mein Mann kommt überhaupt nicht mehr nachhause. Er besitzt ein *Restaurant* in *Fréjus.«*

Erneut hob Ponte seine beiden Hände.

»Ich habe mich verplappert. Mir war nicht bewusst, dass du nicht informiert wurdest. Kläre es mit unserem Chef. Wie gesagt, ich werde in *Sainte-Maxime* stationiert.«

Lucie schluckte ihren Brass herunter. Lächelte gequält.

»Dann machen wir es so: Du hinterlässt eine Nachricht in der *Gendarmerie,* wenn es was Neues in deinem Fall gibt, das für mich von Belang ist. Und ich ... ach, keine Ahnung. Wir werden schon zusammenfinden.«

»Tja ... eine Zusammenarbeit, ohne tatsächlich zusammen zu arbeiten, wird schwer. Wir beide müssen unseren Job erledigen. Das geht vor.«

Lucie kam eine Idee.

»Es gibt doch Anrufbeantworter. Da können wir gegenseitig draufsprechen und Nachrichten hinterlassen. Ich besitze einen in meinem Büro in *Saint-Tropez.* Wie wäre es, wenn du möglichst schnell einen Telefonanschluss in *Sainte-Maxime* bekommst und diesen mit so einem Gerät ausstattest?«

Er reckte seinen Daumen nach oben.

»Fantastische Idee *Madame la Commissaire* Girard. Wir lassen die Technik für uns arbeiten.«

»Dann hätten wir es. Machs gut. Ich freue mich auf die getrennte Zusammenarbeit.«

»So kann man es ausdrücken.«

Als sie ging, stand er auf und sah ihr nach. Erst nach weit über hundert Metern verschwand sie in der Menge der Passanten, die kleiner waren als sie. Er sah Lucie winken und hob seine Hand. Danach war sie nicht mehr zu sehen.

Michel Ponte gab der Bedienung ein Zeichen. In hohem Tonfall und mit leiser Stimme bestellte er:

»Une carafe de vin rouge s'il vous plaît.«

Es sollte nicht die Letzte für heute sein.

Chapitre six

Einige Wochen zuvor, im Golfclub von Saint-Tropez, während eines Lions-Club Turniers

Nach der Siegerehrung saßen Spieler, geladene Gäste und Clubmitglieder bei einem Dinner auf der Terrasse des Golfclubs. Zuerst unterhielt man sich angeregt über die eigene Leistung und verglich sich mit den Siegern in den verschiedenen Alterskategorien. Nun ging es um die wirtschaftliche Entwicklung der *Côte d'Azur*. Isabel saß an einem Tisch mit dem Golftrainer Fabrice May und Geschäftsleuten aus der Gegend. Sie nutzte die Gelegenheit, um mit ihren direkten Tischnachbarn ins Gespräch zu kommen. Dabei setzte sie ihren ganzen Charme ein. Bald hatte sie einen grau melierten Geschäftsmann aus *Cannes* für sich gewonnen. Sie flirtete mit ihm, hatte gleichzeitig ein Ohr für die anderen Männer, denen sie wohlwollende Blicke zuwarf. Bei jedem noch so derben Spruch oder Witz lachte sie mit, zeigte ihre strahlend-weißen Zähne, und ließ ihr beeindruckendes Dekolleté wirken.

Egal, über welches Thema gesprochen wurde, sie hatte etwas beizutragen. Ihr Wissen war zwar nur oberflächlich, doch es genügte, um ein ums andere Mal die Aufmerksamkeit auf sich zu ziehen und sich in Szene zu setzen.

Ihr Tischnachbar hing an ihren Lippen, als sie ihre Bewunderung für seine Geschäftsidee zum Ausdruck brachte.

»Oldtimertouren entlang der *Côte d'Azur!* Das wird sicher ein phänomenaler Erfolg. Ich kenne einige Hoteliers, die das ihren Gästen gerne offerieren würden.«

Sie hatte ihn für sich gewonnen. Der Unternehmer stellte ihr sein Konzept im Detail vor und sprach über die Automodelle, die er dafür erworben hatte. Dabei bemerkte er nicht Isabels Nicken, das dem Golftrainer Fabrice May galt, der sie nonverbal aufforderte, mit ihr reden zu wollen.

Sie wartete einen geeigneten Moment ab und entschuldigte sich, ihre Nase pudern zu müssen. Wenig später stand der Golftrainer auf und verließ den Tisch in die entgegengesetzte Richtung von Isabel. Nachdem beide das Clubhaus von verschiedenen Seiten umrundet hatten, trafen sie sich auf der Rückseite am Eingang zu den Umkleidekabinen. Verärgert packte er sie am Arm und zog sie rüde an sich. Dann redete er gereizt auf sie ein:

»Was soll das? Hatten wir nicht ausgemacht, dass du über das Projekt sprichst? Stattdessen sülzt du rum. Schmierst den Leuten Honig ums Maul. Den ganzen Abend geht das schon so. Hat Pierre es dir nicht ausdrücklich klargemacht? Beim Wohltätigkeitsturnier gewinnen wir Investoren für unser Vorhaben. Hier sind mehrere Millionen *Francs* anwesend. So bald werden wir solche Geldgeber nicht wieder zusammenbekommen.«

Isabel riss sich los. Stampfte erzürnt mit dem Fuß auf den Boden, verteidigte sich vehement:

»Misch dich nicht ein! Ich habe meine Methoden. Nur weil du mich von früher kennst, hast du nicht das Recht, so mit mir zu reden. Was nützt es, die Leute zu überrumpeln. Sie müssen von selbst darauf kommen, sich zu beteiligen. Freiwillig und nicht gezwungenermaßen. Glaub mir, dabei kommt mehr rum.«

Fabrice May sah das anders. Er war ein rationaler Typ,

knallhart und berechnend. Er verstand nicht, warum Pierre Emery sich auf Isabel verließ. Er jedenfalls fühlte sich verlassen. Um keine Szene zu provozieren, versuchte er es sachlich und mit Argumenten.

»Schau mal, Isabel. Wir sollten heute möglichst viele Investoren gewinnen. Oder zumindest für das Projekt interessieren. Wenn du den halben Abend nur mit einer Person sprichst, vergeben wir uns viele Chancen.«

Wie es Isabels Art war, hielt sie nichts von geplantem Vorgehen. Sie verließ sich auf ihre Intuition.

»Nehmen wir mal an, ich angle uns einen Geldgeber, der mehr bringt, wie zehn andere. Dann haben sich mein Engagement und meine Zeit mehr als gelohnt. Ich kenne mich mit den reichen Typen aus. Ich rieche ihr Geld!«

In Fabrice rumorte es. So besonnen er beim Golfspiel war, so ungeduldig wurde er, wenn es um das Geschäft ging. Lief etwas nicht nach seinen Vorstellungen, wurde er zum Choleriker.

»Pass auf, meine Liebe ...« Seine Hände wanderten zu ihrer Schulter. Er drückte Isabel mit voller Wucht gegen die Hauswand, vor der sie standen. Beim Sprechen näherte er sich ihrem Gesicht bis auf wenige Zentimeter. Dabei roch Sie seinen Rotwein-Atem, der sie stoßweise erreichte. »... ich sage es ein letztes Mal. Wir erwarten von dir bis Ende der Woche Investoren, die bereit sind insgesamt eine Million *Francs* zu investieren. Ob du das mit einem oder zehn hinkriegst, ist mir egal. Ansonsten ...« Erneut übte er mit seinem Körpergewicht Druck aus. Isabel blieb die Luft weg. Sie japste:

»Lass mich los, du Schwein!«

Er lockerte seinen Griff. Setzte aber noch eins obendrauf:

»Ich bin nicht dein väterlicher Freund, der deine Marotten

hinnimmt. Bei mir gilt es, Leistung zu bringen. Merk dir das. Ein für alle Mal.«

Sie riss sich endgültig los. Spuckte ihm ins Gesicht.

»Fick dich!«

Wutentbrannt drehte Isabel sich um, rannte zur Damentoilette und schloss sich ein. Er brüllte ihr hinterher:

»Das hättest du wohl gerne!«

Sie war Kerle gewohnt, die ausrasteten. Aber dieser Typ war mit besonderer Vorsicht zu genießen. In der Öffentlichkeit stets freundlich. Als Golflehrer geduldig und die Ruhe selbst, konnte er, wenn er nicht das bekam, was er erwartete, äußerst unangenehm werden. Vor Jahren hatte sie seine dunkle Seite erleben dürfen. Er hatte sich betrunken nach einer Golfrunde an sie herangemacht. Schon damals suchte sich Isabel ihre Männer selbst aus und ließ sich nicht betatschen. Als sie ihn zurechtwies, verfolgte er sie bis zu ihrem Auto. Dort konnte sie sich gerade noch auf den Fahrersitz retten, die Tür zu donnern und davonbrausen. Seitdem hatte sie Fabrice gemieden. Trainerstunden brauchte sie keine. Gemeinsame Freunde hatten sie nicht. Bis zu dem Moment als Pierre auf sie zukam und ihr vom Projekt *Golf 2000* berichtete. Es sollte die größte Investition werden, die der Immobilienmakler jemals in Angriff genommen hatte. Ein Golfresort im amerikanischen Stil. Mit Villen, Luxusappartements, einem Hotel mit Spa und Fünfsterne-Komfort. Um das zu realisieren, benötigte er jede Menge Investoren und Bauland. Letzteres gab es. Direkt neben dem Golfplatz. Dummerweise war der Besitzer ein Olivenbauer, der sich stur stellte. Doch davon ließ sich Emery nicht beeindrucken. Er hatte seine Methoden. Und genau die brachten ihn in arge Bedrängnis. Der Tod von Isabel destabilisierte ihn zusätzlich. Wie sollte er nun an die geeigneten Investoren kommen?

Chapitre sept

Vorort von Cannes, La Bocca

Das Mehrparteienhaus, in dem Franc Leroux wohnte, unterschied sich nicht von den Weiteren, die eng aneinandergebaut an der Hauptstraße des Vorortes standen. Die *Commissaire* lief zweimal am Hauseingang vorbei, der versteckt zwischen einem Gemüse- und einem Tabakladen lag. Auch die Klingel war nicht leicht zu finden. Die sonnengebleichten Schilder waren kaum noch zu lesen und einige waren mehrfach überklebt worden. Nach genauem Hinsehen entdeckte sie das gekritzelte Kürzel FL, was wohl für Franc Leroux stand. Sie drückte den Klingelknopf und sah sich um, während sie wartete.

Die Gegend wirkte weder arm noch reich. Hier wohnte, wer in der Innenstadt in einem der vielen Hotels und Restaurants oder am nahegelegenen Flughafen *Cannes Mandelieu* arbeitete. Vom südfranzösischen Flair, der die *Croisette* auszeichnete, war nichts zu sehen. Dafür hatte man hier seine Ruhe vor Touristen und Besuchern der zahlreichen Messen und Ausstellungen, die es in der Stadt mehrmals im Jahr gab.

Lucie war auf den jungen Mann gespannt. Sie erwartete einen Beau mit einem definierten Körper und einer maskulinen Ausstrahlung. Was sonst hätte Isabel angezogen? Bei der Menge an Bewunderern, die sie hatte.

Da es keine Gegensprechanlage gab, öffnete sich ein Fenster im dritten Stock. Ein Kopf mit kurzgeschorenen

Haaren erschien. Eine markige Stimme rief ihr zu:

»Was gibt es? Ich kaufe nichts.«

Die *Commissaire* rief hinauf und stellte klar:

»Müssen Sie nicht. Ich habe ein paar Fragen an Sie. Polizei.«

Da sie ihren Namen nicht über die Straße brüllen wollte, wählte Sie bewusst eine neutrale Vorstellung.

Der Kopf verschwand. Wenig später hörte sie den Summer der Tür und drückte sie auf.

Das Treppenhaus war steil und die Luft stickig. Die Wände hätten einen Anstrich gebraucht und die Stufen eine Reinigung. Auf den Treppenabsätzen stapelten sich Schuhe, Mülltüten und allerlei Kram, der in den Wohnungen keinen Platz mehr fand. Im zweiten Stock hockten zwei Katzen auf einem zerschlissenen Sessel. Vor Franc Leroux' Tür lagen ausschließlich diverse Sportschuhe in einem Regal. Die Tür, an die sie klopfte, war in einem neutralen Grauton frisch gestrichen. Der junge Mann schien mehr wert auf Ordnung und Stil zu legen, als die restlichen Bewohner.

Die Tür schwang auf. Franc hatte sich vor ihr aufgebaut. Dabei füllte er die Türöffnung mit seinem breiten Körper voll aus. Er war das, was sie erwartet hatte. Ein Topsportler in passendem Trainingsanzug. Nur französisch sah er nicht aus, eher amerikanisch. In seiner Hand hielt er ein Glas, in dem sich ein frischer Shake befand. Er sah sie mit wasserblauen Augen an und wollte wissen:

»Was habe ich ausgefressen, dass die Polizei mich persönlich aufsucht?«

Lucie antwortete in professionellem Ton:

»Bevor ich Ihre Frage beantworte, möchte ich mich vorstellen. Mein Name ist Lucie Girard. Ich bin *Commissaire* und kläre Mordfälle auf.«

Das saß. Er wurde blass. Sein linker Arme, den er lässig an die Türzarge gelegt hatte, sank auf die Hüften. Er zog seine breiten Schultern zusammen. Stotterte:

»Was ... wieso ... kommen Sie zu mir?«

»Weil es meine Pflicht ist! Darf ich eintreten?«

Er gab ihr den Weg in seine Wohnung frei. Sie orientierte sich in dem schmalen Flur. Bog in die Küche ab, in der es einen kleinen Tisch gab. Auf dem Herd stand ein Kessel mit Wasser. Er folgte ihrem Blick.

»Möchten Sie einen Tee? Das Wasser kocht gleich.«

»Gerne. Lassen Sie uns in Ruhe reden. Ich habe Ihnen etwas mitzuteilen.«

Franc sah sie besorgt an. Um sich abzulenken, hantierte er mit einem Teeei herum, in das er zerkleinerte Kräuter füllte.

»Sagen Sie schon. Ich halte es nicht länger aus. Wer ist ermordet worden? Einer meiner Kunden?«

»Ich ermittle in *Saint-Tropez.«*

Ihr Hinweis ließ ihn ahnen, um wen es sich handelte. Unvermittelt hielt er seine Hände vor sein Gesicht. Jammernd vermutete er:

»Es ist Isabel! Verraten Sie es mir.«

»Oui.«

Er zog sich einen der zwei Küchenstühle heran und sackte darauf zusammen. Der massige Mann sah mit einem Mal zerbrechlich aus. Schluchzend stammelte er:

»Sie ... ich ... habe Isabel gewarnt. Ihr Umgang ist an allem schuld.«

Lucie wartete, bis er sich wieder unter Kontrolle hatte. Als sein Atem ruhiger ging, fragte sie:

»Wie darf ich das verstehen?« Lucie gab sich unwissend.

Er sah auf.

»Na die Leute, mit denen sie zu tun hatte. Es ging ihnen um lukrative Projekte und das große Geld. Das ultimative Geschäft. Isabel war davon besessen, es ihnen gleich zu tun. Als clevere Geschäftsfrau. Dabei verlor sie sich.«

Er stand auf. Reichte Lucie eine Tasse mit Kräutertee.

»Er beruhigt die Nerven.«, erklärte er.

»Verstehe ich Sie richtig? Sie haben versucht, ihr zu helfen?« Lucie wählte bewusst diese neutrale Formulierung.

Geräuschvoll trank er aus seiner Tasse. Dabei spannte sich sein Bizeps unter dem Stoff seiner Trainingsjacke zu einem Muskelberg an. Lucie beobachtete seine markanten Backenknochen, die sich beim Schlucken bewegten.

»Mehrmals. Ich habe mit ihr geredet. Wir haben uns deshalb gestritten. Unser Verhältnis war ... wie soll ich es beschreiben ... nah, intim und gleichzeitig, wenn es um ihre beruflichen Aktivitäten ging, distanziert. Im Bett verstanden wir uns. Im Alltäglichen gingen unsere Ansichten diametral auseinander. Ich bin der Meinung, Geld verdient man mit redlicher Arbeit. Es fliegt einem nicht zu. Isabel glaubte, alleine durch ihren Charme und ihre Überzeugungskünste reich zu werden.«

»Ihr Erfolg sprach für sie. *Monsieur* Emery hat ihre Fähigkeiten geschätzt. Er hat es mir gesagt.«

Franc Leroux hatte keine Scheu, offen mit der *Commissaire* zu sprechen.

»Ja, leider. Sie warb Interessenten für seine Immobilien an. Und begleitete ihn zu Veranstaltungen. Dabei tat er so, als wäre sie seine Partnerin. Ich war einmal als Zuschauer zugegen. Sobald jemand ein Foto machte, legte er seinen Arm um ihre Schulter. Er stellte sie als seine Geschäftspartnerin vor, was nicht stimmte. Soweit mir bekannt, zahlte er für ihren Unterhalt und ließ sie in einem seiner Häuser wohnen.«

Lucie bestätigte seine Aussage:

»Was bei Isabels Lebensstil eine Menge ist.«

Mit einem Mal sah er irritiert zur *Commissaire*.

»*Madame la Commissaire,* Sie haben mir nicht gesagt, wie sie ums Leben gekommen ist. Gibt es einen Verdächtigen? Geschah es in der Villa?«

Obwohl es Lucie nach einer Zigarette gelüstete, holte sie die blaue *Gitanes*-Packung nicht aus ihrer Tasche. Sie fand es unpassend. Lieber wollte sie das Gespräch, das vielversprechend verlief, fortsetzen:

»Isabel wurde in der *Villa Martine* erschlagen. Sie lag mit zertrümmertem Schädel blutüberströmt in der Küche. Es gibt unterschiedliche Vermutung bezüglich der Tatwaffe. Eine Möglichkeit sind ihre Golfschläger. Zu etwaigen Tätern kann ich nichts sagen.«

Franc Leroux' ungläubiger Blick sprach Bände. Er reagierte nachdenklich.

»Die Golfschläger ... Wer tut so etwas? Doch nur jemand, der komplett die Beherrschung verliert. Ein Choleriker. Ein Wahnsinniger.« Er schüttelte mehrmals voller Entrüstung seinen Kopf.

Was ging in dem jungen Mann vor, fragte sich die *Commissaire*. Sagte er die Wahrheit? Oder schauspielerte er? Sie sollte es gleich erfahren.

»Wenn ich es mir genau überlege ... Isabel konnte äußerst unangenehm werden. Sie verstand es, einen mit Worten in die Enge zu treiben, so dass es dir die Sprache verschlug und du Lust hattest, auf sie loszugehen. Ich habe das selbst erfahren. Sie hatte eine fiese Art an sich. Wenn das der Fall war ...«

Lucie ergänzte:

»... verlor man die Beherrschung?«

Er nickte stumm.

»Scheiße. Ich sehe es vor mir. Sie redet ununterbrochen. Stichelt. Provoziert. Hört nicht auf. Ihr Gegenüber fühlt sich in die Enge getrieben. Er greift in das Golfbag, das meistens im Flur stand, nimmt einen der Schläger.«

Lucie analysierte:

»Das passt nicht zu einer Tat im Affekt.«

»Eine geplante Tat? Das kann ich mir nicht vorstellen. Mit was für einem Motiv?«

»Genau das muss ich herausfinden, um was es bei dem Streit ging. Dann komme ich der Lösung näher.«

Lucie merkte, dass sie es mit einem intelligenten Menschen zu tun hatte. Franc Leroux dachte mit und redete frei heraus. Bis zu diesem Moment.

Nun schwieg er und sah aus dem dreckigen Küchenfenster. Lucie stellte die Standardfrage:

»Wo waren Sie am Samstagnachmittag?«

»Zurück in *Cannes.*«

»Wo hielten Sie sich zuvor auf?«

»Bei Isabel. Wir haben den Abend und die Nacht zuvor miteinander verbracht. Ich schlief in der Villa und bin nach dem Frühstück gefahren.«

»Gibt es Zeugen?«

»Leider nicht. Nachdem wir in *Saint-Tropez* diniert haben, kehrten wir nach 22:00 Uhr auf die Halbinsel zurück. Pauline, die Haushälterin, war da schon lange weg. Und samstags arbeitet sie normalerweise nicht. Ich musste nach *Cannes,* weil mich am Sonntag einige Kunden gebucht hatten.

An Wochenenden habe ich viel zu tun.«

»War der Gärtner da?«

»Sie meinen Malik? Lassen Sie mich überlegen. Über den Weg ist er mir nicht gelaufen. Aber ich meine mich zu erinnern, sein Moped gesehen zu haben. Er treibt sich gerne auf dem Grundstück herum. Man weiß nie so genau, was er dort zu tun hat.«

Lucie nutzte die Gelegenheit und bohrte weiter.

»Was halten Sie von ihm?«

»Ich traue ihm nicht über den Weg. Er bemüht sich, möglichst viel von dem, was in der Villa vor sich geht, mitzukriegen.«

»Hatte Isabel vor ihm Angst?«

Kopfschütteln.

»Sie fürchtete sich vor niemandem. Sie behandelte ihn wie einen Hausangestellten. Gab ihm Anweisungen. Und er führte sie aus. Nur hatte er die Angewohnheit, stets aus dem Nichts aufzutauchen. Besonders gerne, wenn wir alleine sein wollten, schnitt er eine Hecke in der Nähe oder klopfte an irgendein Fenster und stellte eine dumme Frage. Es war nervig.«

Das konnte die *Commissaire* nachvollziehen.

»Haben Sie eine Ahnung, ob er weiß, womit ihre Verlobte ihren Lebensunterhalt bestritt?«

Schulterzucken.

»Sicher hat er mitbekommen, wer in der Villa ein- und ausging. Zusammenreimen konnte er sich einiges. Und ihr Arbeitgeber ist auch seiner. Von daher kann es durchaus sein, dass er wusste, welcher Beschäftigung sie nachging.«

»Und Sie? Wissen Sie, mit wem Ihre Verlobte sich traf?«

Sein Blick wurde düster.

»Worauf spielen Sie an?«

»Es ist eine allgemein gehaltene Frage. Bitte gehen Sie darauf ein.«

Er mahlte erneut mit seinen Backenknochen. Trank hastig einen Schluck Tee. Dabei verschluckte er sich. Musste husten.

»Entschuldigung.«

Er wischte sich mit einem Küchentuch über den Mund.

»Es war ein Streitpunkt zwischen uns. Sie lud Interessenten zur Vertiefung ihrer Akquisitionsgespräche gerne in die Villa ein. Sie empfand die Atmosphäre förderlich. Pauline bewirtete sie. Man trank Champagner und aß Meeresfrüchte.« Verächtlich ergänzte er: »Wie mir berichtet wurde.«

Lucie beugte sich zu ihm. In vertraulichem Ton sprach sie aus, was offensichtlich war.

»Sie waren eifersüchtig.«

Er brummte:

»So kann man es ausdrücken.«

»Ich muss Sie noch einmal nach Ihrem Alibi zur Tatzeit fragen. Hatten Sie Samstag am Nachmittag Kunden in *Cannes,* die Ihr Training bestätigen können?«

Lucie sah ihm an, wie ihm die Antwort schwerfiel. Erst nach einer Weile gestand er:

»Nein. Ich musste gehen, weil Isabel mich gebeten hat. Das nächste Training gab ich erst am frühen Sonntagmorgen.«

Die *Commissaire* wurde hellhörig. Die Information war neu und wichtig für sie.

»Hat sie gesagt, weshalb?«

Seinem Kopfschütteln folgte eine hastige, aufgebrachte Antwort:

»Nein. Hat sie nicht. Jetzt wissen Sie es. Mehr habe ich

nicht zu sagen.«

Es wurmte ihn extrem, dass seine Verlobte ihn so behandelt hatte, stellte die *Commissaire* fest.

»Und Sie sind nicht zufälligerweise länger geblieben?«

Er wurde laut.

»NEIN! Ich bin gefahren. Wenn Sie es genau wissen wollen, habe ich im Auto Musik gehört und mitgesungen, um meinen Ärger loszuwerden.«

Sollte Lucie ihm glauben? Sie war sich nicht sicher.

»Für den Moment akzeptiere ich Ihre Erklärungen. Sollten Fragen auftauchen, halten Sie sich bitte zur Verfügung. Bleiben Sie am besten in *Cannes*. Wir nehmen bei Bedarf Kontakt zu Ihnen auf.«

Er erhob sich. Ging in den schmalen Flur. Drehte sich ruckartig um.

»Was geschieht mit Isabel?«

»Nach der Obduktion wird sie freigegeben. Vermutlich kümmern sich ihre Stiefmutter Pauline und *Monsieur* Emery um alles Weitere.«

Er riss seinen Mund auf. Starrte die *Commissaire* mit großen Augen an.

»Die Haushälterin war Isabels Stiefmutter?«

»Wussten Sie das nicht?«

»Sie hat es mir nicht gesagt. Ich habe mich immer gewundert, weshalb die beiden so vertraut wirkten. Pauline kritisierte Isabel offen. Sie hatte was gegen ihren Lebensstil.«

»Jetzt wissen Sie, warum sie sich so verhielt.«

»Ich werde mich bei ihr melden und meine Unterstützung anbieten.«

Er stand auf.

»Stop! Ich benötige noch Ihre Fingerabdrücke. Es dauert

nur einen Moment.«

Lucie holte ein kompaktes Set zur Abnahme von Fingerabdrücken aus ihrer Umhängetasche.

»Muss das sein?«, nölte Franc Leroux.

»Aber ja! Sie gehören zu den Verdächtigen. Schon alleine weil Sie Isabell kurz vor Ihrem gewaltsamen Tod gesehen haben.«

Widerwillig ließ er die Prozedur über sich ergehen.

»War es das?«

»Ja. Für heute.«

Nun erhob sich Lucie und drückte sich an ihm vorbei.

»Bleiben Sie in der Nähe. Falls Ihnen noch etwas einfällt, rufen Sie eine der Telefonnummern auf dieser Karte an. Man informiert mich umgehend.«

Er nickte. Lucie öffnete die Wohnungstür.

»Au revoir, Monsieur Leroux.«

Er starrte auf die Karte, die er in seinen Händen hielt. Lucie fiel auf, dass sie zitterten.

Chapitre huit

Gendarmerie Saint-Tropez am nächsten Morgen

Gendarm Hugo begrüßte sie mit der Meldung:

»Das Krankenhaus hat angerufen. Sie haben einen mysteriösen Toten.«

Lucie entledigte sich erst einmal ihrer Jacke und hängte ihre Tasche an einen Stuhl. Dann näherte sie sich Hugos Schreibtisch, an dem er vor seiner IBM-Kugelkopf-Schreibmaschine saß und eifrig Protokolle sowie Anzeigen tippte.

»Um wem handelt es sich?«

»Es ist der Trainer des hiesigen Golfclubs. Er ist am frühen Sonntagmorgen auf dem Grün während des Spiels zusammengebrochen. Leider wurde er zu spät vom Greenkeeper entdeckt. Die Sanitäter der *Ambulance* konnten nur noch seinen Tod feststellen.«

Lucie wanderte im Kreis um die beiden Schreibtische, die mitten im Raum standen. Währenddessen stellte sie Hugo Fragen.

Bei der Erwähnung, dass es sich bei dem Toten um Fabrice May, den Golftrainer des hiesigen Clubs handelte, wurde sie stutzig. Ihr Interesse war geweckt.

»Was ist daran mysteriös? Es könnte sich um einen Kollaps handeln. Wie alt war er denn?«

»Das weiß ich nicht. Das Mysteriöse ist, dass er an inneren Verletzungen und Blutungen starb, die durch Fremdeinwirkung entstanden. Er hat einen Leberriss, der ihn letztendlich versterben ließ. Dazu kommen mehrere Rippenbrüche und seine Arme und Beine sind voller Hämatome.«

Die *Commissaire* reagierte entrüstet.

»Und da meldet sich das Krankenhaus so spät bei uns!«

»Das habe ich den Arzt am Telefon auch gefragt. Er gestand, dass sie erst heute dazu kamen, ihn genauer anzusehen, um die Todesursache festzustellen. Sie sind momentan hoffnungslos überlastet.«

Lucie wechselte die Richtung ihrer Tischumrundung. Ihre Schritte wurden länger. Hugo versuchte, ihr mit dem Kopf zu folgen. Da das nicht ganz funktionierte, begann er, sich im gleichen Tempo mit seinem Stuhl zu drehen, damit er seine Chefin im Auge behielt.

Lucie repetierte:

»Fabrice May, Golftrainer, innere Verletzungen, Hämatome. Er könnte in eine Schlägerei geraten sein.«

Hugo stoppte seine Drehbewegung, indem er sich an der Schreibtischkante festhielt.

»Ui, mir ist schwindelig!«

Lucie stand still. Hob die Hand mit ihrem nach oben gestreckten Zeigefinger.

»Oder jemand hat ihn mit einem Golfschläger malträtiert.«

Der *Gendarm* horchte auf.

»Wie kommen Sie darauf? Hat sein Tod etwa mit unserem aktuellen Fall zu tun?«

Lucie legte hinter ihm stehend ihre Hände auf seine Schultern. Beide sahen in die gleiche Richtung. Sie dozierte:

»Gehen wir einmal davon aus. Stellen Sie sich vor, zwischen ihm und Isabel Marin kommt es zu einem Streit. Dieser eskaliert. Zuerst verbal, dann körperlich. Sie flüchtet vor ihm durch die Villa. Hat vor, sich in ihrem Schlafzimmer einzuschließen. Läuft in Panik durch den Flur in Richtung Treppe. Er erreicht sie, zerrt sie herunter. Es kommt zu einem Kampf. Sie reißt sich los, stolpert vorwärts. Nähert sich dem Wandschrank, öffnet ihn, greift zu einem Golfschläger, dabei kippt die Tasche um. Weil er ahnt, was sie vorhat, geht er erneut auf sie los. Sie drischt wild drauflos. Er schützt sich mit seinen Händen und Armen. Stößt mit den Füßen gegen die Tasche. Die darin befindlichen Schläger verteilen sich auf dem Parkett. Isabel gewinnt die Oberhand. Fabrice May bückt sich, versucht, einen der Golfschläger zu erreichen, um sich zu verteidigen. Doch sie prügelt unentwegt und ungezielt auf ihn ein. Er strauchelt, liegt hilflos auf dem Boden. Mehrere Treffer landen auf seinem Körper. Er schreit vor Schmerzen. Erreicht mit seiner Hand den Griff eines Schlägers. Irgendwie schafft er es, auf die Knie zu kommen. Er holt aus ...«

Lucie ließ Hugos Schulter los. Sie wandten sich einander zu und sprachen gemeinsam:

»Und trifft sie im Gesicht.«

Der *Gendarm* applaudierte.

»Sie sind genial, *Madame la Commissaire!*«

Lucie war von ihren Ausführungen nicht gänzlich überzeugt.

»Wäre da nicht das fehlende Motiv und die Aussage *Docteur* Lefabres, dass ein Golfschlägerkopf nicht eine derart großflächige Wunde und Fraktur erzeugt hätte.«

Hugos Antlitz strahlte. Er gab zum Besten:

»Es gibt unterschiedlich große Schlägerköpfe. Den von der Oberfläche betrachtet Größten nutzt ein Spieler für den Abschlag. Man nennt ihn *Driver.*«

Lucie erinnerte sich. Der junge Mitarbeiter der Spurensicherung hatte sie darauf hingewiesen.

»Sie kennen sich mit Golf aus?«

»Etwas. Ich besuche ab und zu ein Turnier. Nur als Zuschauer. Es ist unterhaltsam und man bleibt in Bewegung. Bei 18 Loch läuft man gut sieben Kilometer.«

»Beeindruckend. Das hätte ich nicht vermutet. So ein *Driver,* wie groß ist sein Kopf?«

Hugo zeigte mit den Händen eine halbrunde Form.

»Das ist deutlich größer als die kleinen Schlägerköpfe.«

»Sie heißen Eisen. Ihr Kopf ist immer ähnlich groß bzw. klein. Die Länge des Schafts und der Winkel des Schlägerkopfs variieren. Das kürzeste der Eisen ist das *Sandwedge.* Die Spieler nutzen es, um aus dem Bunker auf das Grün zu treffen. Bei einem Standard-Golfset ist das längste Eisen mit dem geringsten Winkel das Fünfer. Damit kann man auf dem *Fairway* ziemlich weit schlagen. Deutlich mehr als einhundertfünfzig Meter.«

Lucie schwirrte der Kopf bei Hugos Ausführungen.

»Ich merke, ich sollte mich intensiv mit Golf beschäftigen. Bei so vielen Fachbegriffen.«

»Keine Sorge. Ich kann Ihnen behilflich sein.«

Hugo erwies sich wieder einmal als ein wertvoller Mitarbeiter. Lucie lobte ihn:

»Die Hilfe nehme ich gerne an. Sie dürfen auch gleich in der Sache aktiv werden. Bitte bringen Sie diese Fingerabdrücke von Franc Leroux nach *Toulon.* Sie sollen mit denen auf den Schlägern, die untersucht wurden, verglichen werden. Ich kümmere mich um die Motivsuche. Da tappen wir komplett im Dunkeln.«

Lucie fragte sich: Der Golfclub von *Saint-Tropez?* Könnte der elitäre Sport der Schlüssel zur Lösung des Mordes an

Isabel Marin sein?

Sie musste unbedingt mehr darüber erfahren. Wo erhielt sie diesbezüglich Informationen? Die Antwort war naheliegend: im Archiv der *Var Matin.* Darin fanden sich Artikel im Sportteil und eventuell in den lokalen Nachrichten, wenn sich Prominente, Politiker und Personen des öffentlichen Lebens im Golfclub trafen.

Das Zeitungsarchiv befand sich in *Draguignan,* soweit sie informiert war. Sie müsste über eine Stunde Fahrt auf sich nehmen. War es das wert? Sie entschied sich dafür. Später würde sie erneut Pierre Emery befragen. Das machte nur Sinn, wenn sie mehr herausbekommen hatte.

Doch bevor sie startete, gönnte sie sich eine Zigarettenpause auf dem Platz vor der *Gendarmerie.* Sie verließ das Gebäude und lief zu ihrer Lieblingsplatane, an der sie in den letzten zehn Jahren oft gestanden und über aktuelle Fälle nachgedacht hatte. Hier konnte sie losgelöst von Verhören, Obduktionsergebnissen, Telefonaten und wöchentlichen Berichten, ihre Gedanken sortieren. Es war ein Ritual. Eines, das sie nicht missen wollte. Auch deshalb war sie froh darüber, in Zukunft ausschließlich von *Saint-Tropez* aus zu arbeiten. In ihrem Büro in *Fréjus/Saint-Raphaël* beschäftigte sie sich zumeist mit Bürokram. Wirkliche Ermittlerarbeit fand rund um *Saint-Tropez* statt. Das lag auch an ihrem konstruktiven Verhältnis zu *Capitaine* Purenne und *Gendarm* Hugo. Sie hatten zwar ihre Eigenheiten, doch daran hatte sie sich längst gewöhnt. Sie bezog sie in ihre Arbeit mit ein. Nutzte sie nicht nur, wie es sonst üblich war, als Hilfskräfte. Hugo hatte sich über die Jahre zu einem erfahrenen Kollegen entwickelt, der sich sowohl in der Gegend als auch mit den Abläufen mit dem Polizeipräsidium in *Toulon* auskannte.

Capitaine Bruno Purenne hatte mittlerweile ein Alter erreicht, das ihn hauptsächlich als erfahrenen Ratgeber qualifizierte.

An den mächtigen Baum gelehnt, ihre *Gitanes* rauchend, fragte sie sich, wie sich wohl ihr Verhältnis zu *Commissaire* Ponte entwickeln würde? Sie war sich nicht sicher, wie sie ihn einschätzen und nehmen sollte. Sie beide waren konträre Charaktere. In ihrer Art zu ermitteln unterschieden sie sich diametral. Wann sollte sie ihm berichten? Sollte sie es überhaupt tun? Oder abwarten, bis er sich bei ihr meldete? Die Fortschritte, die sie im Fall Isabel Marin gemacht hatte, reichten nicht für eine Meldung bei ihm aus. Noch nicht.

In Draguignan angekommen, wurde sie mit ihrem Namen am Empfang der Zeitung begrüßt, denn sie war keine Unbekannte in der Redaktion. Man gestattete ihr umgehend Zugang zum Archiv. Im Keller waren die Ausgaben der letzten 30 Jahre auf Mikrofilm gespeichert. Sie begann mit dem aktuellen Jahr und arbeitete rückwärts.

Die *Commissaire* musste nicht lange suchen. In einer Ausgabe im Winter des vergangenen Jahres las sie folgende Überschrift:

Golfplatz von Saint-Tropez soll zu einem Resort mit Luxus-Villen und Fünfsterne Hotelanlage ausgebaut werden.

Investoren aus Cannes planen eines der teuersten Projekte der Côte d’Azur.

Golf 2000 nannte sich das Bauvorhaben, las Lucie im folgenden Artikel. In diesem wurde erklärt, dass die Projektierungsphase beginnen würde. Man sei in Kauf-Verhandlungen mit den Besitzern des Baugrunds und glaube, diese bald abgeschlossen zu haben. Direkt am Golfplatz würde ein Showroom aufgestellt werden, der mittels Modell die Anlage Interessenten präsentiert. Der Verkauf von Villen und Appartements würde Anfang des neuen Jahres starten. Bauherr sei die *Golf 2000* Projektgesellschaft. Der Geschäftsführer Pierre Emery stünde mit seiner Immobilienfirma *LuxEstate* zur Vermittlung bereit. Investoren, die sich finanziell engagieren wollen, könnten sich an ihn oder seine Mitarbeiter in *Cannes* wenden.

Es hörte sich so an, als ob *Golf 2000* auf jeden Fall realisiert werden würde. Die *Commissaire* zweifelte daran. Das Vorhaben wäre nicht das erste Immobilienprojekt, das in letzter Minute scheitern würde.

Sie bewegte die Mikrofilmseiten weiter zu einem Interview mit *Monsieur* Emery. Ihm zur Seite stand der Bauunternehmer Bernard Bonnabel, der Fragen bezüglich der Hotelanlage und den unterschiedlichen Villentypen beantwortete.

Die beiden arbeiteten also offiziell zusammen. Der Anschlag könnte eine letzte Warnung für den Immobilienmakler Emery gewesen sein. Befand er sich in Lebensgefahr? War er der Nächste, der dran glauben musste? Lucie war gespannt, was ihr Kollege *Commissaire* Ponte über mögliche Attentäter herausgefunden hatte.

Ihre Recherche war noch nicht zu Ende. Angeregt durch den ersten Artikel konzentrierte sie sich auf den Lokalteil von *Saint-Tropez* in der *Var Matin*. Dazu bewegte sie sich in der Zeit vorwärts, denn sie war neugierig, ob es aufgrund des Berichts über *Golf 2000* Reaktionen aus der Bevölkerung gab.

Sie lag richtig. Vierzehn Tage später meldete die Tageszeitung die Gründung einer Bürgerinitiative gegen das Projekt. An der Spitze stand der Großgrundbesitzer und ehemalige Olivenbauer Jean-Paul Cassel. Er erklärte in einem Interview, dass er nicht beabsichtige, sein Land zu verkaufen. Die Natur auf der Halbinsel sei schon genug vom Tourismus zurückgedrängt und zerstört worden. Ihm zur Seite standen Naturschützer, alteingesessene Bürger und die Kommunisten, die im Stadtparlament vertreten waren. Sie prangerten die Geldgier und den Kapitalismus an, der sich wie ein bösartiges Geschwür in der Gegend verbreiten würde.

Zum Schluss wurde der Bürgermeister zitiert. Er stellte klar, dass nichts entschieden sei. Er bedauere das Vorpreschen von *LuxEstate* und des Geschäftsführers *Monsieur* Emery. Am Ende betonte er, es gäbe weitere Interessenten, die das Projekt realisieren wollten. Im Übrigen sei es keine Idee einer Immobilienfirma gewesen, den Golfclub zu erweitern und für Investoren zu öffnen. Das Stadtparlament diskutiere bereits seit mehreren Sitzungen darüber, ob und wie man die Beliebtheit des Golfspiels für die Attraktivität von *Saint-Tropez* nutzen könnte. Um sich kompetenten Rat zu holen, hätten sie einen erfahrenen Berater nominiert. Es sei der bekannte Golfspieler und Trainer Fabrice May.

Lucie frohlockte. Der Kreis schloss sich. Alles hing zusammen. Sie war dem Motiv beziehungsweise den Motiven einen großen Schritt näher gekommen. Ihre Recherche im Zeitungsarchiv hatte sich mehr als gelohnt.

Jetzt war es an der Zeit, mit Pierre Emery zu sprechen. Oder sollte sie zuerst ihrem Kollegen eine Nachricht hinterlassen? An ihrem Wagen angekommen, hatte sie das Gefühl, etwas Essenzielles vergessen zu haben. Es hatte mit Fabrice May zu tun. Sie erinnerte sich an ihre Darstellung eines möglichen Tatablaufs. Erneut führte sie sich vor Augen, wie der Trainer einen Golfschläger schwang.

»Verdammt!«, rief sie laut. Sie hatte vergessen, *Gendarm* Hugo zu bitten, von Fabrice May Fingerabdrücke nehmen zu lassen. Sofort machte sie kehrt, rannte zurück zum Empfang der Zeitung und telefonierte mit der *Gendarmerie*. Der *Gendarm* überraschte sie erneut positiv. Er hatte es bereits erledigt. Ein Kollege aus *Fréjus* war ins Krankenhaus gefahren und hatte das übernommen. Jetzt mussten sie nur noch die Golfschläger finden und überprüfen.

Die *Commissaire* fuhr direkt von *Draguignan* nach *Cannes*. Michel Ponte wollte sie am Ende dieses Tages ins Boot holen. Insgeheim hatte sie keine Lust auf gut gemeinte Ratschläge. Außerdem wollte sie sich nicht die Butter vom Brot nehmen lassen.

Die Immobilienagentur *LuxEstate* lag in zweiter Reihe zur *Croisette* in einem repräsentativen Eckhaus. Auf der anderen Straßenseite warben spärlich dekorierte Schaufenster für sündhaft teure Luxusuhren und Seidenschals, die ein Vermögen kosteten. Die *Commissaire* hatte ihren *Citroën GSA* im neuen Parkhaus am Hafen abgestellt. Sie genoss den Spaziergang die Strandpromenade entlang. Gerne hätte sie sich einen Moment auf einen der blauen Stühle gesetzt, die überall für die Passanten aufgestellt waren. Doch es war bereits später Nachmittag und sie wollte ihre Mädchen nicht zu lange bei Imani lassen. Außerdem hatte sie die Absicht, das Abendessen mit ihnen gemeinsam zu kochen und einzunehmen. Es war eine der Veränderungen, die sie sich nach der Rückkehr ihrer *USA-Tour* vorgenommen hatte.

Im Schaufenster der Agentur hingen großformatige Fotos der Villen und Appartements, die zum Verkauf standen. Die

Preise erschienen ihr exorbitant. Sie gewann den Eindruck, dass ein unverbauter Meerblick die Kaufsumme um mehr als dreißig Prozent in die Höhe trieb. Von *Golf 2000* war in der Auslage nichts zu sehen.

Mit der Sonnenbrille auf der Nase und einem unverbindlichen Lächeln im Gesicht betrat sie den Verkaufsraum, der wie eine Lounge mit einem gemütlichen Sofa ausgestattet war.

Seitlich an einem repräsentativen Schreibtisch mit Glasplatte saß eine dezent gestylte Frau, die Lucies Lächeln erwiderte und sie flötend begrüßte:

»*Bonjour Madame,* was darf ich an diesem wunderschönen Tag für Sie tun?«

Lucie trat vor den Schreibtisch, schob ihre *Ray Ban* in ihre brünetten Haare und antwortete in ähnlichem Tonfall:

»Sie dürfen mein Eintreffen *Monsieur* Emery melden. Ich wünsche ihn zu sprechen. *Commissaire* Girard aus *Saint-Tropez.* Er hatte bereits das Vergnügen, meine Bekanntschaft zu machen.«

Zufrieden mit ihrer Erklärung und Ausdrucksweise zog sie die Sonnenbrille aus den Haaren und nahm die Spitze eines Bügels gelangweilt zwischen ihre roten Lippen.

Die Angestellte schnappte nach Luft und verkündete:

»*Madame la Commissaire,* da ist bereits ein Kollege von Ihnen bei *Monsieur* Emery.«

Lucie reagierte geistesgegenwärtig:

»*Mais oui. Commissaire* Ponte. Wir arbeiten zusammen.«

Unterschiedliche Emotionen wallten in ihr auf. Am meisten ärgerte sie sich darüber, dass sie sich ärgerte. Er war schneller gewesen. Wie sollte sie sich verhalten? Danebensitzen und zuhören? Egal, Sie musste da jetzt durch. Irgendwie würde sie die Situation meistern.

»Soll ich Sie anmelden?«

»Ja bitte.«

Die Angestellte telefonierte kurz, legte auf und wies Lucie den Weg in den hinteren Bereich der Agenturräumlichkeiten.

»*Monsieur* Emery empfängt sie gerne. Gehen Sie bitte die Treppe hinauf. Gleich die erste Tür rechts.«

»*Merci.*«

Die *Commissaire* drückte ihren Rücken durch. Dadurch wirkte sie noch ein Stück größer, als sie die Immobilienberaterin in ihrem lachsfarbenen Designer-Kleid passierte.

Pierre Emery empfing sie in der geöffneten Bürotür stehend und bat sie hinein. Er reichte ihr die Hand und fragte ohne förmliche Begrüßung:

»Sprechen Sie sich nicht untereinander ab? Ihr Kollege ist schon eine Weile da.«

Die *Commissaire* antwortete schlagfertig:

»Ich hatte noch in *Draguignan* zu tun. Da habe ich meinen Kollegen Ponte vorgeschickt.«

Dessen Blick zeugte nicht von Begeisterung. Dementsprechend war seine Reaktion:

»Wir führen eine angeregte Konversation, Kollegin. Setzen Sie sich am besten zu uns und hören zu«, konterte Ponte.

Er hatte Lucie den Wind aus den Segeln genommen. Sie nahm auf dem zweiten Besucherstuhl vor Emerys Schreibtisch neben Ponte Platz. Dieser fand sogleich eine Überleitung.

»*Monsieur* Emery erklärte mir gerade, wie eng er mit Bernard Bonnabel zusammengearbeitet hat. Und dass der Bauunternehmer an *Golf 2000* beteiligt war.«

Emery stellte klar:

»Ja, das ist allgemein bekannt. Aber sicher kein Grund, ihn in die Luft zu jagen.«

Ponte hatte dem Immobilienmakler von dem Anschlag auf Bonnabels Jacht berichtet. Es war der perfekte Moment für die *Commissaire,* ihr neu gewonnenes Wissen anzubringen.

»Meiner Erkenntnis nach hat das Projekt einige Gegner.«

Pontes missgestimmter Blick traf Lucie.

»Sie spielen auf die Bürgerinitiative an, Kollegin«, stellte der *Commissaire* fest.

»Genau. An deren Spitze steht der Großgrundbesitzer und Olivenbauer Jean-Paul Cassel. Er weigert sich, sein Land an die Projektgesellschaft zu verkaufen, deren Geschäftsführer Sie sind, *Monsieur* Emery.«

Michel Ponte verlor Lucie Girard nicht aus den Augen. Er schien wie schockgefrostet. Vielleicht dachte er, er könne sie damit kontrollieren.

»Gut recherchiert, *Madame la Commissaire«,* lobte der Immobilienmakler. Gleichzeitig spielte er die Situation herunter. »Großprojekte haben immer Gegner und Befürworter. Das ist durchaus üblich.«

Emerys Gleichgültigkeit reizte Lucie.

»Haben Sie keine Angst, das nächste Opfer zu werden? Ihr Verbündeter, der Golftrainer Fabrice May, wurde auch ermordet.«

Die Nachricht war nicht nur für Pierre Emery neu. *Commissaire* Ponte erwachte japsend aus seiner Starre. Aus seinem Mund entwich gestammelt:

»Commissaire, Kollegin ... wir sollten ...«

Lucie ließ sich nicht beirren. Sie sah Emery, der schmallippig und blass auf seinem Ledersessel saß, eindringlich an. Nachfolgend zog sie ihren nächsten Trumpf aus dem Ärmel.

Er wagte es nicht, sie zu unterbrechen.

»Er war Berater des Stadtparlaments von *Saint-Tropez*. Passenderweise hat er Sie auch unterstützt. War es nicht so? May repräsentierte den Golfclub von *Saint-Tropez*. So gab er dem Projekt *Golf 2000* eine offizielle Legitimation.«

Die *Commissaire* zog die richtigen Schlüsse. Emery brach in sich zusammen. Sein Kopf sank desillusioniert auf den Schreibtisch. Mit schwacher Stimme gab er zu:

»Was Sie sagen, stimmt. Fabrice und Isabel haben für das Projekt gearbeitet. Der Bürgermeister kam selbst darauf, Fabrice als Berater zu nutzen.« Er hob seinen Kopf und sah die *Commissaire* mit geröteten Augen an. »Aber verraten Sie mir, was ist passiert? Wie ist er umgekommen? Er war bei bester Gesundheit! Spielte jeden Tag Golf.«

»Die genaue Todesursache wird noch geklärt. Er verstarb dort, wo er sich meistens aufhielt, am Sonntag auf dem Golfplatz.«

Emery schüttelte seinen Kopf.

»Ich begreife es nicht.«

»Monsieur, drei Tote. Und alle waren in Ihr Vorhaben involviert. Sie haben keinen Verdacht, wer dahinterstecken könnte?«

»Das ist alles eine unglückliche Fügung. Ich kann mir das nicht erklären. Es ist auch ein Schock für mich.«

Ponte löste sich aus seiner Position. Er drehte sich um. Näherte sich Emery und keifte mit seiner schrillen Stimme.

»Wissen Sie, Sie sind naiv. Oder einfältig. Merken Sie nicht, dass Sie in einer Sackgasse feststecken! Es geht nicht weiter. *Golf 2000* wird nicht realisiert. Drei Menschen mussten deshalb sterben.«

»Das war nicht meine Absicht! Ich bin unschuldig! Es

stimmt, ich habe sowohl Isabel als auch Fabrice eingesetzt. Mir ihre Fähigkeiten zu Nutze gemacht. Den Anschlag auf Bonnabel kann ich ...« Er stockte. »Er beschäftigte Arbeiter aus Algerien. Illegal. Hat sie ausgenutzt. Ihnen Lohn verweigert. Vielleicht ... ja, das könnte sein.«

Die beiden *Commissaires* hatten den Makler enorm unter Druck gesetzt. War er bereit, auszupacken? Ponte machte unnachgiebig weiter.

»Verraten Sie mir. Was wissen Sie? Oder was vermuten Sie?«

Mit zitternder Stimme beichtete Emery:

»Er erhielt Morddrohungen. Lebte in ständiger Angst. Jahrelang ging es für Bernard nur nach oben. Egal, wofür er sich bewarb, bekam er den Zuschlag. Letztes Jahr hatte er so viele Aufträge, dass er nicht mehr nachkam und sich verzettelte. Die Baustellen wuchsen ihm über den Kopf. Er schickte die Arbeiter hin und her, nur damit er behaupten konnte, dass es voranging. Die Auftraggeber ließen sich das auf Dauer nicht gefallen. Sie verklagten ihn. Manche drohten ihm. Die Bauarbeiter begehrten auf. Sein Betrieb kam zum erliegen, aber die Kosten liefen weiter. Es sah so aus, als ob er pleitegehen würde. Doch dann, von einem Tag auf den anderen, nahm er die Arbeit wieder auf. Er stellte sogar neue Leute ein. Bezahlte liegengebliebene Rechnungen. Redete mit den Gläubigern und der Bank. Mir verriet er, dass er einen Investor gewinnen konnte, dem er Anteile an seiner Firma verkauft hatte. Für eine Weile schienen er und sein Bauunternehmen gerettet. Doch seine Lage änderte sich schleichend. Man setzte ihn unter Druck. Die neuen Leute arbeiteten gegen ihn. Der Investor wollte ihn aus der Firma drängen. Bernard wehrte sich. Er kämpfte für seinen Verbleib. Ich wollte ihn unterstützen und initiierte mit ihm gemeinsam das Projekt *Golf 2000*.«

Lucie hielt sich bewusst zurück. Sie respektierte, dass es momentan um Pontes Fall ging. Sie war gespannt, wie ihr Kollege weiter vorging, indem er den Immobilienmakler bearbeitete. Er tat es konsequent und zielorientiert. Jetzt wollte er herausfinden, ob Emery keine anderen Geschäftspartner für das Projekt gesucht hatte. Ponte argumentierte:

»Finden Sie nicht, dass Bonnabel ein Risiko darstellte. Seine Probleme konnten Ihre werden.«

Pierre Emery hatte sich etwas beruhigt. Es schien, dass es ihm gut tat, über seine verzwickte Lage zu sprechen.

»Ich habe mich für ihn entschieden, weil er kompetent ist. Und die meiste Erfahrung mit Großprojekten im Luxussegment hat. Er war der Beste.«

Der *Commissaire* lümmelte neben Emery auf den Schreibtisch herum. Lucie verkniff sich ein Grinsen. Der Makler starrte auf die ausgestreckte Rolling Stones-Zunge auf Pontes T-Shirt. Der *Commissaire* war in seinem Element. Er hatte Spaß daran, mit seinem Fang zu spielen. Gestikulierend erreichte seine Stimme neue Höhen.

»Ist Ihnen bekannt, dass es weitere Angebote und Konzepte für die Erweiterung des Golfplatzes gibt und die Stadt bisher nichts entschieden hat?«

Emery antwortete abgeklärt.

»Selbstverständlich weiß ich das. Genau deshalb habe ich mein Team so zusammengesetzt. Nur unsere *Golf 2000* Anlage bietet ein absolutes Top-Niveau. Kein anderer Club an der *Côte d'Azur* wird ähnlich ausgestattet. Unser Angebot lockt potente Geldgeber. An dieser Stelle war Fabrice Gold wert. Er war ein Insider. Wusste, worauf die anspruchsvollen

Gäste Wert legen und welchen Komfort und Service sie erwarten.«

»*Monsieur* May spielte eine Doppelrolle, ist es nicht so? Der Kenner der feinen Golfgesellschaft stellt sein Wissen dem Stadtrat zur Verfügung. Dabei muss er jemanden gehörig auf die Füße getreten sein«, mutmaßte Ponte.

»Glauben Sie mir, sein Tod trifft und belastet mich. Und dazu Isabel. Meine Isabel«, schluchzte Emery. »Was für eine wundervolle Frau. Sie begeisterte die Leute. Alle haben sie geliebt.«

Die *Commissaire* intervenierte.

»Und genau das hat sie geschickt für sich genutzt.«

Emery riss seinen Kopf zu Lucie herum.

»Wie kommen Sie darauf? Was meinen Sie damit? Haben Sie Beweise?«

Die *Commissaire* griff in ihre Umhängetasche, holte ein Notizheft heraus und deutete darauf.

»Hier drin stehen über einhundert Namen, die meisten davon sind in Ihrer Firmenkartei aufgeführt. In weiteren Aufzeichnungen sind Zahlungen der jeweiligen Personen an Isabel Marin festgehalten. Im Schnitt haben die Männer, es waren ausschließlich welche, 10.000,00 *Francs* an die junge Frau gezahlt. Ich gehe davon aus, dass sie neben ihren Akquisitionstätigkeiten für *LuxEstate* weitere Einnahmequellen aufgetan hatte.«

Emery widersprach vehement.

»Das ist mir nicht bekannt. Und ich bezweifle es. Sie erhielt von mir alles, was ihr Leben angenehm gestaltet hat.«

Die *Commissaire* ließ sich nicht beirren.

»Wir werden die Geldeingänge auf Isabels Bankkonto überprüfen, dann wissen wir, ob und von wem sie Zahlungen erhalten hat.«

»Tun Sie, was Sie nicht lassen können. Ich behalte sie in bester Erinnerung. Haben Sie mit ihrem Verlobten gesprochen? Ich hatte es bereits erwähnt, der junge Mann kann sich nur schwer beherrschen. Ich traue ihm durchaus zu, dass er sie in einem Moment der Eifersucht erschlagen hat.«

Lucie sah eine Chance darin, offen zu Pierre Emery zu sein. Sie stellte ihm eine bedeutende Frage.

»Wissen Sie, ob sich Franc Leroux und Fabrice May kannten? Wenn ja, verraten Sie mir, was sie voneinander hielten?«

Emery musste nicht lange überlegen. Er äußerte sich bereitwillig.

»Ich habe die beiden nie zusammen gesehen. Genaugenommen gab es auch keinen Anlass, bei dem sie sich hätten treffen können. Die einzige Möglichkeit, die ich sehe, ist, dass Fabrice über Isabel von Franc gehört hat. Umgekehrt eher nicht.«

Lucie blieb dabei, denn sie hatte eine Theorie entwickelt.

»Könnte es nicht sein, dass sie sich in der *Villa Martine* über den Weg gelaufen sind?«

»Hm ... ich will es nicht ausschließen. Wie wäre es, wenn Sie Pauline fragen? Sie ist in der Woche die meiste Zeit vor Ort.«

Lucie fiel auf, dass er bei ihrer ersten Befragung so getan hatte, als ob er die Hausangestellten nicht persönlich kennen würde. Jetzt klang es vertraut. Er erwähnte Pauline wie selbstverständlich.

»Das werde ich tun.«

Commissaire Ponte sprang vom Schreibtisch herunter und fing an, wie aufgescheucht im Büro des Maklers herumzulaufen. Er kündigte an:

»*Monsieur* Emery, ich werde Ihre Aussagen bezüglich Bonnabel überprüfen. Dessen können Sie sich sicher sein. Wer sagt mir, dass Sie sich nicht mit ihm entzweit haben? *Golf 2000* drohte zu scheitern. Das Projekt war die letzte Hoffnung für den Bauunternehmer. Er war auf Sie und Ihren Verkaufserfolg angewiesen.«

Emery sprang auf und baute sich vor dem deutlich kleineren und schmächtigeren *Commissaire* auf.

»Wir alle haben uns engagiert. Deshalb sprenge ich aber meinen besten Geschäftspartner nicht in die Luft. Ihre Theorie ist absurd!«

Lucie erkannte, dass sie mit dem Immobilienmakler nicht weiterkamen. Unvermittelt beendete sie die Unterredung.

»Wir melden uns bei Bedarf bei Ihnen. Halten Sie sich bitte weiter zur Verfügung.«

Emery eilte zur Tür und hielt sie auf. Er verabschiedete sich erleichtert.

»Ich habe nichts Außergewöhnliches vor. *Au revoir, Madame la Commissaire* Girard, *Commissaire* Ponte.«

Das ungleiche Paar verließ das Büro.

Unten im Ladengeschäft verabschiedeten sie sich formlos von Emerys Mitarbeiterin, die nur kurz aufsah und nickte.

Zurück im grellen Sonnenlicht der *Côte d'Azur* taten die beiden *Commissaires* das, was Lucie vor einer Stunde schon vorgehabt hatte. Sie nahmen auf den blauen Stühlen an der *Croisette* mit Blick auf Strand und Meer Platz. Der Anlass war perfekt für eine *Gitanes* und die Abstimmung des weiteren Vorgehens.

Ponte legte gleich los. Er war noch immer aufgedreht.

»Das ist ja nochmal gut gegangen«, stellte er fest. Während er redete, wechselte er mehrmals die Stellung auf dem Stuhl.

Zusätzlich fummelte er unentwegt mit seinen Händen an sich herum. Seine Mundwinkel zuckten unkontrolliert.

Lucie wunderte sich über seine körperlichen Reaktionen nach dem Gespräch. Es schien, als hätte es ihn über die Massen angestrengt. Sie selbst strahlte eine natürliche Ruhe aus. In relaxtem Ton erklärte sie:

»Was hätte schiefgehen können? Wir beide sind Profis. Sag, was meinst du? Hat der Anschlag auf den Bauunternehmer etwas mit den Morden zu tun? Übrigens, du hast mir bisher nicht verraten, ob bei der Untersuchung der Jacht Sprengstoffreste gefunden wurde?«

»Habe ich das nicht? Ja, das Team der Spurensicherung hat das Attentat bestätigt. Am Tank war ein Zeitzünder für eine Bombe angebracht. Es war eindeutig Mord.«

Lucie wollte ihren Kollegen nicht frustrieren, trotzdem kommentierte sie seine Ermittlungen.

»Ein Auftragsmord ist bei der Art des Vorgehens sehr wahrscheinlich. Du wirst es schwer haben, an die Hintermänner heranzukommen.«

Das Zucken in Pontes Gesicht breitete sich bis zu seinem rechten Auge aus. Die ganze Angelegenheit schien ihn schwer zu stressen.

»Wann haben wir es leicht? Ich werde mir die Besitzverhältnisse seines Bauunternehmens ansehen. Irgendjemand wollte ihn loswerden. Das ist sicher. Ich wühle gerne im Dreck. Es wird sich ein Grund finden, wollen wir wetten?«

Tauschen wollte Lucie nicht mit ihm. Ihre beiden Fälle waren verzwickt. Doch sie war zuversichtlich, den oder die Mörder zu stellen. Früher oder später.

»Es wird Zeit für mich. Ich habe eine wichtige Verabredung«, erklärte sie, um ihr Gespräch zu beenden.

Ponte sah sie verwundert an.

»Machst du nicht Schluss für heute?«

Sie lächelte selig.

»Doch. Meine Mädchen wollen abgeholt werden. Ich habe sie bei Imani, unserer lieben ...« Lucie stockte, weil sie in diesem Moment nicht wusste, wie sie die Rolle der Kenianerin bezeichnen sollte. Kindermädchen kam ihr albern vor. Tagesmutter war übertrieben. Haushaltshilfe traf nicht ihre Tätigkeit. Deshalb entschied sie sich für: »... Freundin geparkt.«

Freundin. Das passte. Imani war zu ihrer Freundin geworden. Sogar zu ihrer Besten!

Sie gingen ihrer Wege. Ponte steuerte zielstrebig das nächste Bistro an. Lucie bezahlte an einem der neuen Parkautomaten ihr Ticket. Der Preis war unverschämt. *Cannes* war noch eine Nummer exklusiver und teurer als *Saint-Tropez*. Sie konnten es sich erlauben, wie Lucie fand.

Oben in Pierre Emerys Büro klingelte das Telefon. Er war noch benommen von dem anstrengenden Gespräch mit den beiden *Commissaires*. Deshalb meldete er sich kurz und knapp.

»Emery. *Bonjour.*«

Er hörte eine vertraute Stimme.

»Pierre, ich bin es, Pauline.«

Er schien wenig begeistert.

»Du solltest dich doch nicht bei mir melden. Das hatten wir so vereinbart.«

»Ich weiß. Es ist aber wichtig. Ich brauche deinen Rat.«

Er blies angestaute Luft aus seinen Lungen. Die Probleme schienen kein Ende zu nehmen.

»Sag nur, du hast was herausgefunden?«, fragte er.

»*Oui.*«

»Betrifft es ...?«

»*Oui.*«

»Es geht um Isabel.«

»*Oui.*«

»Du weißt, wer es getan hat.«

»*Oui.*«

»Wie hast du es herausgefunden?«

»Ich habe ihn mir vorgeknöpft«, erklärte Pauline.

»Sag nur. Hat er gestanden?«

Es klopfte an der Tür. Ohne eine Antwort abzuwarten, trat Emerys Assistentin ein.

Der Makler hielt die Sprechmuschel zu. Er reagierte ungehalten.

»Was gibt es? Ich führe ein wichtiges Telefongespräch.«

»Deshalb komme ich zu Ihnen hoch. Hier ist ein Mann.« Sie dreht sich um und zeigte mit zittrigen Fingern auf einen großen Kerl ganz in Schwarz. »Er ist ... er hat ... eine Pistole dabei. Er will Sie dringend sprechen. Es ginge um die Jacht. Sie wüssten schon.«

Pierre Emery glitt der Hörer aus der Hand. Er wurde leichenblass. Fast versagte ihm die Stimme. Er hauchte:

»Bitten Sie ihn hinein. Und schließen Sie die Tür hinter sich. Auch die Ladentür. Machen Sie am besten für heute Schluss.«

Seine Assistentin traute sich nicht, Fragen zu stellen. Mit weichen Knien drückte sie sich an dem unangenehmen Typen vorbei. Er ließ sie gehen. Sie sah die Beule in seinem Sakko. Ohne ihren Schreibtisch aufzuräumen, verließ die Mitarbeiterin von *LuxEstate* die *Agence*. Sie schloss ab, lief die Seitenstraße der *Croisette* herunter und suchte das nächstgelegene

Bistro auf. Dort traf sie auf *Commissaire* Ponte, der sich sein zweites Glas Rotwein genehmigte.

Chapitre neuf

Malik

Gegenüber *Commissaire* Girard hatte Malik von einer Wohnung gesprochen, in der er lebte. Die von ihm angegebene Adresse gehörte zu einem Strandrestaurant unterhalb der Zitadelle von *Saint-Tropez*. Malik nutzte sie, wenn er gefragt wurde. Bei seiner Einstellung hatte er sie *Monsieur* Emery genannt, weil er Angst hatte, ohne festen Wohnsitz abgewiesen zu werden. Seit er nach *Saint-Tropez* gekommen war, hatte er über Mundpropaganda kleine Jobs ergattert. Meistens Gartenarbeit auf der Halbinsel. Er kam morgens, ging abends und erhielt seinen Lohn bar auf die Hand. So hangelte er sich durchs Leben. Erst seit er für den Immobilienmakler arbeitete, begann Malik zu planen, denn er war kein Tagelöhner mehr. Einmal im Monat traf er seinen Boss, der ihm einen Umschlag mit Bargeld überreichte. Entweder sie verabredeten sich in einer zum Verkauf stehenden Villa oder in der *Agence* in Cannes. Die regelmäßigen Einnahmen hatten Maliks Existenz verändert. Er wohnte im hinteren Teil einer Garage in der Nähe des Hafenparkplatzes. Hier parkten *Renault*- und *Peugeot*-Transporter, die er nachts bewachte. Das brachte ihm ein zusätzliches Salär.

Malik war zufrieden. Für seine Verhältnisse hatte er sich etwas Wohlstand erarbeitet, seinen Lebensstandard verbessert. Einmal in der Woche aß er in einem Restaurant. Ansonsten kochte er sich Eintöpfe auf seinem Gasbrenner. Das meiste Geld fraß sein Auto. Eine *Acadiane*. Ein kleiner *Cit-*

roën-Kastenwagen auf Basis des *2 CV 6*. Darin gab es genügend Platz für seine Gartengeräte, Werkzeuge, eine Leiter und Gartenabfälle, die er regelmäßig zur Deponie brachte.

Der kleine *Citroën* parkte zwischen den großen Lieferwagen. Seine hinteren Doppeltüren waren aufgeschlagen. Nach Feierabend saß Malik auf der Ladekante und grübelte.

Seine große Liebe war tot. Als sie noch lebte, war sie schon unerreichbar für ihn. Ihm blieben nur die wenigen gemeinsamen Momente, die er mit ihr erleben durfte. Er bemühte sich, sie in seiner Erinnerung lebendig zu halten. Doch sie verblasste schnell. Wie roch sie? Wie fühlte sich ihre Haut an? Was hatte sie ihm gesagt? Nicht viel. Nur wenige Augenblicke der Leidenschaft hatten sie geteilt. Für ihn war es der Himmel auf Erden gewesen. Für Isabel? Er war nie schlau aus ihr geworden. Von Anfang an war ihm klar, dass er sie nie hätte für sich gewinnen können. Eifersucht spürte er keine. Obwohl er wusste, dass sie viele Liebhaber hatte.

Immer wieder sah er ihren zertrümmerten Schädel vor sich. Von ihrer Schönheit war nichts mehr geblieben. Sie hatte ihm ihre Hand gereicht. Mit brüchiger Stimme hatte sie ihm ihren letzten Wunsch zugeflüstert:

Lasst mich sterben, keinen Arzt.

Sie respektierten es. Der Schock war gewaltig. Er war es gewesen, der zuerst wieder zur Besinnung kam. Sie wollten sich absprechen. Überlegen, wie sie mit der Situation umgehen sollten. Doch sie trennten sich. Jeder trug seine Last für sich. Wer war schuld? Sie schoben die Frage von sich. Das begehrenswerteste Geschöpf auf Erden hatte mit seinem Leben abgeschlossen. Sie trugen sie in ihren Herzen. Ihr Lächeln, ihre Grazie, ihre unerschöpfliche Lebenslust. Sie würden es nie wieder erleben. In ihrem Tod waren sie sich einig. Warum war das nicht in ihrem Leben möglich gewesen?

Bisher war Malik nicht in der Lage, die Golfschläger aus seinem Kastenwagen zu holen. Ihm war klar, er musste es tun. Irgendwie musste er sie loswerden. Vorher wollte er das Blut, das an ihnen klebte, abwaschen. Es kostete ihn Überwindung und es schüttelte ihn innerlich, als er sie an den ledernen Griffen unter Decken und Plastikfolie aus dem Kastenwagen herauszog. Sein Blick wanderte bis zu den Schlägerköpfen, die blutverkrustet waren.

Hinter der Garage gab es einen Wasserhahn. Er klemmte den Driver, das 6er und das 9er Eisen unter seinen rechten Arm, griff mit der linken Hand nach einer Bürste und schlich zwischen den Nutzfahrzeugen zur hinteren Tür. Sie war angelehnt. Er nutzte seine Schulter, um sie zu öffnen. Dabei vermied er es, die blutigen Schläger anzusehen. Das Wasser spritze, als es auf die Schlägerköpfe traf. Feine Tröpfchen erreichten sein Gesicht. Es war ihr Blut, das er mit der Bürste entfernte und das in Schlieren in den Gully lief. Wie abscheulich. Ihm wurde übel. Der Vorgang war mindestens so schändlich, wie sie in ihrer Blutlache liegenzulassen. Er hörte seine Stimme, die ihm seltsam fremd vorkam, fragen:

»Warum nur?«

Insgeheim wusste er warum. Sie hatten es getan. Und sich danach ihr Ehrenwort gegeben.

Umso mehr hasste er sich dafür.

Würde er jemals wieder ein normales Leben führen können?

Die Panik kehrte zurück. Die Polizei war hinter ihnen her. Schon bald würde diese *Commissaire* ihn erneut befragen. Malik befürchtete, dass er dem nicht gewachsen war.

Minutenlang bürstete er die Schlägerköpfe unter laufendem Wasser. Schließlich nahm er sie, trug sie in sein Zimmer und versteckte sie im Schrank hinter seiner Kleidung. Ein besseres Versteck fiel ihm nicht ein.

Ermattet sank er auf sein Bett, schloss die Augen und schlief ein. In seinem Träumen würde er ihr begegnen. Wie jede Nacht.

Chapitre dix

Franc

Sie waren sich vor ungefähr einem Jahr auf einer Beachparty am Hotel *Carlton* begegnet. Franc trug zwei Gläser Weißwein, die er an der Strandbar für einen seiner Kunden und sich selbst abgeholt hatte. Im Rückwärtsgehen rempelte er aus Versehen eine Frau in einem extravaganten Cocktailkleid an. Sie schimpfte:

»Können Sie nicht aufpassen? *Maladroit!*«

»Pardon, Mademoiselle«, entschuldigte er sich. Als er erkannte, mit wem er zusammengestoßen war, huschte ein Lächeln über sein sonnengebräuntes Gesicht. Sie machte ihn auf das von ihm angerichtete Malheur aufmerksam.

»Sehen Sie nur. Der schöne Champagner auf meinem Kleid. Ich erwarte, dass Sie mir ein neues Glas besorgen«, forderte sie mit einem charmanten Lächeln. »Das ist das Mindeste!«

Angezogen von der Schönheit seiner Zufallsbekanntschaft, wanderte sein Blick über ihren makellosen Körper.

»Nur wenn Sie sich nicht von der Stelle rühren. Ich bin gleich wieder bei Ihnen. Muss nur den Wein wegbringen.«

Geschickt schlängelte er sich durch die Menschentrauben, die sich bestens gelaunt unterhielten.

Franc entschuldigte sich bei seinem Kunden, der mittlerweile Anschluss gefunden hatte und mit zwei Engländern derbe Witze austauschte. So schnell er eben konnte, stellte er sich an eine der Schlangen an der Bar an und besorgte zwei Gläser Champagner.

Als er zu der Stelle zurückkehrte, an der die Schönheit gestanden hatte, war sie verschwunden.

»*Merde!*«, fluchte er vor sich hin. Enttäuscht sah er auf die Champagnergläser. Aus Frust setzte er eines der Gläser an seine Lippen. Da traf ihn ein Schubs von hinten.

»*Oh! Excusez-moi.*«, flötete eine ihm bekannte Stimme. Es war die Zufallsbekanntschaft, die sich an ihm gerächt hatte.

Er reagierte spontan positiv und brachte seine Wiedersehensfreude zum Ausdruck.

»Da sind Sie ja wieder! Ich dachte schon ...«

»Was dachten Sie, dass ich vor einem solch adretten Typen weglaufe? Her mit dem Champagner. Stoßen wir auf uns an. Dieses Mal ohne einen Fauxpas.«

Die Champagnergläser klangen, ihre Augen trafen sich und ihr Lächeln versprach mehr. Isabel und Franc hatten sich gefunden. Es war für beide Liebe auf den ersten Blick.

Franc saß auf dem Steg, der vom *Carlton* aus ins Meer führte und ließ den Kopf hängen. Für heute gab er keine Trainerstunde mehr. Die drei vergangenen Einheiten waren ihm äußerst schwergefallen. Seine Kunden bemerkten seine Niedergeschlagenheit und seine körperlichen Blessuren. Ihm fehlte jeder Antrieb. Lange durfte er sich das nicht erlauben. Einen Fitnesstrainer, der nicht fit war, akzeptierten sie nicht.

Wie sollte er jemals seine große Liebe vergessen? Er hatte es vom ersten Moment an gespürt, dass er nicht im Stande war, sie dauerhaft an sich zu binden. Dass ihre Beziehung so endete, hätte er niemals für möglich gehalten. Bald hatte er bemerkt, dass sie wie ein kleiner bunter Vogel war, der von Ast zu Ast flog. Ihre Profession brachte es mit sich. Sie sprach die Männer an und die Männer erlagen ihr. Franc litt. Er arbeitete in *Cannes*. Meistens auch an Wochenenden. Sie folgte Pierre Emery auf Parties, in Golfclubs und zu Empfängen. Einmal hatte er sich heimlich unter die Leute bei einer Vernissage gemischt. Er kam aus dem Staunen nicht heraus. Seine Isabel war permanent von Männern umringt. Sie flirtete, schäkerte und turtelte mit ihnen. Beim Essen vertiefte sie eine Bekanntschaft, mit der sie später in seinem Wagen die Vernissage verließ. Für Franc war es ein Schlag in die Magengrube. War das ihre Mission bei *LuxEstate?* Typen anbaggern und abschleppen? Er knabberte tagelang daran. Bis er sich irgendwann traute, sie darauf anzusprechen. Ihr Gespräch endete in einem heftigen Streit. Sie warf ihm vor, sie zu überwachen. Er wollte wissen, ob mehr dahintersteckte. Sie sollte ihm beichten, was sie mit den Männern trieb. Doch genau das wollte sie partout nicht. Sie schwieg beharrlich. Auch die vielen Dispute danach war sie nicht bereit, zuzugeben, dass da mehr war, als die Anbahnung einer Geschäftsbeziehung, um eine Immobilie an den Mann zu bringen.

Heute wusste er nicht, was er ihr bedeutet hatte. War er eine willkommene Abwechslung gewesen? Eine bodenständige Alternative zu dem überschwänglichen Lebensstil, den sie ansonsten pflegte? Er war ihr Verlobter. Immerhin, das hatte er erreicht. Wobei die Verlobung bei einem Abendessen in *Cannes* stattgefunden und es keinerlei offizielle Feier oder Verlautbarung gegeben hatte. Das einzige Zeichen ihrer Verbindung trug er an seiner Hand. Ihren Verlobungsring. Er hatte seinen Verdienst aus zwei Monaten Personal Training dafür investiert. Schon drei Wochen nach der Verlobung trug sie ihren Ring nicht mehr. Das hatte den nächsten Streit ausgelöst, bei dem er ausgetickt war und eine

Bodenvase aus Wut zerschlagen hatte. Wie immer, wenn sie aneinandergerieten, hatten seine Ausbrüche nichts gebracht. Isabel hatte sich in ihre Räume in der Villa zurückgezogen und ihn vor die Tür gesetzt.

Franc hatte lernen müssen, dass sie stärker war. Sie lebte weiter ihr Leben. Er wurde geduldet und durfte ab und zu an ihr knabbern. Ansonsten sollte er tunlichst wegbleiben. Was er in dieser Zeit trieb, interessierte Isabel nicht. Sie fragte nie, wie seine Woche war, ob er Erfolg hatte oder wenig zu tun. Sie war permanent beschäftigt und rundum versorgt. Pierre Emery sei Dank. Er las ihr die Wünsche von den Lippen ab. Oft hatte Franc sich gefragt, warum der Mann das tat. Es konnten nicht nur geschäftliche Gründe sein. Er war sich sicher, dass die beiden nichts miteinander hatten. Sein Gefühl sagte es ihm. Aber es gab eine immens starke Bindung. Wie die eines Vaters zu seiner Tochter. Pierre war ihr Mentor und ihr Sponsor. Schlussendlich kam Franc zu der Erkenntnis, dass für ihn kein Platz an Isabels Seite war. Das hatte er ihr bei ihrem letzten Abendessen verkündet. Es wurde ihre letzte Nacht, die sie miteinander verbrachten. Tragischerweise auch Isabels Allerletzte, die sie erlebte.

Er fühlte sich schuldig. Schuldig, es nicht früher erkannt zu haben, dass er, Franc Leroux, der Falsche für Isabel Marin war. Doch die Liebe zu ihr hatte ihn blind gemacht.

Chapitre onze

Fabrice

Er war ein Einzelgänger. Seit er als Jugendlicher das Golfspiel für sich entdeckt hatte, gab es nur eine Liebe. Die zu dem kleinen weißen Ball mit den zahlreichen *Dimples*. Er stand morgens auf und überlegte, was er den Tag über trainieren wollte. Abends schlief er mit dem zufriedenen Gefühl ein, wieder ein kleines Stück besser geworden zu sein. Die Jungs in seinem Alter interessierten sich für Motorräder und Mädchen. Fabrice nicht. Sein Ziel war es, der beste Golfspieler im Club zu werden. Sein Glück war es, dass er, ohne Clubmitglied zu sein, auf den Platz durfte. Die Leute mochten ihn. Bald lernten sie von ihm mehr, als sie ihm beibringen konnten. Fabrice lebte Golf.

Seine Passion ermöglichte es ihm, unabhängig zu bleiben. Er musste keine Ausbildung absolvieren oder studieren. Er spielte erfolgreich Golf. Das reichte. Denn er gewann Turniere. Erst die lokalen, dann die nationalen und als er volljährig war, auch internationale. Durch seine Popularität machte er Bekanntschaft mit Frauen. Sie liefen ihm hinterher. Viel musste er nicht tun, um sie ins Bett zu kriegen. Seine Affären dauerten wenige Tage. Selten Wochen. Bevor er zu einem Turnier reiste, brach er sie ab. Die Frauen langweilten ihn. Und er wollte den Kopf frei haben. Neue Golfplätze waren für ihn immer eine Herausforderung. Er hatte sich vorgenommen, in jedem Club, in dem er spielte, einen Rekord aufzustellen. Das war ihm wichtig, trieb ihn an. Nebenbei erkannte er, dass die meisten Männer enorme Probleme mit ihren Liebschaften, Freundinnen und Ehefrauen hatten. Im Clubhaus bei einem Glas Wein redeten sie offen darüber. Er hörte interessiert zu und war froh, diese Belastungen nicht zu haben. Er war sich sicher, mit einer Frau an seiner Seite wäre er nie so erfolgreich geworden.

Seine Einstellung änderte sich, nachdem er Isabel getroffen hatte. Sie war die erste Frau, die es mental mit ihm aufnahm. Er spielte durch Zufall mit ihr in einem *Flight*. Sie hatte sich einer Gruppe Geschäftsleute aus *Nice* angeschlossen, die bei ihm Trainerstunden genommen hatten. Er sah ihr Spiel und erkannte ihren Ehrgeiz und ihren unbändigen Willen zu gewinnen. Sie beeindruckte ihn und er fand Gefallen an ihrem grazilen Körper, der beim Schwung eins mit dem Schläger wurde. Sie spielte smart. Ohne viel Kraft aufzuwenden.

Bei ihrem ersten Aufeinandertreffen sprachen sie kein Wort miteinander. Sie observierten sich gegenseitig und fanden großen Gefallen daran, sich zu zeigen, wie leidenschaftlich sie Golf beherrschten.

Nachdem sie die Runde beendet hatten, fragte er sie, ob sie sich wiedersehen könnten. Es war das erste Mal, dass er bei einer Frau die Initiative ergriff. Sie willigte ein. Kurz darauf verspürte er eine für ihn bis dahin unbekannte Sehnsucht.

In der Folge spielten sie regelmäßig gegeneinander. Der Wettkampf verband sie. Zu Francs Verwunderung geschah nicht das, was er von anderen Frauen gewöhnt war. Isabel wollte keinen Sex mit ihm. Sie ignorierte seine Avancen. Vermied es, mit ihm allein zu sein. Das nagte an seinem Ego.

Eines Tages passierte etwas, was er so bisher nicht von sich kannte. Er verlor die Beherrschung und vergriff sich an ihr.

Auf der Rückseite des Clubhauses fiel er über sie her. Dabei ließ er seinen Trieben freien Lauf. Der Rotwein, den er getrunken hatte, unterstützte die unbändige Lust, die in ihm hochkam. Er wollte es unbedingt mit ihr treiben. Doch Isabel wehrte sich mit aller Kraft und mit Geschick. Sie konnte sich losreißen und verschwand in der Umkleidekabine.

Zuerst konnte und wollte er ihre Ablehnung nicht begreifen. Doch nachdem er sich beruhigt hatte, schämte er sich. Die Lust wurde von panischer Angst abgelöst. Er stellte sich vor, dass sie ihn anzeigen und in der Öffentlichkeit anklagen würde. Sie tat es nicht. Dafür ignorierte sie ihn. Ging ihm von einem Tag auf den anderen aus dem Weg.

Das Erlebnis mit Isabel veränderte Franc. Er verlor seine Lockerheit. Verkrampfte beim Golfspiel. Die Unbekümmertheit, die ihm zu eigen war, verschwand. Er wurde ein Anderer. Verbissen. Hart und tief innen drin traurig und frustriert.

Was ihn am meisten wunderte, war, dass er sich weiterhin zu Isabel hingezogen fühlte. Er begehrte sie noch immer. Seine Versuche, in alternativen Liebschaften das zu finden, was er für sie verspürte, scheiterten. Für Franc gab es nur Isabel.

In diesem emotionalen Zustand traf er beruflich erneut auf sie. Pierre Emery hatte es arrangiert. Sie sollten unabhängig voneinander ihre Fähigkeiten in das Projekt *Golf 2000* einbringen. Franc sah darin eine Chance, seinen Wirkungskreis zu erweitern. Als Golftrainer hatte er ein sicheres Auskommen, doch der Wohlstand des Umfelds in dem er sich bewegte und mit dem er sich verglich, imponierte ihm und er wollte zu diesen Leuten aufschließen.

Beim ersten Aufeinandertreffen musste er feststellen, dass

Isabel sich nicht geändert hatte. Sie spielte noch immer mit den Männern. Wickelte sie um ihre schlanken Finger und nutzte sie aus. Um Investoren für *Golf 2000* anzusprechen, besuchte sie dieselben Veranstaltungen wie er. Zwangsläufig bekam er ihre Taktik mit. Die Folge war, dass in ihm Wellen der Zu- und Abneigung aufbrandeten. Sie führte ein Schauspiel auf. Er meinte, sie besser zu kennen. Wollte ihre Fassade durchbrechen und sie endlich für sich gewinnen. Sie jedoch ignorierte ihn beharrlich. Die Blicke, die er von ihr erhaschte, demütigten ihn. Aus dem Feuer seiner Leidenschaft wurde ein Brand der Wut. Bald setzte er alles daran, ihre Leistung herabzuwürdigen und sie in schlechtem Licht zu sehen. Er begann, sich an ihre Fersen zu heften. Von ihr unbemerkt verfolgte er sie auf Schritt und Tritt. Es wurde zu einer Manie. Er peinigte sich selbst, indem er sie mit anderen Männern beobachtete. Es entwickelte sich ein Hass gegen seine eigene Unfähigkeit, loszulassen und ein eigenständiges Leben zu führen.

An einem Samstagmorgen hatte er genug. Er suchte sie auf, um sie mit ihrem armseligen Handeln zu konfrontieren.

Chapitre douze

Pauline

Was führte sie nur für ein Leben? Sie diente zwei Menschen. Betrachtete sie als ihre Familie. Doch sie zeugten ihr nicht den Respekt, den sie zu verdienen glaubte.

Wie sehr hatte Pauline sich ein Kind gewünscht. Er hatte es ihr hundertmal versprochen. Heiraten wollte er sie. Doch seine Familie lehnte eine niedere Hausangestellte ab. Ihr Versuch in jungen Jahren, mit Pierre durchzubrennen, scheiterte. Sein Vater drohte, ihn zu enterben. Ihn nicht in seine etablierte Immobilienagentur als Teilhaber aufzunehmen. Er bat sie um Geduld. Wenn er einmal sein eigenes Geld verdienen würde, stünde einer Heirat nichts im Wege. Weit gefehlt. Bald leitete er seine *Agence*. Sie geduldete sich noch immer. Immerhin war er ihr über all die Jahre treu geblieben. Dreißig an der Zahl. Ihre Beziehung blieb im Verborgenen. Sie trafen sich heimlich. Liebten sich. Pierre zeigte sich nie mit Pauline in der Öffentlichkeit. Er war sich zu fein. Der gut situierte Immobilienmakler vermied es, eine Haushälterin in seinen Kreisen vorzustellen.

Sie kam sich schäbig vor. Andererseits genoss sie ihre Arbeit in den schönsten Villen der *Côte d'Azur*. Sie war niemandem Rechenschaft schuldig. Mit den Jahren brachte sie es zu einem gewissen Wohlstand. Ihre kleine Wohnung in *Saint-Tropez* war geschmackvoll und luxuriös ausgestattet. Hier trafen sie sich ab und zu. Sie blendete alles aus. Stunden des Glücks folgten.

Je älter Isabel wurde, umso mehr interessierte sich Pierre für sie. Pauline belastete sein Gebaren gegenüber ihrem Pflegekind. Sie fragte sich, ob er bei ihr das nachholte, was sie nie von ihm erhalten hatte – Anerkennung und gesellschaftlichen Respekt. Stolz präsentierte er sie bei offiziellen Anlässen. Führte sie zu exklusiven Veranstaltungen aus. Überschüttete sie mit Lob und Geschenken. Unterdessen blieb Pauline das, was sie immer für ihn war. Die graue Maus zuhause.

Paulines Trauer um Isabel war kurz. Denn sie sah in ihrem Tod die Chance eines Neuanfangs mit Pierre. Alte Fragen kamen wieder hoch. Warum konnte sie nicht an seiner Seite in der Öffentlichkeit auftreten? Sie überlegte sich Argumente, die sie vorbringen wollte. Beide hatten ein Alter erreicht, in dem es möglich war, sich zu emanzipieren. Sollten die Leute doch reden. Ihr Pierre war eine Persönlichkeit. Sein Erfolg und der schillernde Name seiner *Agence LuxEstate* war an der *Côte d'Azur* bekannt.

Zum ersten Mal in ihrer komplizierten Beziehung glaubte sie, die Stärkere zu sein. Jetzt, da sie wusste, wer Isabel auf dem Gewissen hatte, wollte sie Forderungen stellen. Sie musste sich nur geschickt anstellen. Mit ihrem Anruf bei ihm hatte sie den ersten Schritt gewagt. Aber warum hatte er aufgelegt, bevor sie ihm ihr Geheimnis hatte verraten können? Sie beschlich ein mulmiges Gefühl.

Chapitre treize

Im Haus von Lucie Girard, Altstadt von Fréjus

Sie wachte mitten in der Nacht auf. Patric schnarchte selig neben ihr. Ihr Fall hatte sie vor dem Einschlafen schon beschäftigt. Er hatte sie bis in ihre Träume verfolgt. Mit angezogenen Knien, ihre Hände an die Fußknöchel gelegt, saß sie im Bett und dachte an den Zettel, den Pauline in der Villa unter dem Telefontischchen gefunden hatte. Das, was darauf geschrieben stand, konnte man sich leicht merken:

Fabrice !!!

Lucie ging davon aus, dass Isabel den Namen notiert und die Ausrufezeichen hinzugefügt hatte. Aber warum? Als Erinnerungsstütze, dass sie sich bei dem Golftrainer melden wollte? Oder hatte sie mehr notieren wollen und es dann abgebrochen, indem sie den Zettel zerknüllte und in den Papierkorb warf? Warum setzte sie die Zeichen hinter seinen Namen? Weil er für sie wichtig war? Oder weil sie etwas gegen ihn hatte?

Bisher konnte sie nur Mutmaßungen anstellen. In der Nacht fiel ihr das leicht. Die Theorien flogen nur so in ihrem Kopf herum. Warum beschäftigte sie sich gerade mit ihm? Die Antwort lag auf der Hand. Weil er und sein Tod bisher am rätselhaftesten waren. Starb er, weil er, so wie sie es gegenüber *Gendarm* Hugo dargestellt hatte, im Kampf mit Isabel schwer verletzt wurde? Warum eigentlich mit Isabel? Eine Frau, die mit einem Golfschläger auf einen Angreifer eindrischt? Passte das zu der grazilen Schönheit? Wohl eher nicht, musste sie sich eingestehen. Duelle waren Männersache. Es gab zwei Kandidaten, die sich mit Fabrice hätten anlegen können. Isabels Verlobter, Franc, und Malik, der Gärtner. Beide hielten sich am Samstag in der Villa auf. Sie korrigierte sich. Malik hatte behauptet, dass er in einer anderen Villa zu tun hatte. Sein Alibi war bisher nicht überprüft worden. Er hätte genauso gut zur *Villa Martine* zurückkehren können. Ebenso bestünde die Möglichkeit, dass Franc sich noch eine Weile im Garten herumgetrieben hatte. Seine Eifersucht könnte an ihm genagt haben. Zu guter Letzt fragte sie sich: Warum sollten nicht alle drei Männer gleichzeitig vor Ort gewesen sein?

Diese Annahme beschäftigte Lucie. Sie spann ihre Hypothesen weiter. Eines war ihr klar: Es musste ein Kampf stattgefunden haben. Was sie nicht wusste, war, wer mit wem gekämpft hatte. Und was ihn ausgelöst hatte. Franc Leroux starb an seinen Verletzungen. Sein Gegner musste ähnliche Blessuren davongetragen haben.

Merde! Nun war sie hellwach. Da sie bisher davon ausging, dass Isabel mit Fabrice May kämpfte, hatte sie nicht auf den körperlichen Zustand von Franc Leroux und Malik Djoudi geachtet. Sie versuchte, sich zu konzentrierten und holte ein Bild der beiden in ihre Vorstellung zurück. Sowohl Franc als auch Malik hatten langärmelige Shirts und lange Hosen getragen, als sie mit ihnen gesprochen hatte. Bei dem Gärtner hatte sie sich gewundert, warum. Gab er ihr nicht die Verletzungsgefahr beim Arbeiten als Grund für seine Kleidung an? Sie hatte einen für eine Ermittlerin typischen Denkfehler begangen. Ihr Fokus lag ausschließlich auf der Tatwaffe und nicht auf der Überprüfung der Verletzungen. Die ganze Zeit hatte sie blutige Golfschläger vor sich gesehen.

Jedoch war davon auszugehen, dass diese längst gereinigt worden waren und sich in einem sicheren Versteck befanden. Blutergüsse und Platzwunden konnten die Täter nicht entfernen. Isabel hatte nur einige wenige an den Armen. Folglich war sie nicht permanent in den Kampf involviert gewesen. Sie hatte sporadisch eingegriffen. Die Vermutung lag nahe, dass eine Auseinandersetzung zwischen zwei Männern stattgefunden hatte. Warum wurde Isabel dann tödlich im Gesicht verletzt?

Sie sprang aus dem Bett. Raufte sich die verwühlten Haare. Ging zur Toilette und machte Pipi. Danach wusste sie, was zu tun war. *Docteur* Lefabre sollte Franc und Malik auf Verletzungen untersuchen. Oder besser, Franc sollte von einem Kollegen in *Cannes* zu einem Arzt gebracht werden, der ihn überprüfte.

Lucie kehrte ins Schlafzimmer zurück. Patric schmatzte. Sie betätigte das Licht an ihrem Wecker. Vier Uhr und dreiunddreißig Minuten. Zu früh, um *Gendarm* Hugo zu aktivieren. Heute war Mittwoch. Die Tat war am Samstag verübt worden. Demnach sollten die Wunden noch zu sehen sein.

Obwohl es fast zwanzig Grad warm war, fröstelte sie. Die Decke bis zur Nase gezogen, schloss sie die Augen und schlummerte ein.

Patric küsste seine Frau auf die Stirn. Verschlafen blinzelnd fragte sie:

»Wie spät haben wir es?«

»Gleich acht.«

»Merde! Ich sollte schon längst unterwegs sein.«

»Hast du eine Verabredung?«

»Nein. Aber mein Fall …«

Er runzelte die Stirn, vor die ein paar seiner Locken fielen.

»Der kann warten. Wir frühstücken erst einmal. Die Mädchen haben heute zur zweiten Stunde an.«

Lucie ließ sich nicht beirren. Sie schob ihn von der Bettkante und stand auf.

»Zuerst erledige ich zwei Telefonate, dann springe ich unter die Dusche. Du kannst gerne *Croissants* aufbacken und einen *Café* aufsetzen.«

Er zuckte mit den Schultern.

»Du bist schon wieder ganz die Alte!«

»Warum auch nicht. Es gefällt mir eben.«

Chapitre quatorze

Gendarmerie Saint-Tropez

Noch bevor die *Commissaire* aus *Fréjus* losgefahren war, hatte sie mit *Gendarm* Hugo telefoniert. Er wollte sich persönlich um Malik Djoudi kümmern. *Docteur* Lefabre wurde vorgewarnt, die Untersuchung und Blutentnahme an dem Gärtner vorzunehmen. Während ihres Gesprächs teilte er ihr mit, dass das Blut auf Isabel Marins Bettlaken nicht von ihr stammte. Einige der Blutspuren in der Küche passten zu Fabrice May. Die Spurensuche im kleinen Bad hatte weitere Blutspritzer einer bisher nicht identifizierten Person ergeben. Lucie veranlasste über ihre Kontaktperson im Polizeipräsidium in *Cannes* eine Blutabnahme und körperliche Untersuchung bei Franc Leroux. Babette versprach, sich sofort darum zu kümmern.

Es ging mit großen Schritten voran. Auch wenn sie noch nicht den genauen Ablauf der Auseinandersetzung zwischen Isabel, Fabrice, Franc und Malik kannte, so war sie sich einigermaßen sicher, die richtigen Schlüsse gezogen zu haben. Wer wen auf dem Gewissen hatte, würde sie im nächsten Schritt herausfinden. Ihr Plan war es, Franc und Malik gemeinsam zu verhören. Möglicherweise belasteten sie sich gegenseitig.

In der *Gendarmerie* angekommen, musste sie sich ihren *Petit Café* selbst zubereiten, da *Gendarm* Hugo unterwegs war. In der kleinen Küche traf sie *Capitaine* Purenne, der sich einen Teller mit Wurst und Käse zubereitete. Er begrüßte sie gut gelaunt:

»*Madame la Commissaire* Girard, Lust auf ein zweites Frühstück? Ich halte es nie bis zur Mittagspause aus«, gestand er.

Lucie grinste. Bruno Purenne hatte immer Hunger. Pünktlich um zwölf würde er in sein Lieblingsrestaurant *Chez Paul* aufbrechen, um dort das Mittagsmenü zu sich zu nehmen. Vor 15:00 Uhr war er selten zurück. Zumeist gönnte er sich auf dem Rückweg ein Eis oder ein Stück Kuchen in einem *Café* am Hafen.

»Ich stibitze mir ein Stück Käse. Großen Hunger habe ich nicht.«

»Sie sind zu dünn!«, schimpfte er. »Immer nur Kaffee und Zigaretten. Wann haben Sie das letzte Mal ein Menü gegessen? Ich gönne mir das zweimal täglich!«

Lucie sah an dem kleinen Mann mit dem kugelrunden Bauch herunter.

»Ich esse zu wenig und Sie zu viel. Sind wir uns darüber einig?«

Er nickte eifrig. Wobei sein Doppelkinn die Kopfbewegung deutlich bremste.

Lucie hantierte mit der Espressokanne. Bruno packte weiter Wurstscheiben auf seinen übervollen Teller. Er fragte:

»Kennen Sie eine Esther Pinto?«

»Nie gehört.«

»Sie hat, kurz bevor Sie kamen, angerufen.«

»Was wollte sie?«

»Mit Ihnen sprechen. Ich habe sie gefragt, um was es geht. Sie antwortete, dass sie das ausschließlich mit Ihnen besprechen will. Ihre Telefonnummer habe ich auf einem Zettel notiert. Er liegt auf meinem Schreibtisch. Wenn Sie mit

Ihrem *Café* fertig sind, kommen Sie bitte vorbei. Ich gebe Ihnen die Notiz. Sie sagte, es sei dringend.«

Die *Commissaire* konnte sich beim besten Willen nicht an eine Esther Pinto erinnern. Sie beeilte sich mit der Zubereitung, holte den Zettel bei *Capitaine* Purenne und wählte die Nummer im Stehen. Während es klingelte, nippte sie an dem starken Espresso, dessen Bohnen *Gendarm* Hugo aus Italien kommen ließ.

Es meldete sich eine Frauenstimme, die Lucie bekannt vorkam.

»Bonjour Agence LuxEstate, Esther Pinto. Que puis-je faire pour vous?«

Sogleich hatte die *Commissaire* ein Bild der Frau vor Augen. Sie sprach mit der Mitarbeiterin in der *Agence* von *Monsieur* Emery.

»Hier ist *Commissaire* Girard. Sie wollten mich sprechen.«

Lucie hörte ein Seufzen.

»Bin ich froh, dass Sie sich bei mir melden. Ich habe doch keinerlei Erfahrung mit der Polizei.«

»Wieso? Was ist den vorgefallen?«

»Mein Chef. Er liegt im Krankenhaus. Ich habe ihn heute Morgen, nachdem ich die *Agence* aufgeschlossen habe, bewusstlos in seinem Büro gefunden. Der Mann mit der Pistole hat ihn übel zugerichtet.«

»*Madame* Pinto. Eins nach dem Anderen«, beruhigte Lucie die Assistentin.

»Der Mann mit der Pistole? War er noch zugegen?«

»Gott bewahre, nein. Er kam in die *Agence,* kurz nachdem Sie gestern weg sind. Hat sich rüpelhaft Einlass verschafft. Ich habe einen fürchterlichen Schreck bekommen. Was hat mein Chef mit so einem zu tun? Er ist hoch ins Büro. *Mon-*

sieur Emery hat mich nachhause geschickt. Ich sollte beim Gehen die *Agence* absperren. Und was soll ich Ihnen sagen, ich habe ihn heute Morgen schwer verletzt gefunden. Das kann doch nur dieser Kerl getan haben.«

Lucie wollte mehr herausfinden. Wie üblich steckte sie sich eine *Gitanes* an, während sie telefonierte. Sie blies den ersten Rauch aus und stellte eine naheliegende Frage:

»Können Sie den Typen beschreiben?«

»Er sah wie ein Krimineller aus. Schwarzer Anzug, dunkle Sonnenbrille, dunkler Teint. Er trug einen dieser altmodischen Hüte, welche die Männer in den 50ern aufhatten, so wie Bogart in den Spielfilmen. Sie wissen schon. Könnte ein Italiener gewesen sein. Aber er sprach akzentfrei.«

Es klang nach Klischee. Wobei es durchaus möglich war, dass Emery von einem Auftragskiller Besuch erhalten hatte.

»Das hilft uns schon mal weiter«, lobte Lucie *Madame* Pinto. »Wissen Sie, wie es *Monsieur* Emery geht? Ist er bei Bewusstsein?«

»Er hat Glück im Unglück gehabt. Der Typ hat ihn ins Gesicht geschlagen. Wohl auch in die Magengegend. Der Arzt meint, dass er zwar länger Schmerzen haben würde, er ihn aber bald entlassen könnte.«

Lucie schloss aus der Art der Behandlung, die der Makler genossen hatte, eine deutliche Warnung. So gingen Profis vor. Vielleicht die Mafia. Oder eine kriminelle Organisation mit der Emery sich angelegt hatte.

»Das sind wichtige Informationen, *Madame* Pinto. Gut, dass Sie sich an mich gewandt haben.« Und nicht an meinen Kollegen, dachte Lucie für sich. »Am besten Sie geben mir die Adresse des Krankenhauses und seine Zimmernummer. Ich werde ihn aufsuchen, um mehr zu erfahren. Der Fall benötigt meine volle Aufmerksamkeit.«

»*Oh, mon Dieu!* Ein Fall? Hat mein Chef etwas angestellt?«

»Darüber darf ich nicht sprechen. Bitte verstehen Sie. Wir müssen der Sache nachgehen. Genauso wie dem Mord an Isabel Marin.«

Lucie biss sich auf die Lippen. Vermutlich wusste ihre Gesprächspartnerin bisher nichts davon.

Entsetzen war in der Stimme der Assistentin deutlich zu hören. Sie reagierte geschockt.

»Die lebenslustige junge Frau ist tot? Wie konnte das geschehen? Was ist nur los? Müssen wir uns vor einem Serienmörder fürchten?«

Mit dem letzten Zug ihrer Zigarette beruhigte die *Commissaire Madame* Pinto.

»Davon ist nicht auszugehen. Sie müssen sich nicht ängstigen. Kümmern Sie sich um die *Agence*. Ich glaube, damit unterstützen Sie Ihren Chef am besten.«

Esther Pinto war erleichtert.

»Sie haben ja so recht. Das ist meine Aufgabe. Ich sorge dafür, dass das Geschäft weiterläuft.«

»Bravo! Das ist lobenswert. Nochmals danke, dass Sie sich bei mir gemeldet haben, *Madame.«*

»Keine Ursache. Jetzt bin ich etwas beruhigter.«

Die *Gitanes* war geraucht. Lucie beendete das Telefonat und wandte sich ihrer nächsten Aufgabe zu. Sie wollte *Commissaire* Ponte erreichen. Zu blöd, dass er ihr bisher keine Telefonnummer mitgeteilt hatte. So versuchte sie es auf gut Glück in der Polizeistation von *Sainte-Maxime*. Hier sollte er in Zukunft stationiert sein.

Commissaire Girard war dort keine Unbekannte. Ihre

Arbeit und insbesondere ihre Erfolge hatten sich über die Jahre im *Département* und darüber hinaus herumgesprochen. *Capitaine* Bric begrüßte sie überschwänglich.

»*Madame la Commissaire* Girard, was verschafft mir die Ehre Ihres Anrufs? Doch nicht etwa ein Mord in unserer friedlichen Stadt? Ihnen ist sicher bekannt, dass *Sainte-Maxime* die niedrigste Kriminalitätsrate in der Gegend aufweist. Wir hoffen, dass es so bleibt und wir nicht in den negativen Einfluss von *Saint-Tropez* geraten.«

Selbstverständlich hatte Lucie davon gehört. Es war die letzten Jahre nicht zu überhören gewesen. Auf allen Seminaren, die sie besucht hatte, wurde der Küstenort auf der gegenüberliegenden Seite der Bucht hoch gelobt und als vorbildlich dargestellt. Warum das so war, konnte niemand erklären. Die Diebe bevorzugten die Villen der Reichen auf der Halbinsel. *Sainte-Maxime* wurde verschont, obwohl es dort ähnliche Luxusbauten gab. Gerade in letzter Zeit entwickelte sich der Bauboom an den Hängen mit Meerblick überproportional.

Die *Commissaire* gab seinem Optimismus einen Dämpfer.

»Da habe ich Neuigkeiten mitbekommen. In der Polizeizentrale scheint man davon auszugehen, dass die Ruhe, die Sie genießen, bald vorbei ist.«

»Wie kommen Sie darauf?«

Lucie bereitete das Gespräch Freude. Sie konnte den Umstand, dass sie über den Einsatz von *Commissaire* Ponte Bescheid wusste, ausschlachten.

»Wurde Ihnen nicht ein *Commissaire* zugeteilt, der sich um Kapitalverbrechen inklusive Mordfälle kümmern soll?«

Der *Capitiane* prustete. Es klang wie eine Mischung aus Lachen und Verharmlosung.

»Sie beziehen sich auf *Commissaire* Ponte? Nun ja. Wir werden sehen. Er muss sich einleben. Und nur, weil er da ist, geschehen nicht mehr Morde als zuvor. Nämlich kein einziger in zwei Jahren. Er wird gezwungenermaßen in ihrem Terrain wildern.«

Das war das Stichwort für Lucie.

»Das tut er bereits, *Capitaine.* Und genau deshalb rufe ich an. Ist er zufälligerweise in seinem Büro? Ich möchte ihn sprechen.«

Capitaine Bric brachte seine Verwunderung zum Ausdruck.

»Dass ich das von Ihnen erfahren muss! Ein Mordfall? Mir gegenüber hat er nichts erwähnt. Aber ... Soll ich durchstellen? Er ist heute in sein frisch renoviertes Büro eingezogen.«

»Ja bitte, tun Sie das. Und haben Sie Dank, *Capitaine.* Wir werden uns sicher bald persönlich kennenlernen.«

»Es wird mir eine Freude sein, die berühmte *Commissaire* Girard bei uns zu begrüßen. *Commissaire* Ponte kann bestimmt eine Menge von Ihnen lernen. Er wirkt ja noch ziemlich unerfahren.«

Lucie grinste in sich hinein, gab aber keinen Kommentar dazu ab.

»Bis bald, *Capitaine* Bric.«

»Ach ja, Richten Sie meine besten Grüße an meinen alten Kumpel Bruno Purenne aus. Müsste er nicht bald in Rente gehen?«

»Zwei, drei Jahre hat er noch. Gerne richte ich die Grüße aus. *À bientõt.«*

» À bientõt, Commissaire Girard. Ich verbinde.«

In ihrem Gespräch informierte Lucie *Commissaire* Ponte über den Zustand des Maklers und gab eine Beschreibung des

Täters durch. Ponte reagierte wenig überrascht.

»Damit war zu rechnen. Meine Recherchen haben ergeben, dass Bernard Bonnabels Verhältnis zu Pierre Emery nicht so partnerschaftlich war, wie der Immobilienmakler es uns gegenüber dargestellt hat. Zwischen den beiden herrschte Krieg. Der Bauunternehmer handelte nur noch im Auftrag der Leute, die bei ihm eingestiegen waren. Diese haben kein Interesse an einer Vermarktung der Anlage durch *LuxEstate*. Sie wollen die lukrative *Courtage* beim Verkauf der Immobilien selbst einstecken. Deshalb setzte Bonnabel alles daran, Emery herauszudrängen.«

Lucie folgerte:

»Dann hat *Monsieur* Emery den Anschlag in Auftrag gegeben?«

»Das ist meine Hypothese.«

»Gibt es Beweise?«

Ponte kicherte vor sich hin.

»Warum wurde er zusammengeschlagen? Doch nur, weil er nicht gezahlt hat. Die Killer erwarten ihr Geld bei Durchführung und nicht danach.«

Lucies gesunder Menschenverstand meldete sich.

»Du meinst also, der Makler hat einen Mord in Auftrag gegeben?«

»Du nicht?«

»Ich finde, er ist nicht der Typ, der so etwas durchzieht.«

Ponte kicherte erneut.

»Wenn es um Millionengewinne geht, ist das keine Typfrage. Er sollte ausgebootet werden. Würdest du dir das Geschäft deines Lebens wegnehmen lassen?«

Lucies anfängliche Vermutung flammte wieder auf.

»Nach unseren neuesten Erkenntnissen siehst du einen

direkten Zusammenhang zwischen den drei Morden?«

»Hm ... wenn Isabel oder Fabrice die Seite gewechselt haben, schon. Dazu müssten einer von beiden Kenntnis über Bonnabels Pläne gehabt haben. Dann wäre das der Grund des Streits gewesen.«

»Wenn dann käme für mich nur der Golftrainer infrage. Aber ich habe eine andere Theorie.«

»Da bin ich gespannt.«

»Nicht Pierre Emery und das Projekt *Golf 2000* sind Auslöser und Anlass für Isabels und Fabrices Tod, sondern Isabel selbst. Ihre Wirkung auf Männer. Die Art wie sie mit ihnen umging, sie anzog und gleichzeitig wegstieß. Sie spielte mit ihnen. Jeder der drei Männer dachte, er hätte eine Chance, bei ihr zu landen. Doch sie ließ sie auf unterschiedliche Weise zappeln und amüsierte sich parallel mit immer neuen Kerlen.«

Ponte konnte spontan Lucies Vermutungen etwas abgewinnen.

»Das, was du sagst, steht nicht im Widerspruch zu meiner Überlegung. Emery stand gegenüber Isabel und Fabrice im Wort. Er hat sie engagiert, setzte sie und sich selbst unter Erfolgsdruck. Die gewonnenen Investoren, warteten auf einen offiziellen Start des Projekts, welches bereits in der Presse angekündigt wurde. Es entstand ein Automatismus. Im positiven wie im negativen Sinn. Geld lockt Geld. Namen locken Namen.«

So ganz konnte Lucie ihrem Kollegen nicht folgen.

»Es gab keine Zusage. Der Bürgermeister hat das Projekt nicht genehmigt.«

»Es war nur eine Frage der Zeit, dass er es tun würde. Wenn Emery genügend Geld zusammenbekommen hätte, dann wären die Widerstände überwunden worden. Deshalb kam ein Ausstieg Bernard Bonnabels zur Unzeit. Der Makler sah rot. Er beauftragte einen Killer. Tragischerweise …«

Lucie setzte Pontes Ausführungen fort.

»Gab es einen Streit zwischen Isabel, Fabrice, Franc und Malik. Ich lasse die beiden Letzteren von einem Arzt auf Verletzungen untersuchen. Dann hätten wir den Beweis, dass sie an dem Kampf mit den Golfschlägern direkt beteiligt waren. Wenn dem so ist, knöpfe ich sie mir vor.«

»Und ich besuche *Monsieur* Emery im Krankenhaus in *Cannes*. Ich gehe davon aus, dass er auspackt. So tief wie er in der Scheiße steckt.«

Lucies Zuversicht stieg.

»Du wirst sehen, wir kommen der Lösung Stück für Stück näher.«

Er kicherte.

»Als Einzelkämpfer wäre das kaum möglich.«

»Sag das nicht Sebastian Cassel. Er ist der Meinung, wir verschwenden unsere Energie für Palaver.«

Ponte gab zu:

»Diese Ansicht habe ich bis vor Kurzem auch geteilt.«

»Oh! Lernt der *Commissaire* etwa dazu?«, stichelte Lucie.

»Woran das wohl liegt …«

»Du sprichst in Rätseln.«

»Lassen wir das. An die Arbeit«, befahl Ponte in gespieltem Befehlston.

»Zu Befehl!«, rief Lucie zum Spaß.

Sie hatten sich geeinigt. Und beendeten ihr Telefonat.

Chapitre quinze

Unerwarteter Besuch

Vom Telefonieren war Lucies Kopf ganz heiß. Sie wollte die gewonnenen Erkenntnisse verarbeiten und sich entspannen. Dafür gab es einen von ihr favorisierten Ort. Er lag direkt vor der *Gendarmerie,* unter Schatten spendenden alten Platanen. An ihren Lieblingsbaum gelehnt, eine *Gitanes* rauchend ließ sie ihre Gedanken schweifen.

Die Touristen, die auf den Platz kamen, um ein Foto von der berühmten *Gendarmerie* zu schießen, in der Louis de Funès in seiner Paraderolle brilliert hatte, störten sie nicht. Sie fühlte sich eher angeregt, an einem Ort zu arbeiten, der den Menschen Freude bereitete.

Bei ihren Überlegungen stellte sie fest, dass sie bisher keinen Fall bearbeitet hatte, in dem drei Männer eine Frau begehrten und deshalb aneinandergerieten. Lag es an dem männlichen Geschlecht, sinnlose Gewalt anzuwenden, um eine Frau für sich zu gewinnen? Oder war es das weibliche Gebaren, das die Männer provozierte, so dass sie unkontrolliert ausrasteten und sich bekämpften?

Wahrscheinlich kam bei einem Mord wie diesem alles zusammen. Eifersucht, Besitzansprüche, Triebe, Verzweiflung und der Moment, in dem alle Vernunft ausgeschaltet wurde und kumulierte, bis ein Vulkan der Gewalt ausbrach.

Der Mensch wurde zum Tier, das sich in sein Opfer verbiss. Da die *Commissaire* sich beruflich mit Gewaltverbrechen beschäftigte und auskannte, erschreckte sie ihre Analyse nicht. Der Durchschnittsmensch verdrängte und verurteilte solche emotionalen Ausbrüche. Gleichzeitig übten sie eine Faszination aus, sonst gäbe es nicht jeden Tag reißerische Meldungen von Morden, Entführungen und Anschlägen in Zeitungen und dem Fernsehen.

»*Excusez-moi,* Sie sind doch *Commissaire* Girard?«, sprach sie eine Frau an, die Lucie bekannt vorkam.

»Ja, die bin ich. Und Sie sind?«

»Ich bin Pauline Ferrand. Die Haushälterin. Wir sind uns in der *Villa Martine* begegnet.«

Lucie lächelte die Frau an.

»Natürlich, ich erinnere mich. Ihre Kleidung hat mich irritiert.«

»Das geht vielen Leuten so. In meinem Beruf trage ich grundsätzlich eine weiße Kittelschürze. Es ist praktischer als modische Kleider. Aber hier in *Saint-Tropez* ist das etwas anderes. Ich habe Freude daran, mich schick anzuziehen.«

»Das Kostüm steht Ihnen gut, *Madame*«, schmeichelte Lucie.

»*Merci, Commissaire.* Hätten Sie einen Moment Zeit für mich? Ich habe Ihnen etwas mitzuteilen.«

»Sie kommen zum richtigen Zeitpunkt, als hätten Sie es abgepasst. Ich habe gerade über das Verbrechen nachgedacht, das in der *Villa Martine* geschah.«

Die Haushälterin mit der akkuraten Dauerwelle im Haar stimmte zu.

»Es lässt mich auch nicht mehr los. Ich hatte Ihnen ja bereits erklärt, dass ich mich, seit Isabels Eltern starben, um das Mädchen gekümmert habe.«

Lucie nickte und zeigte gleichzeitig auf den Eingang der *Gendarmerie.*

»Lassen Sie uns in mein Büro gehen. Da redet es sich ungestörter.«

Sie schritten gemeinsam auf das Gebäude zu. Pauline Ferrand redete ununterbrochen weiter.

»Ich war mit der Lebensweise von Isabel nicht einverstanden. Sie kannte weder Anstand, noch akzeptierte sie moralische Grenzen. Damit will ich nicht sagen, dass sie es verdient hat, zu sterben, verstehen Sie mich nicht falsch. Ganz unschuldig an ihrem Tod war sie aber nicht. Mir haben die Männer teilweise leidgetan. Sie hat sie ausgenutzt und gegeneinander ausgespielt. Oft fragte ich mich, warum sie das tat.«

Sie waren in Lucies Büro angelangt.

»Setzen Sie sich bitte, *Madame* Ferrand.«

»Danke. Wo war ich stehengeblieben. Genau. Ihre Art Macht auszuüben. Alle waren sie ihr verfallen. Selbst mein ...« Sie räusperte sich verlegen. Wobei Lucie bemerkte, dass ihre Befangenheit nur gespielt war. »Mein ... es fällt mir nach all den Jahren noch immer schwer, die passende Bezeichnung für ihn zu finden.«

»Von wem sprechen Sie, *Madame?«,* unterbrach Lucie den Redefluss.

»Von Pierre Emery. Wir sind liiert. Leben aber nicht zusammen. Dazu ist es nie gekommen.«

Lucie fragte lieber nach.

»Sie führen eine Liebesbeziehung?«

»So kann man es nennen, ja. Viele Jahre schon. Verrückt nicht?«

Lucie war einigermaßen überrascht. Der groß gewachsene, distinguierte, grau melierte Immobilienmakler und die pummelige, schwatzhafte Hausangestellte waren ein Paar.

»Warum haben Sie nie geheiratet?«, fragte Lucie geradeheraus.

Pauline Ferrand geriet nicht aus der Fassung. Sie antwortete selbstbewusst:

»Es hat sich nicht ergeben. Zuerst lag es an seinen Eltern, die mich nicht akzeptierten. Dann an seinen beruflichen Verpflichtungen. Und später …« Sie zögerte. »… an Isabel.«

Lucie wiederholte:

»An Isabel?«

»Sie hat sich dagegen ausgesprochen.«

»Hat sie es Ihnen gegenüber begründet?«, wollte Lucie wissen.

»Nicht explizit. Mir war aber klar, dass ich als Ehefrau des bekannten Maklers Pierre Emery nicht in sein öffentliches Leben passte. Ich gehe davon aus, ich hätte Isabels und sein Image belastet. Sie lebte vom Glamour, der sie umgab. Dem konnte ich nichts entgegensetzen.«

»Und wie stand Pierre Emery dazu? Konnte er sich nicht durchsetzen?«

Pauline runzelte die Stirn.

»Wenn er gewollt hätte, schon. Er war mit dem Arrangement, wie es sich ergeben hatte, zufrieden. Ich war im Hintergrund für ihn da, wenn er mich brauchte. Isabel behandelte er seit Langem wie seine leibliche Tochter. Ihr Gehabe in der Öffentlichkeit kam seinem Geschäft zugute. Beide spielten mit ihrem Image in der Presse. Das Paar, das keines war. Oder doch? Das war ihre Masche.«

Die Haushälterin hatte viele Demütigungen ertragen müssen, das erahnte Lucie. Sie fragte sich, warum Pauline ihre tragische Liebesgeschichte vor ihr ausbreitete.

»Wie sind Sie damit umgegangen, *Madame?*«

»Ich habe mich wohl oder übel mit der Situation abgefunden. Bis zu Isabels Tod.«

Lucie nutzte erneut die Strategie der Wiederholung.

»Bis zu Isabels Tod? Und dann?«

Pauline lächelte verschmitzt.

»Das erfahren sie gleich.«

Die *Commissaire* griff zur Zigarettenpackung und reichte sie über den Schreibtisch zu der Haushälterin.

»Merci. Ausnahmsweise gönne ich mir eine *Gitanes.«*

Sie zog eine der filterlosen Zigaretten heraus, klemmte sie sich zwischen ihre roten Lippen und nuschelte:

»Haben Sie Feuer?«

Lucie zückte ihr silbernes Benzinfeuerzeug, umrundete den Schreibtisch und hielt die Flamme an die Zigarettenspitze.

Pauline bedankte sich und nahm einen ersten Zug.

»Ah, das tut gut. Ich fühle mich befreit!«

Lucie war von Pauline Ferrands Auftreten und ihren Geständnissen irritiert. Sie fragte nicht nach, sondern rauchte und wartete. Es dauerte einige Minuten, bis die Haushälterin erklärte:

»Ich weiß nicht, wie lange ich es noch ausgehalten hätte. Die letzten zwanzig Jahre meines Lebens war ich für Isabel da. Sie hat es mir nie gedankt. Im Gegenteil. Sie hat mich wie einen Putzlappen behandelt. Ihr Tod ist eine Befreiung für mich. Ich bin ihrem Mörder dankbar. Wer auch immer es war. Das wollte ich loswerden. Ich bin bereit, meine Aussage und Haltung vor Gericht zu wiederholen. Damit dem Täter mildernde Umstände anerkannt werden.«

Lucie hatte ein solches Verhalten in ihrer Laufbahn noch nicht erlebt. Die Frau präsentierte ihr ein Motiv auf dem Silbertablett. War Pauline des Mordes an Isabel Marin schuldig? Sollte die *Commissaire* mit ihren Theorien komplett falschliegen? Sie musste die Haushälterin ein weiteres Mal fragen:

»*Madame* Ferrand, wo hielten Sie sich letzten Samstag auf?«

Die Antwort kam, ohne zu zögern:

»In meiner Wohnung in *Saint-Tropez*. Ich habe dafür keine Zeugen.« Sie zögerte. Dann rief sie: »Doch! Da fällt mir ein, ich war auf dem Markt einkaufen. Am Käsestand müssten sie sich an mich erinnern. Ich bin noch einmal zurück, weil ich mein Käsepaket vergessen habe. Genau. So war es.«

»Wir werden es überprüfen.«

Bisher hatte Lucie Pauline Ferrand reden lassen. Jetzt ergriff sie das Wort.

»Sie sagten, Pierre Emery und Sie seien ein Paar. Inoffiziell.«

Pauline drückte die *Gitanes* im Ascher aus, beugte sich vor und antwortete mit einem selbstzufriedenen Lächeln.

»So ist es.«

»Nun gut. Dann haben Sie sicher mitbekommen, dass er in seiner *Agence* niedergeschlagen wurde und sich momentan im Krankenhaus in *Cannes* befindet.«

Paulines Lächeln erstarb.

»*Mon Dieu!* Nein. Das wusste ich nicht. Ich habe gestern mit ihm telefoniert. Das Gespräch brach mittendrin ab.«

Lucie setzte noch eins oben drauf:

»Sie sollten wissen, dass wir gegen ihn ermitteln. Er steht im Verdacht, einen Mord in Auftrag gegeben zu haben.«

Pauline fiel aus allen Wolken. Sie regte sich künstlich auf.

»Womit habe ich das verdient? Was hat er getan? Einen Mord beauftragt? Mein Pierre? Das kann ich mir nicht vorstellen.«

»Ich kann momentan nicht mehr sagen, als dass es mit dem Großprojekt *Golf 2000* zusammenhängt.«

Pauline schüttelte ungläubig ihren Kopf.

»Ich habe ihm von Anfang davon abgeraten. Es ist eine Nummer zu groß für ihn. Die Millionen, die er einsammeln muss. Die Verpflichtungen, die er damit einging. Den Druck, den auf sich genommen hat. Und Isabel steckte mit drin.« Von ihrer eigenen Erkenntnis erschrocken, hielt Pauline die Hand vor den Mund. »Lag es an ihr? Hat sie ihn da reingeritten?«

Lucie beschwichtigte:

»Wir stecken mitten in den Ermittlungen. Zu einer aktiven Beteiligung Isabels kann ich nichts sagen.«

Pauline echauffierte sich.

»Sie hatte damit zu tun! Ich habe mitbekommen, dass Fabrice May sich über Isabels Untätigkeit aufgeregt hat. Sie sollte Investoren für das Projekt akquirieren. Was hat sie getan? Mit den Kerlen angebandelt. So war sie. Immer ging es um sie.«

»Wann war das? Haben Sie es persönlich erlebt?«

Mit ihren mehrfach beringten Fingern klammerte sich die Haushälterin an den Armlehnen des Stuhles fest, auf dem sie saß. Sie musste sich beherrschen. Ihre Stimme überschlug sich beim Reden.

»Wenn ich in der Villa zugegen war, habe ich alles hautnah mitbekommen. Isabel hat sich keine Mühe gegeben, ihr ungebührliches Verhalten zu verbergen. Fabrice konnte nervtötend sein. Das gebe ich zu. Er hat seine Vorwürfe gebetsmühlenartig wiederholt. Isabel hätte sich noch nicht einmal die Mühe gemacht, den Verkaufsprospekt von *Golf*

2000 zu studieren, warf er ihr vor. Sie hätte weder die Fakten der Villen, Appartements und Grundstücke parat, noch würde sie wissen, wie die Geschäftsabläufe seien, die bei einem Kaufinteresse abliefen. Sie würde nur Chaos produzieren.«

»Das Verhältnis zu Fabrice war also angespannt«, resümierte Lucie.

»Angespannt ist gar kein Ausdruck. Es war explosiv. Als herauskam, dass Isabel einige der Interessenten in die Villa mitgenommen und sich mit ihnen vergnügt hatte, rastete Fabrice aus.«

Lucie gab zu bedenken:

»Mich wundert, dass er es war, den Isabels Verhalten dermaßen aufregte. Warum nahm sich Pierre Isabel nicht vor? Er wurde durch sie am meisten geschädigt.«

Pauline warf ihren Kopf in den Nacken und lachte laut auf.

»Pierre hat sein Mädchen mit Samthandschuhen angefasst. Er hätte nie Kritik an ihr geübt. Außerdem glaube ich, dass Fabrice sich so verhielt, weil er wie all die anderen Kerle in Isabel verschossen war. Er hatte was Dominantes an sich. Am liebsten hätte er sie gezüchtigt und wäre über sie hergefallen. Entschuldigen Sie meine Ausdrucksweise, *Commissaire.*«

»Kein Problem. Sie hilft mir, seinen wahren Charakter einzuschätzen.«

Ihr Gespräch war an einem Punkt angekommen, an dem Lucie die entscheidende Frage stellte:

»*Madame* Ferrand, was meinen Sie, hat Fabrice Isabel erschlagen?«

Paulines Mimik war angespannt. Ihre Antwort war dementsprechend.

»Ich will dazu nichts sagen ...« Es wirkte so, als ob sie nicht weiterreden wollte. Doch sie überlegte es sich anders. »Fragen Sie Malik.«

Dann wandte die Haushälterin sich ab. Sah die *Commissaire* nicht mehr an.

»Bitte entschuldigen Sie mich. Ich möchte Pierre im Krankenhaus besuchen. Sie verstehen.«

Pauline Ferrand schwieg. Lucie konnte keine weiteren Informationen aus ihr herausbekommen.

Nachdem die Haushälterin gegangen war, kehrte Lucie an ihre Platane zurück. Sie fühlte sich wie die Katze, die vor dem Mauseloch auf die Maus wartete. Was sie beruhigte, war die Vermutung, dass es nur eine Frage der Zeit war, bis diese herauskommen würde.

Am liebsten wäre sie zu *Docteur* Lefabre gefahren, um dabei zu sein, wenn Malik Djoudi untersucht wurde. Doch sie wollte *Gendarm* Hugo nicht hineinpfuschen. Er hatte es verdient, selbstbestimmt zu agieren und ihr mitzuteilen, was bei der Untersuchung herausgekommen war.

Um die Zeit totzuschlagen, rauchte sie noch eine *Gitanes*. Danach hielt sie es nicht mehr aus, ging in ihr Büro und rief in *Docteur* Lefabres Praxis an. Die Sprechstundenhilfe nahm ab. Der junge Mann sei momentan im Behandlungszimmer, informierte sie die *Commissaire*. Lucie kündigte an, dass sie gleich vorbeikommen würde. Malik sollte auf sie warten. Sie wollte mit ihm sprechen.

Lucie war überzeugt, die richtige Entscheidung getroffen zu haben. Sie griff zu dem Autoschlüssel und zu ihrer Umhängetasche und stieg in ihren *Citroën GSA*.

Die Fahrt nach *Cogolin* dauerte wegen des hohen Verkehrsaufkommens eine halbe Stunde. Während der Fahrt schmerzte ihr linkes Bein vom andauernden Kuppeln. Sie zuckelte hinter Wohnwagen mit holländischen Kennzeichen her. Mehrmals bereute sie, nicht den Dienstwagen der *Gendarmerie* genommen zu haben. Eine Sirene und Blaulicht wäre in ihrer Lage äußerst hilfreich.

Immerhin war der Parkplatz neben *Docteur* Lefabres klappriger *Citroën Acadiane* frei. Genervt und ungeduldig sprang sie aus ihrem Wagen. Bevor sie den Eingang der Praxis erreichte, kam ihr *Gendarm* Hugo entgegen. Er sah nicht glücklich aus.

»Er ist geflohen. Malik Djoudi hat die Untersuchung mittendrin abgebrochen. Er hat uns überrumpelt. Es tut mir leid!«

Lucie stand wie angewurzelt auf dem Treppenabsatz. Sie wusste erst einmal nicht, was sie sagen sollte. Auch *Gendarm* Hugo schwieg. Sein schlechtes Gewissen plagte ihn.

»Wie konnte das passieren?«

Hugo hob seine Kappe an und kratzte sich in den Haaren, die widerspenstig abstanden.

»Zuerst war er willig. Ich habe ihn in seiner Bleibe abgeholt. Übrigens wohnt er nicht an der von ihm angegebenen Adresse. Ich konnte ihn über einen Freund, der einen Abschleppdienst in *Saint-Tropez* hat, ausfindig machen. Malik haust in einer Garage auf dem Hafenparkplatz. Dort habe ich ihn angetroffen und abgeführt. Als *Docteur* Lefabre ihn aufforderte, Hemd und Hose auszuziehen, floh er aus dem Behandlungsraum. Ich wollte ihn verfolgen, doch der Kerl kann verdammt schnell laufen. Er ist die Straße runter, um die Ecke in den Feldweg. Im kleinen Wäldchen habe ich ihn aus den Augen verloren.«

Was blieb Lucie übrig, als sich mit der Situation

abzufinden. Trotzdem traf sie eine Entscheidung.

»Hugo, Sie wohnen in *Saint-Tropez.*«

Der *Gendarm* nickte.

»Dann bewachen Sie heute Nacht die Bleibe von Malik Djoudi.«

Hugo reagierte, wie sie es von ihm gewohnt war. Er salutierte.

»Zu Befehl, *Madame la Commissaire* Girard. Ich beziehe Stellung. Aber was soll ich tun, falls er auftaucht. Festnehmen?«

»Genau. Sie nehmen ihn mit und sperren ihn in unsere Zelle. Da soll er die Nacht verbringen. Morgen knöpfe ich ihn mir vor.«

Er salutierte erneut. Lucie verkniff sich ein Lächeln.

»Ich fahre zurück in die *Gendarmerie.* Anschließend werde ich in *Cannes* anrufen, ob wenigstens die Untersuchung von Franc Leroux erfolgreich verlaufen ist.«

Gendarm Hugo sah seine Vorgesetzte hilflos an.

»Soll ich jetzt schon zu seiner Garage?«

»Sicher. Richten Sie sich dort ein. Aber parken Sie das Fahrzeug der *Gendarmerie* in einiger Entfernung, damit er nicht abgeschreckt wird.«

»Zu Befehl, *Commissaire.* Ich starte sofort.«

Lucie hatte keine Lust auf eine Konversation mit *Docteur* Lefabre. Auch sie stieg in ihren Wagen und fuhr nach *Saint-Tropez* zurück.

Dort angekommen, rief sie Babette an. Ihr Bericht war positiv und passte zu Lucies Überlegungen. Franc Leroux' Körper war von Hämatomen übersät. Er musste höllische Schmerzen haben, urteilte der *Docteur,* der ihn untersucht hatte. Die *Commissaire* war sich sicher, dass der Verlobte von

Isabel in die Auseinandersetzung mit den Golfschlägern involviert gewesen war. Was ihr fehlte, waren ein Beweis oder ein Geständnis.

Sie hatte gelernt, geduldig zu bleiben. Manchmal ergaben sich die Dinge von selbst.

Chapitre seize

Var Matin

Skandalprojekt Golf 2000. Mordanschlag auf Bauunternehmer aus Cannes

Commissaire Michel Ponte ermittelt im Fall des Luxus-Bauvorhabens im Golfclub Saint-Tropez

Am letzten Samstag explodierte die Jacht des Bauunternehmers Bernard Bonnabel im Hafen von Saint-Tropez. Mit ihm starb sein Skipper. Die Polizei nahm sofort die Ermittlungen auf. Commissaire Ponte, konnte schnell eine Verbindung zu einem Großprojekt herstellen, das auf der Halbinsel zwischen Saint-Tropez und Grimaud realisiert werden soll. Er fand heraus, dass der Bauunternehmer und sein Partner, der Immobilienmakler Pierre Emery, dessen Firma *LuxEstate* das Projekt Golf 2000 vermarktet, zerstritten waren.
Auf Nachfrage der Zeitung beim Bürgermeister von Saint-Tropez war Golf 2000 bisher nicht von offizieller Seite genehmigt worden. Es gebe erste Überlegungen und Pläne. Eine Vergabe sei noch nicht entschieden. Die Vermutung liegt nahe, dass sich Emery und

Bonnabel verkalkuliert und übernommen haben.
Alleine die Vorfinanzierung hat nach Recherchen von *Var Matin* bereits eine Million Francs gekostet.
Commissaire Ponte bittet um Mithilfe der Bevölkerung.
Im Zusammenhang mit dem Bombenattentat wird ein Mann Mitte vierzig, schwarze Haare, sonnengebräunt, von großer Statur gesucht. Er soll sich im Raum Cannes aufhalten. Er wird verdächtigt, den Anschlag vorbereitet zu haben.
Auf Seite drei lesen Sie ein exklusives Interview mit dem aus Paris stammenden Commissaire Ponte, der seit Kurzem von Sainte-Maxime aus an der Côte d'Azur ermittelt.

Lucie verschluckte sich an ihrem *Croissant*. Sie musste husten. Ihre Augen tränten. Dabei verschwamm der Artikel in der Lokalpresse vor ihren Augen.

Was bildete sich Ponte ein? Sie hatte ihn in Verdacht, eigenständig Kontakt mit der *Var Matin* aufgenommen zu haben. Er war neu in der Gegend. Die Reporter kannten ihn noch nicht. Deshalb musste die Initiative von ihm ausgegangen sein. Sie ärgerte sich, dass nicht ihr Name in der Zeitung erwähnt wurde.

Um sich zu beruhigen, ging sie zur Mauer ihrer Dachterrasse. Dort gab es einen Aschenbecher und eine Packung *Gitanes* lag bereit. Nachdem die Zigarette brannte und sie einen Zug genommen hatte, ließ sie ihren Blick über das *Esterel*-Gebirge schweifen, das sich am Horizont abzeichnete. Sie musste blinzeln, denn die Morgensonne blendete sie. Eigentlich wollte sie das Interview nicht lesen. Es würde sie nur unnötig aufregen. Doch ihre Neugier war stärker. Sie griff sich die Zeitung, die auf dem Tisch lag und legte sie vor sich auf die Steinmauer.

Auf Seite 3 entdeckte Sie einen von den restlichen Artikeln gestalterisch hervorgehobenen Kasten. Mitten im Fließtext sah sie das Konterfei von Ponte mit einem zuversichtlichen Grinsen. Darunter stand geschrieben:

Michel Ponte. Kommissar aus Paris auf Spurensuche an der Côte d'Azur.

Die Fragen, die folgten, waren banal. Seine Antworten ebenso. Er erklärte, wie Polizeiarbeit ablief. Es waren allgemeine Floskeln, nichts Besonderes oder Innovatives. Trotzdem sorgte das Interview dafür, dass beim Leser der Eindruck entstand, der Mann aus Paris würde neue Methoden an der *Côte d'Azur* einführen.

Lucie kochte innerlich. Wie würde ihr gemeinsamer Chef, Sebastian Cassel auf das Interview reagieren? Er wurde darin nicht erwähnt. Es las sich, als ob Ponte alleine agieren würde. Sie war sich sicher, der neue *Commisaire* hatte sich ein Problem eingehandelt. Eines? Bestimmt gleich mehrere. Lag es an seinem Minderwertigkeitskomplex, der für die maßlose Selbstüberschätzung sorgte, die er in der Zeitung zur Schau stellte? Cassel duldete ein solches Verhalten nicht. Noch weniger die Präfektin Gisele Mailard. Interviews durften nur in Abstimmung mit der Polizeizentrale in *Toulon* gegeben und veröffentlicht werden. Wusste das Ponte nicht? Oder war es ihm egal? War er naiv? Oder hatte der Mann größere

Pläne? Auf jeden Fall war sein Handeln Lucie suspekt.

Sie blätterte weiter. Im Lokalteil stieß sie auf die Überschrift:

Golftrainer erleidet tödlichen Kollaps auf dem Grün.

Fabrice May, der Trainer des Golfclubs Saint-Tropez, stirbt unerwartet beim morgendlichen Spiel. Polizei ordnet Obduktion an.

Es handelte sich um eine Meldung im Sportteil, die von der Pressestelle des Polizeipräsidiums herausgegeben worden war. Eigentlich müsste es einen zweiten Artikel zu Isabel Marins Tod geben, denn sie war auch in *Toulon* bei *Docteur* Honfleur eingeliefert worden.

Auf der nächsten Seite wurde sie fündig. Bei der Formulierung der Überschrift war ein Boulevardredakteur beteiligt gewesen. Sie las sich weniger sachlich.

Wer hat Isabel Marin umgebracht? Das Model wurde erschlagen in ihrer Villa aufgefunden.

Sie gehörte zu jeder Party in Saint-Tropez. Man bewunderte ihr Golfspiel und las ihre Modetipps in der *Vogue*. Isabel Marin war prominent und die High-Society liebte sie. Am letzten Samstag wurde sie mit zerschmettertem Schädel in der Küche ihrer Villa gefunden.

Laut der Haushälterin war die letzte Person, die sie

besuchte, ihr Verlobter, ein Fitnesstrainer aus Cannes. Isabel Marin hatte viele Verehrer. In den vergangenen Wochen wurde sie mit unterschiedlichen Männern bei Vernissagen und Modeschauen gesehen. Die Vermutung liegt nahe, dass es sich um eine Beziehungstat handelt. Ein Fall für Commissaire Girard. Die bekannte Polizistin ist von einer USA-Reise zurück. Sie hat unmittelbar die Ermittlungen aufgenommen.

Woher hatte der Journalist diese Information? Sie vermutete, dass ihr Chef dahintersteckte. Bei Rückfragen der Presse wurde er informiert und gab Auskunft. Diese Regel war eingeführt worden, um die Kommunikation der Mordfälle von einer zentralen Stelle aus zu koordinieren.

Lucie hatte sich damit abgefunden, nicht mehr persönlich mit den Presseleuten Kontakt zu halten. Noch vor einigen Jahren pflegte sie einen regen Austausch mit der Chefredakteurin der *Var Matin.* Sie hatte gelernt, mit den Methoden der Reporter umzugehen. Es war ein Geben und Nehmen. Es hatte Fälle gegeben, bei denen die Öffentlichkeit zur Aufklärung eingeschaltet worden war. Oft mit Erfolg.

In der Küche klingelte das Telefon. Sie legte die Zeitung auf den Mosaiktisch zurück. Weil es heute windig war, sicherte sie das Lokalblatt mit einem Stein.

»Madame la Commissaire Girard!«, die aufgeregte Stimme von *Gendarm* Hugo war zu hören.

»Was gibt es?«

Er verschluckte sich an seinen Worten.

»M … Malik … ich habe wie befohlen die Garage, in der er wohnt, überwacht.«

»Ist er wieder aufgetaucht?«

»Ja. Heute Nacht gegen drei Uhr.«

»Haben Sie ihn in Gewahrsam genommen?«

Hugo hüstelte.

»Nicht sofort.«

»Was heißt nicht sofort. Sitzt er in der Zelle oder nicht?«

»Er liegt im Krankenhaus in *Fréjus.*«

»Wieso das?«

Wieder ein Hüsteln.

»Er hat sich die Pulsadern aufgeschnitten.«

»Verdammt.«

»Es tut mir leid.«

»Wieso?«

»Ich war nicht schnell genug bei ihm.«

»Machen Sie sich keine Vorwürfe. Er scheint ein labiler Typ zu sein. Und ein schlechtes Gewissen zu haben.«

»Meinen Sie?«, fragte Hugo verunsichert.

»Absolut. Wo sind Sie? Im Krankenhaus?«

»Ja.«

»Ich bin in fünfzehn Minuten bei Ihnen. Halten Sie die Stellung.«

»Jawohl, *Madame la Commissaire.*«

»Ist Malik ansprechbar?«

»Ich denke schon. Er hat viel Blut verloren. Der Arzt sagt, er hätte Glück gehabt. Wenige Minuten später …«

»Dann haben Sie ihn gerettet. Er sollte Ihnen dankbar sein.«

»Es war schlimm. Alles voller Blut.«

»Ich bin gleich bei Ihnen.«

Lucie legte auf.

Jetzt war der ideale Moment, mit Malik zu sprechen. Er war schwach und verunsichert.

Wie war er hierher gekommen? Er konnte sich nicht erinnern. Das Letzte, was er bewusst wahrgenommen hatte, war die Rasierklinge in seiner Hand. Er hatte gedacht, er sei zu feige, sich die Pulsadern damit aufzuschneiden. Immer wieder hatte er die Situation in seinem Kopf durchgespielt. Die dünne Klinge in seiner Hand. Der Schauer, der ihm über den Rücken lief, wenn die scharfe Seite seine Haut berührte. Der kurze Schreck des Schmerzes. Dann das warme Blut, das im Rhythmus des Herzschlages herausquoll. Bisher war er immer zu ängstlich gewesen. Doch gestern war der Moment gekommen. Er hatte es getan. Ohne Erfolg. Er lebte noch. Ein dicker Verband an seinem Handgelenk war der Beweis. Jemand hatte ihn gerettet.

Am anderen Arm spürte er einen Schlauch, der zu einem Beutel führte, aus dem eine klare Flüssigkeit in seinen Körper floss. Er befand sich in einer Klinik. Vermutlich auf der gegenüberliegenden Seite der Bucht in *Fréjus* oder *Saint-Raphaël.*

Das Licht über ihm war grell. Seine Gedanken dunkel. Er konnte die Bilder, die ihn seit Samstag aufsuchten, nicht loswerden. Der Schlag, der Isabel mit voller Wucht mitten im Gesicht traf. Das Knacken der Knochen. Das fiese schmatzende Geräusch, der Hirnmasse, die aus ihrem Schädel quoll. Die Vorstellung vernichtete ihn. Sein Lebenswille sank, Stunde um Stunde, Tag um Tag.

Wie konnte er sich Erleichterung verschaffen? Gab es überhaupt einen Ausweg? Er wollte fliehen. *Saint-Tropez* für immer verlassen. Rüber nach Italien und von dort aus weiter nach Albanien oder Griechenland. Ein neues Leben beginnen. Es hörte sich so einfach an. Doch er kam nicht weg. Das Geschehene hielt ihn fest. Sein Gewissen pochte auf ein gerechtes Urteil.

Im Wahn war er durch die Gassen von *Saint-Tropez* geirrt. Die ganze Nacht über fand er keine Ruhe. Seine Füße trugen ihn, ohne ein Ziel anzusteuern. An einem Strandabschnitt in der Nähe der Zitadelle ließ er sich in den Sand fallen. Sein Herz pochte wie wild. Seine Gedanken rasten. Schuldig. Sein schlechtes Gewissen fraß ihn auf. Zersetze seine Eingeweide. Er stieß sauer auf. Musste sich übergeben. Vor Verzweiflung und Hass gegen sich selbst, boxte er sich ins Gesicht. Er spürte keinen Schmerz. Sein Geist und sein Körper waren taub. Sollte er hier Schluss machen? Langsam ins Meer laufen, um sich zu ertränken?

Nein! Er war noch nicht bereit. Ruckartig erhob er sich. Setzte seinen Weg fort. Dieses Mal mit einem Ziel. Er wollte zurück in seine Garage. Dort würde er seinem Leben ein Ende setzen. Ein für alle Mal. Er war fest entschlossen.

Die Rasierklinge lag auf dem Waschbecken bereit. Er nahm sie. Prüfte die Schärfe an seinem Finger. Ein Tropfen Blut quoll aus dem feinen Schnitt. Sein Bett war ordentlich gemacht. Er legte sich darauf. Atmete dreimal. Zweifel kamen in ihm hoch. Er schob sie beiseite. Setzte sich. Tat das, was er in Gedanken geübt hatte. Ein schneller Schnitt und alles war vorbei. Es dauerte. Er sah das Blut. Ihm wurde übel. Schwindelig. Dann kam die Dunkelheit. Und die Ruhe. Ewiger Frieden.

Nein! Er lebte! Jemand hatte ihn gefunden und seine Existenz bewahrt. Sollte er ihm dankbar sein? Sich erleichtern und reden?

Es klopfte an der Tür. Er hob seinen Kopf und sah eine Uniform. Diese trug ein stattlicher Mann, der ihn aufmunternd anlächelte. Er hörte ihn sagen:

»Was machen Sie nur für Sachen? Wie geht es Ihnen, *Monsieur* Djoudi?«

Der Angesprochene blinzelte in das Deckenlicht.

»Mies.«

»Ich bin *Gendarm* Hugo Martin. Ich habe Sie gefunden, weil ich die Aufgabe hatte, Sie zu überwachen.«

»Was für ein Pech.«

Hugo stand direkt neben Malik und beugte sich zu ihm herunter.

»Sagen Sie nicht sowas. Sie sind jung. Haben Ihr Leben vor sich.«

Malik starrte ins Leere.

Die Tür öffnete sich erneut. Er bemerkte ein ihm bekanntes Gesicht, das in dem Spalt erschien.

»Commissaire …«

»Monsieur Djoudi. Wir sollten reden.«

Gendarm Hugo trat zwei Schritte zurück und überließ Lucie Girard den Platz neben dem Bett des Verdächtigen.

»Sie kommen wegen Isabel«, seufzte Malik.

»Sie haben sie geliebt.«

Er nickte und kämpfte mit den Tränen. Die *Commissaire* ließ ihn für ein paar Minuten in Ruhe. Er weinte sich aus. Schluchzte. Zitterte. Lucie gab ihm ein Papiertuch aus einem Spender. Er wischte sich die Tränen weg. Seine Augen wanderten zu den beiden Personen, die ihn erwartungsvoll ansahen.

»Isabel hat Sie von sich gestoßen«, behauptete Lucie.

»Ich … ich war nicht der Richtige für sie. Passte nicht in ihr Leben.«

»Trotzdem blieben Sie in ihrer Nähe.«

Er sah in sich hinein. Holte die Vergangenheit in sein Bewusstsein zurück.

»Was sollte ich anderes tun? Ich habe in der Villa gearbeitet.«

Irgendetwas störte ihn. Er hob seine unverletzte Hand.

»Muss ich diesen Tropf weiter tragen?«

»Ich frage den Arzt, wenn wir fertig sind. Bleiben wir beim Thema«, Lucie ließ nicht locker. »Sie haben jeden Schritt Isabels in der Villa verfolgt.«

Er musste nicht antworten. Lucie sah ihm an, dass es so gewesen war.

»Dabei haben sie mitbekommen, mit welchen Männern sie sich traf.«

»Sie hatte Liebhaber.«

»Von denen sie Geld bekam?«

»Kann sein.«

Er blieb vage. Sie wurde konkreter.

»Was sagte Isabels Verlobter, Franc Leroux, dazu? Sie kannten ihn sicherlich.«

Er versuchte, sich aufzurichten. Sackte aber wieder zurück.

»Wir sind uns begegnet. Haben ein paar Worte gewechselt. Ich habe ihre Streitereien teilweise mitbekommen. Sie hielten sich gerne am Swimmingpool auf.«

Lucie notierte sich die wichtigsten Fakten. Dabei saß sie auf dem harten Besucherstuhl, den sie auf Maliks Brusthöhe gerückt hatte. Bei ihrer nächsten Frage kam sie ihm bis auf wenige Zentimeter nah.

»Hat er seine Verlobte geschlagen?«

»Nein. Ich habe nichts mitbekommen.«

Malik wurde wacher. Er sprach nun flüssig.

»Franc besuchte Isabel nur ab und zu. Er war die meiste Zeit in Cannes. Sie ging auf Partys im Auftrag von *Monsieur* Emery.«

»Tat sie das gern?«

Er lächelte sanftmütig.

»Sie liebte es. Ich habe sie beobachtet, wie sie sich vorbereitet hat. Sie saß stundenlang an ihrem Schminktisch und probierte alle möglichen Kleider an.«

Sein Lächeln wirkte verzückt.

»Sie war wunderhübsch.«

»Wissen Sie, wer sonst noch regelmäßig zu Besuch kam? Abgesehen von ihrem Verlobten und *Monsieur* Emery?«

Malik musste nicht lange überlegen.

»Ein Typ hat sie mehrmals besucht. Sie kannte ihn vom Golf. Seinen Namen habe ich nicht mitbekommen. Gut verstanden haben sie sich nicht. Es wurde öfter mal laut.«

Lucie legte eine Pause ein, während der sie Malik genau musterte. Er starrte an die Decke, vermied jeden Augenkontakt.

»*Monsieur* Djoudi, kommen wir zum Todestag von Isabel, letzten Samstag. Sie sagten, Sie hätten in einer anderen Villa zu tun gehabt. Könnte es sein, dass Sie dennoch zur *Villa Martine* zurückgekehrt sind?« Die *Commissaire* deutete auf seine mit blauen Flecken übersäten Arme. »Ihre Blessuren verraten Sie. Wir haben ähnliche Verletzungen bei Franc Leroux festgestellt. Haben Sie sich geprügelt?«

Lucie war sich nicht sicher, ob Malik bereit war, mit der Wahrheit herauszurücken. Doch sie sah es als ihre Pflicht an, ihn zu fragen. Sein Selbstmordversuch war wie ein stilles

Geständnis.

»Wir haben uns geschworen, uns nicht gegenseitig zu beschuldigen oder zu verraten. Ich halte mich daran.«

»Wer ist wir?«

Fabrice, Franc und ich.

»Fabrice ist tot.«

Er schien es zu wissen. Seine Gesichtszüge blieben unverändert.

»Das ändert nichts an meiner Haltung.«

»Sie alle drei wurden verwundet. Fabrice starb in der Folge an inneren Blutungen. Ihn hat es am heftigsten erwischt. Sie haben nur leichte Verletzungen davongetragen. Ich schließe daraus, dass Sie weniger aktiv an der Auseinandersetzung mit den Golfschlägern beteiligt waren.«

Abwehrend hob er seinen freien Arm.

»Ich sage nichts mehr.«

Du *Commissaire* stand auf und ging zum Fenster. Mit dem Rücken zu Malik gewandt, sprach sie gelassen aus, was den jungen Mann erwartete, wenn er weiter schwieg.

»Sie und Franc Leroux werden der Mittäterschaft an der Ermordung von Isabel Marin angeklagt werden. Falls Sie aktiv daran beteiligt waren, verbringen sie die nächsten Jahre in einem Gefängnis. Denken Sie darüber nach, ob ihr Schweigen das wert ist. Ich gebe Ihnen bis morgen Zeit, es sich anders zu überlegen.«

Lucie drehte sich um, griff nach ihrem Notizheft und packte es samt Bleistift in ihre Umhängetasche.

»Kommen Sie, Hugo. Wir haben Besseres zu tun.«

Ohne ein weiteres Wort zu verlieren, verließen Sie Malik Djoudi.

Hinter der verschlossenen Tür wollte Hugo wissen.

»Wird er gestehen?«

Lucie zuckte mit den Schultern.

»Ich vermute, das hängt davon ab, wer der Mörder ist.«

Gendarm Hugo sprach aus, was offensichtlich war:

»Fabrice oder Franc?«

»Mit Franc können wir reden. Das sollten wir schleunigst tun.«

»Jawohl, *Madame la Commissaire.«*

»Fahren Sie mich nach *Cannes?«*

Hugo grinste breit.

»Es ist mir ein Vergnügen.«

Chapitre dix-sept

Cannes am Nachmittag

Sie trafen Franc Leroux am Strand des Hotels *Carlton*. Er praktizierte Klimmzüge an einer Stange, die zu einem aufgebauten Trainings-Parkour gehörte. Sein Schüler sollte die Übung nachmachen, doch er hing wie ein nasser Sack an der Stange. Lucie ging zu Franc und fragte ihn, ohne auf sein Training Rücksicht zu nehmen.

»Wann sind Sie fertig? Ich muss mit Ihnen reden.«

Er reagierte patzig.

»Muss das sein? Ich habe zwischen diesem und dem nächsten Kunden fünfzehn Minuten Pause. Diese kann ich Ihnen anbieten.«

Lucie schob ihre *Ray Ban*-Sonnenbrille nach oben in ihre Haare. Sie begutachtete den Muskelmann, der ein langärmeliges körperbetontes Shirt trug.

»Wir werden sehen, ob die Zeit langt. Lassen Sie uns an der Strandbar treffen, wenn Ihnen das recht ist.«

Er verzog sein Gesicht zu einem skeptischen Blick.

»Ihr Kollege in Uniform ... könnte er sich woanders aufhalten? Die Gäste des Hotels sind äußerst empfindlich.«

»*Monsieur* Leroux, wir können Sie auch abführen. Wäre Ihnen das lieber?«

Er hob beschwichtigend die Hände.

»Schon gut. Ich beende das Training und komme zu Ihnen an den Tisch. Sie sind meine Gäste. Nennen Sie der Bedienung meinen Namen, dann geht die Rechnung aufs

Haus.«

Das hörte sich besser an. Während Lucie und Hugo einen *Café* und ein Wasser tranken, ließen sie Franc Leroux nicht aus den Augen.

Wenig später eröffnete die *Commissaire* das Gespräch, indem sie Franc Leroux mit dem Selbstmordversuch von Malik Djoudi konfrontierte.

»Malik Djoudi hat sich die Pulsadern aufgeschnitten, weil er sich eine Mitschuld am Tod von Isabel gibt. Wussten Sie, dass er in sie verliebt war?«

Franc tupfte sich den Schweiß auf seiner Stirn mit einem Handtuch ab. Er wirkte fahrig und nuschelte.

»Das habe ich vermutet. So wie er um sie herumgeschlichen ist. Er hat Isabel nicht aus den Augen gelassen.«

»Sie können ihn nicht leiden.«

»Ich müsste lügen. Am liebsten hätte ich ihn davongejagt. Aber Pierre hielt seine schützende Hand über ihn.«

»Trotzdem stecken Sie mit ihm unter einer Decke.«

Er sah die *Commissaire* irritiert an.

»Wie meinen Sie das? Ich hatte nichts mit ihm zu tun.«

In aller Seelenruhe holte Lucie eine *Gitanes* aus der Packung, zündete sie an, nahm einen Zug und blies Franc Leroux den Rauch ins Gesicht.

»Malik behauptet, dass er, Sie und der Golftrainer Fabrice May eine Absprache getroffen hätten.«

»Der Typ spinnt. Er macht sich wichtig. Hat er Ihnen gesagt, um was es dabei ging?«

Lucie ließ ihn eine Weile zappeln. Sie trank von ihrem *Café* und nahm danach einen Schluck Wasser zu sich.

»Es ging um Ihre Verlobte.«

Der Fitnesstrainer sprang auf. Sein Stuhl kippte nach hinten. Vor Wut schnaubend, giftete er die *Commissaire* an.

»Was bildet sich das Kerlchen ein? Ein Tagelöhner! Pah. Wissen Sie was, für mich ist das Gespräch beendet. Ich habe für heute genug von der Polizei.«

Lucie blieb die Ruhe selbst.

»Ich bin noch nicht fertig mit Ihnen. Setzen Sie sich.«

Widerwillig hob er den umgefallenen Stuhl hinter sich auf und setzte sich.

Lucie fixierte ihn mit eisigem Blick.

»Wie erklären Sie mir Ihre blauen Flecken und Platzwunden an Armen und Beinen? Mir liegen die Untersuchungsergebnisse des Arztes vor.«

Franc war kein guter Lügner. Seine Augen verrieten ihn.

»Ich treibe ‚ne Menge Sport. Da verletzt man sich gerne mal. Außerdem boxe ich. Prellungen und Wunden sind dabei an der Tagesordnung.«

Er redete sich um Kopf und Kragen.

»Ich glaube Ihnen nicht. Vielmehr gehe ich davon aus, dass Sie letzten Samstag nicht, wie Sie behauptet haben, Isabel verließen. Sie warteten in einem Versteck und bekamen mit, wie Fabrice May Ihre Verlobte besuchte. Ihre Eifersucht trieb sie dazu, die beiden in flagranti zu erwischen. War es nicht so? Geben Sie es zu.«

Als Antwort bekam die *Commissaire* ein unbeherrschtes Lachen.

»Ihre Fantasie geht mit Ihnen durch. Wissen Sie was, ich habe genug von Ihren Anschuldigungen. Sie haben nichts gegen mich in der Hand. Was beweisen ein paar blaue Flecken? Ich trauere um meine Verlobte und Sie klagen mich an, etwas mit Isabels Ermordung zu tun zu haben. Verhören

Sie Malik. Er ist ein Psycho. Sie haben ihn nicht erlebt, wie er Isabel angesehen hat. Er ist wahnsinnig. Sie hatte Angst vor ihm. Mehr habe ich nicht zu sagen. *Au revoir, Commissaire* Girard. Ich habe zu tun.«

Dieses Mal erhob er sich in Ruhe und schritt lässig, die Hände in den Hosentaschen, durch die Reihen der Gäste in der Strandbar. Lucie drückte ihre Zigarette aus. Sie war unzufrieden mit sich und dem Ausgang des Gesprächs.

»Lassen Sie uns aufbrechen, Hugo. Bitte setzen Sie mich in *Fréjus* ab. Ich werde mit Sebastian Cassel sprechen und für uns einen Durchsuchungsbefehl für Maliks Garage erwirken. Danach sollten wir sie durchsuchen. Vielleicht hat er Isabels Golfschläger dort versteckt. Wäre dumm, aber möglich.«

»Ich kann das erledigen. Geben Sie mir Bescheid, wenn das Dokument erstellt wurde? Soll ich mich telefonisch bei Ihnen melden, falls ich fündig geworden bin?«

»Tun Sie das. Und noch etwas, bitte überprüfen Sie, ob Pauline Ferrand letzten Samstag an einem der Käsestände auf dem Markt eingekauft hat. Sie hat dies mir gegenüber behauptet.«

»Auch darum kümmere ich mich.«

Lucie entspannte auf der Rückfahrt. Sie gerieten in einen Stau auf der *Autoroute*. Die Fahrt dauerte doppelte so lange wie üblich. Sie zerbrach sich den Kopf, welche Möglichkeiten sie hatte, die Verdächtigen zu überführen. Der Fall glich dem eines Schachspiels. Sollte er mit einem Remis enden? Sie wollte es unbedingt vermeiden. Ihr nächster Zug würde von entscheidender Bedeutung sein.

Zuhause angekommen, hatte sie etwas Zeit, sich um die liegengebliebene Wäsche zu kümmern und die Wohnung aufzuräumen. Patric war, wie sollte es anders sein, direkt in seine Arbeit in der *Auberge* abgetaucht. Sie hatten sich die letzten zwei Tage spät abends im Bett einen Gute-Nacht-Kuss gegeben, mehr nicht. Sollte die alte Routine wieder von ihnen Besitz ergreifen? Sie hoffte nicht. Auch deshalb war sie heute früher zurück, um für Aude und Sophie Spaghetti mit Tomatensauce zu kochen. Das Leibgericht der Mädchen. Sie hatte eine Stunde Zeit, bis Imani sie brachte.

Während sie die saubere Wäsche in die Schränke räumte, ging sie den Fall erneut durch. Sie überlegte, welche der Aussagen ihr unglaubwürdig oder suspekt vorgekommen waren.

Pauline Ferrands Reaktion auf Isabels Ermordung war mehr als verwunderlich. Sie wollte sich für den Schuldigen einsetzen und für mildernde Umstände bei Gericht plädieren. Was hatte das zu bedeuten? Entweder sie hatte Isabel so gehasst, dass sie ihren Tod als Erlösung empfand? Oder sie hatte Mitleid mit dem Mörder, weil Isabel ihn gequält hatte? Vielleicht kam beides zusammen?

Warum sollte Pauline Mitleid mit dem Golftrainer gehabt haben? Dazu bestand kein Grund. Nachvollziehbar war, dass sie ein Vertrauensverhältnis zu Malik entwickelt hatte. Sie begegneten sich täglich in der Villa. Isabels Launen waren für sie ein dankbares Gesprächsthema. Warum gab Pauline ihr den Hinweis, mit Malik zu sprechen? Verdächtigte die Haushälterin ihn? Oder wollte sie von sich selbst ablenken und ihn belasten?

Die Fragen schossen nur so durch ihren Kopf.

Was passierte in der *Villa Martine* am Samstagmittag? Wer war dort? Wer kämpfte mit wem? Was, wenn Pauline sich in die Auseinandersetzung eingemischt hatte? Und sie ihren angestauten Ärger und Frust gegenüber Isabel herausgelassen hätte? Letztendlich ging es um den tödlichen Schlag. War er bewusst oder im Affekt ausgeführt worden?

Fragen über Fragen.

Lucie hörte die Stimmen ihrer Mädchen auf der Treppe. Sie spielten mal wieder, wer zuerst oben ankam. Loulou gewann regelmäßig. Der kleine Malteser begrüßte sein Frauchen, indem er kläffend an ihr hochsprang. Lucie streichelte ihn am Kopf, um gleich darauf Aude und Sophie zu umarmen.

»Es gibt Spaghetti mit Tomatensauce. Wer deckt den Tisch?«, rief sie aufgekratzt.

»Schau nur, *Maman.* Wir haben bei Imani Miniröcke für unsere Puppen genäht«, verkündete Aude.

»Die probieren wir jetzt an.«

Imani schenkte Lucie ihr weißes Lächeln.

»Wenn ich etwas abbekomme, helfe ich dir beim Kochen. Ich habe großen Hunger!«

Lucie wusste, Imani war immer hungrig.

»Komm mit in die Küche. Wir schnippeln Tomaten und Karotten. Dann kannst du mir Neuigkeiten von deiner Familie berichten. Wir haben uns, seit wir aus den *USA* sind, kaum ausgetauscht.«

Die beiden Frauen verschwanden in der Küche. Die Mädchen spielten Modenschau im Kinderzimmer.

Lucie empfand die Rückkehr in ihr Haus und zur Normalität als Wohltat.

Chapitre dix-huit

Cannes am späten Abend. In einer Bar

Am liebsten hätte Franc sich Malik vorgeknöpft. Der Kerl war ein Angsthase und ein Jammerlappen. Sie mussten nur zusammenhalten und sich gedulden, dann wäre es überstanden. Die Polizei würde die Ermittlungen einstellen, denn sie hatten nichts gegen sie in der Hand. Es war geschehen. Das ließ sich nicht mehr ändern. Isabel war tot. Sie mussten sehen, wie sie ohne sie zurechtkamen. Ohne ihr Wohlwollen. Ohne ihr Geld. Er verfluchte den Moment, in dem er sich in den Streit zwischen Isabel und Fabrice eingemischt hatte. Seine Gefühle waren mit ihm durchgegangen. Der Golftrainer wollte sie auffliegen lassen. Das konnte er nicht hinnehmen.

Sein drittes Bier schmeckte ihm nicht mehr. Er schob es von sich. In der mittlerweile fast leeren Bar hauchte eine aufreizende Blondine französische Chansons in ein Mikrophon. Er kannte sie vom Sehen. Sie hatten sich am Strand schon mehrdeutige Blicke zugeworfen. Etwas Ablenkung würde ihm guttun. In seinem weißen Sommer-Anzug schlenderte er auf sie zu. Die Sängerin räkelte sich vor ihm auf dem Klavier. Er sah ihr dabei zu. Sie strich mit ihren Händen über ihren schlanken Körper. Er verfolgte ihre erotischen Bewegungen. Sie erregten ihn. Er wollte sie.

Die Blondine hieß mit Künstlernamen Charlie. Mehr musste Franc nicht wissen, um mit ihr eine heiße Nacht zu verbringen. Von der Bar zu seiner Bude in der Nähe des

Carlton waren es nur wenige Minuten zu Fuß.

Sie fielen wie wilde Tiere übereinander her. Es sollte sein letztes Sex-Abenteuer sein.

Chapitre dix-neuf

Gendarmerie Saint-Tropez am nächsten Morgen

Gendarm Hugo war aufgeregt. Er hatte die Aufgaben, die *Commissaire* Girard ihm gegeben hatte, erledigt. Mehr noch. Sein kriminalistisches Gespür brachte ihn zu einer neuen Erkenntnis, die er unbedingt seiner Vorgesetzten mitteilen wollte. Deshalb rief er bei ihr an, doch sie war bereits nach *Saint-Tropez* unterwegs. Sein Anruf weckte Patric, er hatte bis spät in der Nacht in seinem Restaurant zu tun gehabt. Hugo entschuldigte sich und legte verlegen auf.

An seinem Schreibtisch lehnten zwei Golfschläger, die er gestern in Maliks Garage gefunden hatte. Daneben stand die dazugehörige Golftasche von Isabel Marin. Sie hatte Hugo den Abend zuvor beschäftigt. Die Erkenntnis, die er gewonnen hatte, würde seine Chefin bestimmt interessieren.

Commissaire Girard steuerte auf den für sie reservierten Parkplatz zu. Ihr *Citroën* war durch das halb geöffnete Fenster der *Gendarmerie* zu hören und zu riechen. Der Benzingeruch wehte mit der morgendlichen Brise bis zu Hugos Schreibtisch. Da er nicht warten wollte, eilte er durch die offene Sicherheitsschleuse zum Ausgang und postierte sich vor dem Eingang auf die obere Treppenstufe. Lucie sah ihn schon beim Aussteigen und rief ihm entgegen:

»Hugo! Sie empfangen mich persönlich. Gibt es etwas Neues zu vermelden?«

»Und ob, *Madame la Commissaire* Girard, und ob.«

Sie war bei ihm angekommen, lächelte ihn an und fragte:

»Darf ich meine morgendliche Zigarette rauchen? Ich habe eine Stunde Fahrt hinter mir. Auf der Küstenstraße war mal wieder Stau.«

Der *Gendarm* kratzte sich am Kopf. Was Lucie als Ablehnung deutete.

»Wie wäre es, wenn wir hier draußen reden? Sie wissen, Bruno Purenne hasst Zigarettenrauch. Und wir wollen ihn nicht verärgern.«

Hugo lächelte verständnisvoll.

»Gute Idee. Welchen der Bäume bevorzugen Sie?«

»Ich habe eine Lieblings-Platane. Folgen Sie mir.«

Der lange Lulatsch ging hinter der *Commissaire* zu dem dicksten Baum in der Mitte des Platzes.

»Sehen Sie, hier habe ich an meinem ersten Arbeitstag das Datum und mein Kürzel eingeritzt. Das ist jetzt über zehn Jahre her.«

Hugo inspizierte die Baumrinde. Er strich mit seinen Fingern über die feinen Vertiefungen, die kaum noch zu sehen waren.

»Tatsächlich. 3.6.1968 LG. Wie die Zeit vergeht. Ich erinnere mich genau. Sie haben den Swimmingpool-Mord aufgeklärt. Ihr erster Fall. Und gleich mit Filmstars.«

»Es war total aufregend. Und ich war voll unerfahren und blauäugig.«

»Schon damals haben Sie den richtigen Riecher gehabt. *Capitaine* Purenne war überhaupt nicht begeistert, mit einer Frau zusammenzuarbeiten. Und an viele Mordfälle in *Saint-Tropez* glaubte er nicht.«

Lucie zündete sich eine *Gitanes* an.

»Tja, die Realität ist leider eine Andere. Lassen Sie uns über unseren aktuellen Fall reden.«

»Genau. Zuerst einmal die gute Nachricht: Ich habe die vermissten Golfschläger im Kleiderschrank von Malik Djoudi gefunden. Sie glänzen wie neu. Er hat sie penibel abgewaschen.«

Lucie zog an ihrer Zigarette. Während die den Rauch genoss, legte sie ihren Kopf in den Nacken. Beim nach vorne kommen öffnete sie den Mund und ließ mehrere Rauchwölkchen hintereinander heraus.

»Trotzdem soll die Spurensicherung sie nach Blutresten und Fingerabdrücken untersuchen.«

»Das hätte ich gleich veranlasst. Mir ist etwas anderes aufgefallen.«

Lucie blinzelte *Gendarm* Hugo erwartungsvoll an.

»Raus mit der Sprache, *Poirot!«*

»Sie nehmen mich auf den Arm, *Commissaire!«*

»Das würde ich nie wagen!«

»Nun, ich verrate es Ihnen. Der Driver und das 6er Eisen habe ich bei Malik gefunden. In der Golftasche, die bei mir am Schreibtisch steht, fehlt aber auch das 9er Eisen.«

Hugos Beobachtung passte zu Lucies Mutmaßung. Sie weihte Hugo unmittelbar ein, indem sie ihn selbst darauf kommen ließ.

»Was sagt uns das?«

»Äh ... eine dritte Person war an der Auseinandersetzung beteiligt? Und bei ihr befindet sich der fehlende Golfschläger?«

»Exakt. Ich weiß auch, wo wir suchen müssen. Und zwar zuerst bei Franc Leroux und wenn wir den Schläger bei ihm nicht finden, bei Fabrice May.«

Hugo kratzte sich nachdenklich am Hinterkopf. Dabei schob er seine Kappe tief ins Gesicht.

»Sie vermuten also, dass alle drei Männer in der Villa waren und ein Kampf zwischen ihnen stattgefunden hat?«

Lucie entfernte ein Stück der lockeren Baumrinde und drehte sie ihn ihrer Hand.

»Sie liebten Isabel. Und haben um sie gekämpft.«

Hugo wirkte skeptisch.

»Glauben Sie es nicht?«

»Schon. Aber warum musste sie sterben?«

»Sie musste es nicht. Es ist aus Versehen passiert. Einer der drei Männer hat ausgeholt, wollte einen Gegner niederstrecken. Dieser duckt sich ... und fatalerweise wird Isabel mitten im Gesicht getroffen.«

Hugo machte große Augen.

»Also kein beabsichtigter Mord, sondern Totschlag?«

»Das ist meine Annahme. Es könnte sich so abgespielt haben.«

»Später starb der Golftrainer an seinen Verletzungen«, resümierte Hugo.

»Und die zwei anderen verabredeten Stillschweigen.«

Der *Gendarm* hob seinen Zeigefinger.

»Aber ... einer muss es gewesen sein.«

»Vom Tatablauf gesehen, ja. Aus moralischer Sicht fühlten sich alle schuldig. Sie haben gestritten. Isabel wurde Opfer ihres Streits.«

Hugo zog die Schultern nach oben und ließ sie wieder sinken.

»Was machen wir nun? Wen sollen wir verhaften?«

Lucie antwortete abgeklärt.

»Erst einmal suchen wir nach dem dritten Schläger. Und warten ab. Meine Gespräche mit Fabrice und Malik könnten eine unüberlegte Reaktion bei ihnen auslösen.«

»Hier stecken sie! *Commssaire* Girard, *Gendarm* Hugo! Eine Babette von der Polizeistation in *Cannes* ist am Telefon. Es sei dringend!« Die Stimme kam von *Capitaine* Purenne, der in der geöffneten Eingangstür der *Gendarmerie* stand und über den Platz rief.

»Ich komme sofort.«

Lucie drückte ihre Zigarette am Baumstamm aus.

»Hugo, Sie veranlassen eine Durchsuchung der Wohnungen von Fabrice May und Franc Leroux.«

»Jawohl, *Madame la Commissaire!«,* bestätigte er salutierend. »Wird erledigt.«

Eine Vorahnung beschlich Lucie, als sie den Hörer an ihr Ohr legte.

»Içi Lucie Girard. Was gibt es Babette?«

»Hier ist nicht Babette.«

Sie wusste sofort, wer statt der sympathischen Büroassistentin am Hörer war. Ihr neuer Kollege *Commissaire* Ponte.

»Michel! Du hast in *Cannes* zu tun?«, fragte sie ihn in einem möglichst neutralen Ton.

»Falls du dich erinnerst, bemühe ich mich, den Bombenanschlag aufzuklären, bei dem der Bauunternehmer Bernard Bonnabel ums Leben gekommen ist. Ich bin hier, weil ich Pierre Emery, der heute aus dem Krankenhaus entlassen wird, verhaften will.«

»Du hast genügend Beweise gegen ihn? Die Haftrichter sind kritisch, solltest du wissen.«

»Lass mich mal machen. Er hat größere Geldbeträge von seinen Geschäftskonten abgehoben und weigert sich, zu erklären, wofür er sie verwendet hat. Seine Assistentin, Esther Pinto, hat ausgesagt, dass Bernard Bonnabel *LuxEstate* beim

Projekt *Golf 2000* schassen wollte. Zudem ist Emery hoch verschuldet. Das Wasser steht ihm bis zum Hals. Bisher konnte er den Schein wahren. Doch seine Immobilienagentur ist nicht mehr zu retten.«

Lucie gab zu:

»Das hört sich dramatisch an. Könnte durchaus sein, dass der Mann durchgedreht ist. Sag, rufst du an, um mir den Stand deiner Ermittlungen zu melden?«

Er reagierte pikiert.

»Sollte ich das? Nein. Es geht um einen weiteren Mord.«

Lucie unterbrach Ponte.

»Franc Leroux, richtig?«, rief Lucie in den Hörer.

»Woher weißt du?«

»Ich hatte so eine Ahnung. Außerdem lebt er in *Cannes.«*

»Volltreffer. Er wurde am frühen Morgen von Straßenreinigern im Park vor dem Rathaus gefunden. Jemand hat ihn erstochen.«

In Lucies Kopf verbanden sich die losen Puzzleteile ihrer Ermittlungsarbeit zu einem Bild. Sie sah die drei Männer vor sich, wie sie mit Golfschlägern aufeinander losgingen. Beobachtet wurden sie von der Haushälterin, Pauline Ferrand. Sie wurde Zeugin des tödlichen Treffers. Während ihres Besuchs im Krankenhaus berichtete sie ihrem Pierre davon.

Die *Commissaire* traf eine Entscheidung.

»Ich will den Fall lösen. Noch heute. Einen weiteren Toten darf es nicht geben.«

»Dann sollten wir handeln«, forderte Ponte.

»Ich fahre nach *Cannes*. Warte mit deiner Festnahme. Bringe Pierre Emery zu einem Verhör in die Polizeistation. Ich komme mit zwei Überraschungsgästen.«

Commissaire Ponte holte tief Luft. Er japste, wollte etwas gegen Lucies Vorschlag vorbringen, überlegte es sich anders.

»An deine Methoden muss ich mich gewöhnen. Aber okay. Ich bereite alles dementsprechend vor. Das Kommissariat ist professionell ausgestattet. Es gibt einen schalldichten Raum hinter Glas und ein Tonbandgerät mit Mikrophon. Wir nehmen das Verhör auf. Und bitte lass uns vorher besprechen, wie wir vorgehen.«

Lucie fragte sich: Wie war die Ansage ihres Chefs? Keinerlei Kooperation! Was nun geschah, war das Gegenteil davon. Ponte und sie arbeiteten Hand in Hand.

»Keine Sorge! Wir stimmen uns ab, Kollege.« Mit einem süffisanten Unterton schickte sie hinterher: »Sebastian Cassel wird von unserer Zusammenarbeit begeistert sein.«

Ponte hatte dafür ein schrilles Lachen übrig.

»Ha, ha. Seine Begeisterung wird sich in Grenzen halten. Er erwartet, dass wir den Fall lösen und den Täter verhaften. So einfach ist das.«

»Wir sind kurz davor.«

»Dein Optimismus in Ehren, *Commissaire*. Ich vertraue dir. Wann sehen wir uns?«

»Sagen wir um 15:00 Uhr?«

»*Bon*. Bis dann.«

Lucies Magen rumorte. Die Anspannung stieg. Vor Nervosität drehte sie die *Gitanes*-Packung in ihren Händen. An seinen Schreibtisch gelehnt, beobachtete *Gendarm* Hugo seine Chefin. Um sicherzugehen, was als Nächstes zu tun war, fragte er:

»Wen nehmen wir mit nach *Cannes* zum Verhör?«

Lucie sah ihn schräg an.

»Aktivieren Sie ihren kriminalistischen Verstand, Hugo.

Was wollen wir erreichen?«

»Äh ... den oder die Täter überführen?«

»Das ist das finale Ziel. Und vorher?«

»Brauchen wir Beweise.«

»Darüber hinaus?«

Er legte seine Stirn in tiefe Falten. Es dauerte eine Weile, dann sprach er mit Zuversicht in der Stimme:

»Zeugenaussagen und ein Geständnis.«

Die *Commissaire* klatschte in die Hände.

»Bravo! All das werden wir haben. Und mit wem müssen wir dazu reden?«

Hugos Stirnrunzeln blieb.

»Pierre Emery.«

»Abgehakt. *Commissaire* Ponte bringt ihn mit.«

»Malik Djoudi.«

»Richtig. Und wer noch?«

»Da bleibt nur eine Person übrig. Die Haushälterin Pauline Ferrand.«

Lucie erhob sich und klopfte dem *Gendarm* auf die Schulter.

»Sie haben bestanden.«

Hugo errötete und bemerkte selbstkritisch:

»Es hat gedauert. Sie sind mir überlegen, *Commissaire.*«

»Aber Sie werden besser. Und nun lassen Sie uns losfahren, um Malik und Pauline Ferrand einzusammeln.«

»Ich hole das Dienstfahrzeug.«

»Sie finden mich an meiner Platane.«

»Die kenne ich nun ja.«

»Verfahren Sie sich nicht.«

Chapitre vingt

Polizeirevier in Cannes am Nachmittag

Commissaire Ponte erwartete sie in der Eingangshalle des Polizeigebäudes. Er trug wie üblich ein viel zu weites T-Shirt. Dieses Mal mit dem verschnörkelten Logo der Rockband *Queen.* Mit wippendem Gang kam er auf *Commissaire* Girard, *Gendarm* Hugo und deren Begleitungen Pauline Ferrand und Malik Djoudi zu.

»*Bonjour,* wir sind im dritten Stock. Bitte folgen Sie mir.«

Schweigend ging die kleine Gruppe die Treppe hinauf. Die zweite Tür von sechs hintereinanderliegenden stand offen.

»Hier herein, bitte.«

Seitlich der Tür stand ein Polizist, der den Raum bewachte. Am Tisch erwartete sie *Monsieur* Emery, der einen Verband um seinen Kopf trug. Er sah blass aus.

Lucie erklärte einleitend:

»Sie kennen sich alle. *Madame* Ferrand bitte setzen Sie sich neben *Monsieur* Emery. *Monsieur* Djoudi, bitte nehmen Sie um die Tischecke Platz. Mein Kollege *Commissaire* Ponte und ich werden das Verhör durchführen. *Gendarm* Hugo ist stiller Beobachter. Wir werden Sie gleich für einige Minuten alleine lassen. Bitte bedienen Sie sich. Wasser und Kaffee stehen auf dem Tisch zu Ihrer Verfügung.«

Lucie sah Michel Ponte auffordernd an. Er erhob sich. Gemeinsam verließen Sie mit *Gendarm* Hugo Martin den Verhörraum und begaben sich durch eine seitlich gelegene Tür in ein dahinter liegendes Zimmer. Die Glaswand links von ihnen war von dieser Seite durchsichtig.

Hugo stellte fest:

»Wir können sie sehen. Sie uns aber nicht.«

Ponte ergänzte:

»Nicht nur sehen, auch hören. Das Verhör wird aufgezeichnet. Was ist dein Plan, Lucie?«, fragte Ponte an die *Commissaire* gewandt, die durch die Scheibe in den Verhörraum sah.

Sie drehte sich zu Ponte um und erklärte:

»Ich habe einen groben Plan. Generell sollten wir flexibel bleiben und uns die Bälle zuspielen.«

Aus dem Lautsprecher über ihnen hörten sie die Stimme der Haushälterin.

»Was wollen die von uns? Malik, hast du geplaudert?«

Der junge Mann starrte mit leerem Blick vor sich hin. Beim Reden sah er nicht hoch.

»Girard weiß, dass Fabrice, Franc und ich eine Absprache getroffen haben.«

Pauline erwiderte bestürzt.

»Bist du wahnsinnig? Sie kann sich denken, was passiert ist.«

Pierre Emery, der ähnlich abwesend wie Malik wirkte, hob den Arm und zeigte mit der Hand auf ein kleines in die Wand eingelassenes Gitter über dem Spiegel.

»Die nehmen jedes Wort, das wir sagen, auf Tonband auf. Wahrscheinlich halten sich Girard und Ponte hinter der Glaswand auf und beobachten uns.«

Schuldbewusst legte Pauline Ferrand ihre Hand auf den Mund.

»Das wusste ich nicht.«

Von Pierre kam ein: »Psst ...«

Pauline nickte ihm zu.

Sie schwiegen.

»Schade«, kommentierte *Commissaire* Ponte das Geschehen hinter der Glaswand. »Ich hätte gerne mehr erfahren.«

Lucie setzte ihre Erklärung fort.

»Also, zuerst möchte ich die Drei mit dem Mord an Franc Leroux konfrontieren. Ich bin gespannt wie Malik darauf reagiert. Wir haben gerade gehört, dass es eine Absprache gab. Ich erhoffe mir, dass er weich wird und uns erzählt, was letzten Samstag in der *Villa Martine* im Detail geschehen ist. Michel, du unterstützt mich, aus ihm herauszubekommen, ob die Haushälterin die Tat beobachtet hat. Meine Absicht ist es, zu erfahren, ob sie Pierre Emery bei ihrem Besuch im Krankenhaus davon berichtet hat.«

Ponte dämmerte es. Er klatschte Beifall und resümierte in Stichworten. Dabei tigerte er in dem schmalen Raum von links nach rechts.

»Genial! Emery ... Isabel ... der Mann in Schwarz ... Auftragsmord ...«

Plötzlich blieb er vor Lucie stehen.

»Wie bringen wir ihn dazu, dass er es zugibt, die Morde beauftragt zu haben?«

»Ich hoffe, dass Pauline das für uns erledigt. Wenn sie feststellt, dass sie ihn wieder nicht bekommt ...«

Ponte rieb sich die Hände.

»Das wird ein Spaß! Lasst uns reingehen. Ich bin bereit.«

Gendarm Hugo, der nur die Hälfte von dem, was gesagt worden war, verstand, betrat als Letzter den Verhörraum und setzte sich etwas abseits des Tisches auf einen Stuhl.

Es herrschte eine extrem angespannte Atmosphäre, in der

Commissaire Girard folgende Erklärung abgab:

»Sie sind hier, weil ein weiterer Mord geschehen ist. Der Verlobte von Isabel Marin, Franc Leroux wurde heute Morgen hier in *Cannes* erstochen aufgefunden.«

Ohne weiter zu sprechen, griff sie zu der *Gitanes*-Packung, die sie zuvor auf die Tischplatte gelegt hatte. Während sie die Zigarette anzündete, wanderte ihr Blick von Pierre Emery zu Pauline Ferrand. Die erste Rauchschwade erreichte Malik Djoudi, den sie nun fokussierte.

»*Monsieur* Djoudi, Sie waren zu dritt. Nur Sie sind übrig. Gibt Ihnen das nicht zu denken?«

Noch immer starrte Malik regungslos auf die Tischplatte. Seine Arme lagen ausgestreckt vor ihm. Er wirkte desillusioniert. Der dicke Verband, den er um das linke Handgelenk trug, zeugte von seinem Selbstmordversuch.

»Wir haben Isabel geliebt. Und um sie gekämpft. Dafür wurden wir bestraft.«

Lucie schlug mit der flachen Hand auf den Tisch. Es kam völlig überraschend. Alle zuckten zusammen.

»Was genau ist passiert, als Sie sich stritten? Wer traf Isabel mit einem der Golfschläger, die wir bei Ihnen in der Garage fanden?«

Er veränderte seine Sitzhaltung. Zog die Arme an seinen Körper, richtete sich auf und sah die *Commissaire* an.

»Ich war nur kurz in der anderen Villa. Schon gegen 11:00 Uhr bin ich zurück und beobachtete durch die offen stehende Terrassentür, wie Fabrice Isabel anschuldigte. Sie würde sich nicht genügend für das Golfprojekt engagieren und lieber in die eigene Tasche arbeiten. Damit würde sie ihm schaden. Isabel bemühte sich, Fabrice zu beschwichtigen. Sie umfasste seinen Arm. Er missinterpretierte ihre Geste, indem er sich ihr näherte und sie am Hintern betatschte. Sie stieß ihn von sich. Und brüllte ihn an. Sie warf ihm vor, sich respektlos ihr gegenüber zu verhalten. Er regte sich auf und wies die Anschuldigung von sich. Argumentierte, dass er nur das Beste für Sie wolle. Sie fingen an, lautstark zu streiten und sich zu schubsen. Plötzlich stürmte Franc Leroux mit einem Golfschläger in der Hand auf die beiden zu. Ich hatte ihn zuvor nicht bemerkt.«

Lucie drückte ihre zweite Zigarette im Aschenbecher aus. Sie beugte sich zu Malik über den Tisch und fragte:

»Es war Franc, der zuerst einen Schläger als Waffe einsetzte?«

Malik nickte.

»Ja. Er drosch ohne Vorwarnung auf Fabrice ein. Dieser versuchte, mit seinen Armen die Schläge abzufangen. Franc war geschickt. Er zielte mal nach oben und mal auf Fabrices Beine. Irgendwie gelang es Fabrice, zu flüchten. Er rannte in Richtung der Eingangshalle. Im halb geöffneten Schrank versuchte er, sich mit einen der Golfschläger zu bewaffnen. Franc setzte alles daran, das zu verhindern, indem er ihm nachsetzte und ihn von hinten verdrosch. Fabrice schrie vor Schmerzen. Trotzdem gelang es ihm, einen langen und großen Schläger zu greifen.«

Lucie sah zu *Gendarm* Hugo herüber. Er verstand, worauf sie anspielte. Es handelte sich um den *Driver* aus Isabels Golftasche, mit dem sie erschlagen worden war.

»Fabrice wollte vor Francs Angriffen fliehen, doch er stolperte über den Teppich, der im Flur liegt. Auf allen vieren schaffte er es zurück in die Nähe von Isabel, die aufgestanden war, sich aber nicht einzugreifen traute. Sie forderte die Zwei auf, sofort aufzuhören. Es nutzte nichts. Fabrice landete mehrere gezielte Schläge auf Francs Körper. Isabels Verlobter strauchelte. Er war in Rage. Am Boden liegend, brüllte er Isabel an. Sie sei eine Hure. Würde es mit jedem treiben und ihn hintergehen. Er richtete seine Wut gegen sie. Holte mit dem Golfschläger aus und verfehlte sie nur knapp. Geschockt und verängstigt, schrie Isabel um Hilfe. In diesem Moment wollte ich eingreifen, traute mich aber nicht. Franc ging nun richtig auf sie los. Er schlug sie mit seiner freien Hand. Fabrice stürzte sich von hinten auf Franc und versuchte, Isabel vor ihm zu schützen.«

Malik räusperte sich. Mit belegter Stimme fragte er:

»Wasser. Ich möchte etwas trinken.«

Pauline schenkte ihm ein Glas mit Wasser ein. Er trank es in einem Zug leer.

»Ich hielt es in meinem Versteck nicht länger aus, rannte zum Eingang und griff mir einen Golfschläger aus der Tasche, die am Boden lag. Isabel, Fabrice und Franc bemerkten mich zuerst nicht. Erst als ich sie aufforderte, aufzuhören, drehten sie sich zu mir um. Franc stürzte sich gleich auf mich. Er brüllte, ich solle mich verpissen. Was hier geschehe, ginge mich nichts an. Ich beging den Fehler, zu sagen, dass ich mich für Isabel verantwortlich fühlte, was beide gegen mich aufbrachte. Nun gingen sie gemeinsam auf mich los. Meine Versuche, mich zu schützen, scheiterten. Ich wich zurück. Fabrice landete mehrere Schläge auf meinem Oberkörper. Als er erneut ausholte, duckte ich mich. In meiner Bewegung stieß ich Franc, der seitlich von mir stand, zur Seite. Ich landete auf ihm. Noch im Fallen hörte ich ein abscheuliches Geräusch. Ich sah zu Isabel. Sie sackte zu Boden. Ihr Kopf war von Fabrices Schlag seitlich getroffen und zerschmettert. Wir erstarrten.«

Malik vergrub sein Gesicht in seinen Händen. Er schluchzte und weinte. Pauline legte ihre Hand auf seine Schultern und streichelte ihn sanft.

»Du hast es der Polizei gestanden. Dich trifft keine Schuld«, tröstete sie ihn.

Er sah sie verstört an.

»Wenn ich mich nicht weggeduckt hätte, würde Isabel noch leben. Es war feige von mir. Ich hätte den Schlag ertragen sollen.«

Pauline setzte sich für Malik ein.

»Du wolltest ihr helfen. Du hattest eine positive Absicht. Die beiden Anderen nicht.«

»Ich bin schuldig.«

»Das muss ein Gericht entscheiden«, erklärte die *Commissaire*.

»*Monsieur* Emery, wie sehen Sie das, was Malik getan hat?«, fragte *Commissaire* Ponte und überraschte damit den Immobilien-Makler.

Mit versteinertem Gesicht verdeutlichte Emery:

»Er ist schuldig. Genauso wie Fabrice und Franc. Sie haben das Leben meiner Isabel ausgelöscht.«

Pauline murmelte gereizt:

»Deine Isabel? Sie hat niemandem gehört. Nur sich selbst.«

Pierre warf Pauline einen erzürnten Blick zu. Er sprach aus, wovon er überzeugt war.

»Du konntest sie nicht leiden. Ist mir klar.«

Pauline setzte sich zur Wehr.

»Sie hat euch Männer mit ihren Reizen verhext und ausgenutzt.«

»Du zählst mich also zu den Kerlen, die sie flachlegen

wollten.«

Lucie war zufrieden. Das Verhör entwickelte sich so, wie sie es sich vorgestellt hatte. Ihrem Kollegen signalisierte sie, sich zurückzuhalten.

»Mach dich nicht lächerlich, Pierre.« In versöhnlichem Ton fuhr Pauline fort: »Wir sollten zusammenhalten.«

Er sah betrübt drein.

»Dafür ist es zu spät«, stellte er ernüchtert fest.

»Was hast du getan?«, fragte sie entsetzt.

Alle im Raum sahen Pierre Emery erwartungsvoll an. Er wirkte seltsam verloren. Sein bandagierter Kopf trug dazu bei. Mit kratziger Stimme begann er zu beichten:

»Ich bin am Ende, weiß nicht mehr weiter. *LuxEstate* ist pleite. Das Projekt *Golf 2000* gescheitert. Meine Isabel ist tot. Ich habe gedacht, ich könnte mich aus der Schlinge befreien. Dabei habe ich sie nur fester um meinen Hals gezogen.«

Er biss sich auf seine Unterlippe. Es wirkte, als ob er jetzt erst verstand, was er getan hatte. Seine ganze Aufmerksamkeit galt Pauline. Er sah sie verständnissuchend an.

»Es tut mir unendlich leid, meine Liebe.«

Tränen kullerten der Haushälterin über die Wangen. Er sprach aus, was Pauline befürchtete.

»Wir werden nicht zusammenfinden. Ich kann nicht erwarten, dass du erneut so viel Geduld aufbringst.«

Sie wiederholte ihre Frage:

»Pierre, was hast du getan? Sag es mir.«

Er versteckte sein Gesicht in seinen Händen.

Kaum hörbar offenbarte er:

»Ich habe zwei Morde in Auftrag gegeben.«

Pauline sprang auf und schrie voller Verzweiflung:

»Ich hasse dich! Du hast unsere gemeinsame Zukunft zerstört!«

Lucie nickte Michel Ponte zu. Der *Commissaire* stand auf und stellte sich neben den geständigen Makler.

»*Monsieur* Emery, ich verhafte Sie wegen Beauftragung der Morde an Bernard Bonnabel und Franc Leroux. Sie kommen wegen Fluchtgefahr und der Schwere der Tat in Untersuchungshaft.«

Pauline stand mit offenem Mund da. Unvermittelt verkündete sie:

»Ich ertrage es nicht mehr. Ich muss hier raus! Kann ich gehen?«

Die *Commissaire* antwortete:

»Wir werden Sie in einigen Tagen für eine Zeugenaussage benötigen. Bitte verlassen Sie *Saint-Tropez* nicht.«

Pauline drückte die Klinke der Tür nach unten.

»Kann ich gehen?«

»*Oui*. Sie dürfen gehen.«

An Malik gewandt erklärte die *Commissaire:*

»*Monsieur* Djoudi. Ihr Geständnis wird gleich schriftlich festgehalten. Wenn Sie damit einverstanden sind, bestätigen Sie es mit Ihrer Unterschrift. Danach können Sie gehen. *Gendarm* Hugo bringt Sie nach *Saint-Tropez* zurück. Übrigens auch Sie, *Madame* Ferrand. Ich denke, wir brechen in einer Stunde auf.«

In der offenen Tür stehend, antwortete die Haushälterin:

»Einverstanden, ich komme mit. Wo soll ich sonst hin.«

Lucie ging auf Pauline zu.

»Eine Frage: Sie waren in der Villa, als es geschah?«

Sie nickte.

»Ich habe meine Einkäufe vom Markt hingebracht. Ich war

zu feige, in den Streit einzugreifen.«

»Aber mutig genug, Pierre Emery einzuweihen.«

Sie wurde blass.

»Franc würde noch leben.«

Lucie ließ die Erkenntnis unkommentiert.

»*Merci* für Ihre ehrliche Antwort, *Madame.*«

Gendarm Hugo begleitete Malik zur Unterschrift des Protokolls. Die beiden *Commissaires* schlenderten die *Croisette* entlang und zogen ein Resümee ihrer ersten Zusammenarbeit.

»Wie handhaben wir es? Schreibt jeder von uns einen Bericht?«, wollte Ponte von Lucie wissen.

Sie setzten sich auf die blauen Stühle, die überall entlang der Promenade standen. Lucie überlegte einen Moment, bevor sie antwortete.

»Ich finde, wir sollten ein gemeinsames Vorwort verfassen. Danach schildert jeder seine Arbeit. Das Ergebnis formulieren wir wieder zusammen und setzen unsere Unterschriften darunter.«

Ponte lächelte zufrieden.

»So machen wir es. Ich bin gespannt auf die Reaktion. Vielleicht ändern unsere Vorgesetzten ihre Meinung.«

Lucie zuckte mit den Schultern.

»Ehrlich gesagt ist es mir egal. Solange wir uns verstehen, werden wir uns gegenseitig unterstützen. Bist du dazu bereit?«

»Was für eine Frage!« Er sah Lucie verzückt an. »Girard & Ponte.«

»Klingt gewöhnungsbedürftig.«

Ihre Wege trennten sich für heute.

Chapitre vingt-et-un

Im Haus von Lucie Girard

»So, so. Du hast also einen neuen Kollegen, der ein Fan der *Rolling Stones* ist!«, bemerkte Patric, nachdem er das Glas mit eisgekühltem Rosé auf den Mosaiktisch stellte. Sie genossen bei einem lauen Lüftchen den späten Abend auf ihrer Dachterrasse mit Blick über *Fréjus*.

»Genau. Michel Ponte ist ein schräger Vogel. Doch ich kann mir vorstellen, mich an ihn zu gewöhnen. Unsere Arbeitsweisen ergänzen sich.«

Patric kratzte sich an seinem Lockenkopf.

»Dann ist dein Hobbydetektiv *Gendarm* Hugo abgemeldet?«

»Auf keinen Fall! Es gibt noch genügend für ihn zu tun. Außerdem werden Ponte und ich nicht automatisch bei jedem Gewaltverbrechen kooperieren. Nur wenn es Sinn macht.«

Patric hatte einen Hintergedanken, den er forsch äußerte:

»Warum vertretet ihr euch nicht gegenseitig? Dann würdest du nicht immer sofort an Ort und Stelle sein müssen. Denk an unsere Mädchen. Sie kommen in ein Alter, wo sie ihre *Maman* für Rat und Tat brauchen.«

Die Anmerkung ihres Mannes brachte Lucie zum Nachdenken. Sie gönnte sich einen weiteren Schluck Rosé.

»Da magst du Recht haben. Nicht mehr lange und sie kommen in die Pubertät. Da fangen meistens die großen Probleme an.«

Patric nickte zustimmend.

»Leider ist mein Chef, Sebastian Cassel nicht von einer engen Zusammenarbeit mit Ponte überzeugt.«

Patric beugte sich vor und ergriff Lucies Hand.

»Meine Frau besitzt eine besondere Fähigkeit.«

Sie sah ihn ungläubig an.

»Nie aufzugeben.«

Sie streichelte über seinen Handrücken.

»Du meinst also, ich kann etwas Druck aus meinem Beruf nehmen?«

»Wenn du geschickt agierst und deinen neuen Kollegen lobst und motivierst und an deinem Chef dranbleibst.«

»Hm ... guter Plan.«

Sie sahen sich in die Augen.

»Trinken wir auf eine *Commissaire* Girard und auf Lucie, die *Maman* von Aude und Sophie.«

»Stop!«, rief sie.

»Und auf die Frau, die einen einfühlsamen Mann begehrt.«

Es folgte ein leidenschaftlicher Kuss. Dann erklangen die Gläser.

Hat Ihnen *Mord ohne Motiv* gefallen?
Dann freue ich mich über eine Rezension oder eine Sterne-Bewertung auf den bekannten Portalen.

Kennen Sie schon:

Mord unter Stars, Mord unter Models, Mord an Bord, Mord im Rausch, Mord im Casino, Mord auf dem Court, Mord im Château, Mord am 14. Juli, Mord vor Publikum, Mord auf Martinique, Mord auf der Rennstrecke, Mord als Kunst, Mord im Milieu, Mord als Schauspiel, Mord bei Anruf, Mord mit Worten, Mord im Jenseits, Mord im Kollektiv, Mord in Weiß, Mord auf Celluloid und Mord auf Tour?

Luc Winger gibt es auch auf *Instagram* und *Facebook*. Wenn Sie ihm folgen, erfahren Sie frühzeitig Interessantes zu neuen Büchern.

Vielen Dank, Renate, für die kritischen, aber immer konstruktiven Ratschläge und dein Korrektorat. Danke dir, Matthias, für das plakative Cover.